Corinna Wieja

Herzfunkeln und Winterträume

CORINNA WIEJA

HERZ Funkeln und Winter TRÄUME

one

Dieser Titel ist auch als Hörbuch und E-Book erschienen.

MIX
Papier aus verantwortungsvollen Quellen
FSC® C014496

Originalausgabe

Corinna Wieja wird vertreten von der Agentur Brauer.

Umschlaggestaltung: Sandra Taufer, München, unter Verwendung von Motiven von © Alona_S / shutterstock; Klavdiya Krinichnaya / shutterstock; boroboro / shutterstock; Olha Yefimova / shutterstock; Kira Mika / shutterstock; tomertu / shutterstock; Avesun / shutterstock
Satz: 3WplusP, Rimpar
Gesetzt aus der Adobe Caslon
Druck und Einband: GGP Media GmbH, Pößneck

Printed in Germany
ISBN 978-3-8466-0138-9

5 4 3 2 1

Sie finden uns im Internet unter: one-verlag.de
Bitte beachten Sie auch: luebbe.de

Für die Lieblingsmenschen in meinem Leben
und in meiner Erinnerung.
Danke, dass ihr mein Herz zum Funkeln bringt!
Mit euch träume ich am liebsten.

Hanna

Wonderful Dream
oder:
Lieblingsgemüse: Marzipankartoffeln

Der Weihnachtsbaum im Einkaufszentrum ist riesig. Er steht inmitten der Eingangshalle und ragt bis zum obersten Stock hinauf. Weißer Kunstschnee bedeckt die Zweige und glitzert mit den ballgroßen roten und goldenen Kugeln um die Wette. Bunte Lichter blitzen dazwischen auf und bringen Klausi, wie ich das Prachtstück liebevoll getauft habe, zum Strahlen.

Irgendwo im Hintergrund läuft leise *Wonderful Dream*, und ein Glückskribbeln durchströmt mich. Ich liebe Weihnachten. Mit allem Drum und Dran. Plätzchenduft und Weihnachtslieder, Basteln und Dekorieren. Den Lichterglanz und die Geschenke. Heißen Kakao und Schnee. Zu den schönsten Dingen gehört an Weihnachten für mich die Zeit mit der Familie. Selbst wenn's immer chaotisch zugeht und schon mal laut wird, wenn wir uns mit der traditionellen, wissenschaftlich erprobten Schnick-Schnack-Schnuck-Methode um die Farbe der Kugeln und der Christbaumspitze zoffen und Paps den Baum garantiert so lange kreativ fluchend »geradesägt«, bis er mindestens einen Meter kleiner ist. Was Mams aber in weiser Voraussicht beim Kauf schon einkalkuliert.

In diesem Jahr ist die Weihnachtsvorfreude unserer Familie jedoch empfindlich getrübt, und das allein meinetwegen.

Ein tiefer Seufzer entfährt mir. Ich lege den Kopf in den Nacken und überlege, ob ich den Stern auf Klausis Spitze wohl berühren könnte, wenn ich mit der Rolltreppe hinauffahre. Ob sich dann mein sehnlichster Wunsch erfüllen wird? Immerhin ist Weihnachten die Zeit, in der ein ganz besonderer Zauber in der Luft liegt. Die Zeit, in der Wünsche wahr werden können. Na ja, manche jedenfalls, wie die an Klausis Ästen. Dort hängen Wünsche von Kindern, in deren Familien das Geld knapp ist. Diese Geschenk-Aktion veranstaltet das Einkaufszentrum jedes Jahr.

Mein Blick schweift weiter zu dem mit einer Kordel abgesperrten Podest neben dem Baum, auf dem ein rot gepolsterter Thron steht. Ein Schild verkündet, wann der Weihnachtsmann mit seinen Elfen anwesend sein wird.

»He, Erde an Hanna, Erde an Hanna, brauche Hilfe.« Meine Freundin Jule zupft mich am Ärmel. Sie pflückt eine goldene Wunschkarte vom Baum. In der anderen Hand hält sie bereits eine rote. »Welchen Wunsch erfüllen wir? Den oder den?« Abwechselnd hebt sie die Karten hoch. »Malbuch mit Stiften oder Mütze mit Schal?«

»Keine Ahnung.« Ich zucke mit den Schultern. »Lass uns doch beide nehmen. Eine für dich und eine für mich.«

»Apropos Wünsche.« Jules Blick bohrt sich kaum gefiltert durch ihre Brille in mich. »Erzähl schon. Wie ist es gelaufen?«

»Ach, eigentlich gar nicht so gut«, antworte ich. Auf dem Weg zur Rolltreppe berichte ich ihr geknickt von dem Gespräch mit meinen Eltern, das in Äußerungen wie »Aber Weihnachten verbringen wir doch immer gemeinsam« (Mams) und »Ich hab dir doch schon so eine gute Ausbildungsstelle besorgt« (Paps) gipfelte. »Meine Eltern scheinen entschieden etwas dagegen zu haben, dass ich unsere schöne Kleinstadt noch vor Weihnachten verlasse, um die große gefährliche Welt zu erobern«, stelle ich fest. »Noch dazu allein.«

»Und was hast du jetzt vor?« Jule bleibt vor dem Smoothie-Stand stehen und besorgt uns beiden Bratapfel-Milchshakes mit Zimt und Vanille-Eis. »Hast du trotzdem zugesagt?«

Ich spiele mit dem Strohhalm in meinem Becher. »Nein. Ich habe noch nicht geantwortet. Ich weiß nicht, was ich machen soll. Einerseits will ich meine Eltern nicht enttäuschen …« Ich nehme einen Schluck von meinem Shake, der genauso lecker schmeckt wie er duftet. »Aber andererseits ist das wirklich eine einmalige Chance.«

Ursprünglich wollte ich eine Ausbildung zur Mediendesignerin machen. Offenbar war ich aber nicht gut genug. Es ist wirklich ein ziemlich fieses Gefühl, bergeweise Bewerbungen zu schreiben und immer nur Absagen zu kassieren. Aus lauter Frust habe ich einen Platz als Bürokauffrau angenommen, nur um nach einer Weile zu merken, dass mir dieser ganze Bürokram überhaupt nicht liegt. Weshalb ich die Ausbildung nach einem Dreivierteljahr abgebrochen habe, was für meine Eltern einem Weltuntergang gleichkam. Deshalb hat Paps mir kurzerhand und ungebeten eine Ausbildungsstelle zur Steuergehilfin in seinem Büro besorgt – die ich eigentlich gar nicht will, weil mich der Beruf null interessiert. »Du brauchst eine vernünftige Ausbildung, Kind. Lücken und ein Abbruch machen sich nicht gut im Lebenslauf.« Seine Worte klingen mir noch immer unangenehm laut in den Ohren.

»Also, ich finde, du solltest zusagen.« Jule saugt geräuschvoll am Strohhalm. »Es geht hier schließlich um *dein* Leben, nicht um das deiner Eltern.«

Ich seufze. »Ja, aber sie nehmen es mir echt übel. Weihnachten verbringt man mit der Familie und fährt nicht durch die Weltgeschichte«, sage ich mit verstellter Stimme, was Jule zum Lachen bringt.

»Es ist nur ein einziges Weihnachtsfest! Das werden sie ja wohl überleben.«

»Drei Monate, über Silvester«, korrigiere ich, »falls ich den Job bekomme.«

»Na und? Seit Jahren schwärmst du mir vor, du willst an Weihnachten nach London. Ich sag dir, diese Einladung ist ein Zeichen. Ich an deiner Stelle würde fahren.«

Das stimmt. Jule war allerdings schon immer mutiger als ich. Während ich im Sandkasten still vor mich hin buddelte, ist sie über ein wackeliges Kletternetz auf die höchste Rutsche gestiegen. Sie hat mir auch geraten, mich nach einem Praktikum im Ausland umzusehen. Dabei sind wir auf eine Marketing-Agentur in London gestoßen, die Aushilfen sucht. Als Jule mich dazu gedrängt hat, eine Bewerbung abzuschicken, hätte ich niemals damit gerechnet, tatsächlich eine Einladung zu einem Vorstellungsgespräch zu erhalten. Dummerweise soll das kurz vor Weihnachten stattfinden und das Probearbeiten danach. Falls es gut läuft, kann ich im Januar dort anfangen. So schonend wie möglich habe ich versucht, meine Eltern darauf vorzubereiten.

»Das ist alles nicht so einfach«, wiegele ich ab. »Für Mams und Paps ist das Schwänzen der Familienfeierlichkeiten ein absolutes No-Go. Und das Argument mit dem potenziellen Job haben sie damit abgeschmettert, dass ich ja schon die Ausbildungsstelle im Steuerbüro hätte. Und dann haben sie wieder meine Muster-Schwester vorgekramt, an der ich mir ein Beispiel nehmen soll, weil sie ihre Bankkauffrau-Ausbildung als Jahrgangsbeste beendet hat, während ich auf ganzer Linie versagt habe.«

»So ein Quatsch!«, erwidert Jule. »Du hast nicht versagt. Du hast es nur nicht so mit Zahlen wie der Rest deiner Familie. Du bist eben eher der künstlerische Typ.«

»Hmm …« Um nicht antworten zu müssen, nehme ich einen weiteren Schluck von meinem Shake und genieße die tröstliche Zimt-Bratapfel-Vanille-Geschmackswoge, die sich in meinem Mund ausbreitet.

»Stell dir nur vor«, schwärmt Jule. »Der Weihnachtszauber in Covent Garden, Big Ben im Schneeflockengewirbel, das glitzernde Lichtermeer der Oxford Street, die New Year's Parade. Aber vor allem …« Sie malt einen Halbkreis mit einer Hand, als ob sie einen Regenbogen nachzeichnen will. »… die Aussicht auf einen Job, den du wirklich machen willst.«

Sehnsucht steigt in mir auf, und in meinen Gedanken entsteht ein Bild, das ich am liebsten sofort auf Papier bannen würde. Ausgelöst durch meine Vorliebe für britische Filme stelle ich mir die Weihnachtszeit in London absolut magisch vor. »Du hast ja recht, eigentlich will ich auch fahren«, gestehe ich ein.

Wir schlendern weiter, und ich werfe meinen leeren Milchshake-Becher in einen Mülleimer, bevor wir unser erstes Ziel, einen Klamottenladen, betreten. »Allerdings bin ich pleite, weil ich mir erst vor Kurzem das neue Grafikpad geleistet habe. Und London ist schweineteuer. Vielleicht ist das ja ein Zeichen, dass ich doch hierbleiben soll.«

»Oder ein Zeichen, dass du dir die Reise eben selbst finanzieren musst«, meint Jule mit unwiderlegbarer Logik.

»Dazu bräuchte ich erst mal einen Job.« Ich seufze. »Vielleicht klappt es ja nächstes Jahr.«

»Oder nie.« Jule bleibt stehen, packt mich an den Schultern und sieht mir tief in die Augen. »Du brauchst die Erlaubnis deiner Eltern nicht mehr.«

Womit sie recht hat, denn seit genau vier Monaten bin ich achtzehn und offiziell erwachsen, auch wenn Mams und Paps das offenbar anders sehen.

»Willst du die Chance auf das Praktikum wirklich wegwerfen, nur damit der Weihnachtssegen bei euch nicht schief hängt?«, redet mir Jule ins Gewissen. »Das ist eine einmalige Möglichkeit, deinen Traum doch noch zu verwirklichen. In London, Hanna! Das wird ein Abenteuer. Und du weißt ja: Überraschungen und Abenteuer …«

»… sind das Salz in der Suppe des Lebens«, beenden wir den Satz gleichzeitig und prusten los. Jule ist schlauer als ich gewesen: Sie hat gleich nach dem Schulabschluss, während ich mich mit den Aufgaben einer angehenden Bürokauffrau herumschlug, ein Auslandsjahr gemacht. Und ich habe sie glühend darum beneidet.

»Oder bist du etwa ein Angsthäschen?«, zieht sie mich auf. »Hält dich der miese, fiese Schweinehund in deiner Komfortzone fest und kettet dich an Mamas und Papas Edeltanne?«

»Nein, ich wünschte nur, es gäbe irgendein Zeichen dafür, ob meine Entscheidung richtig ist«, sage ich und seufze. »Abgesehen davon bleiben mir nur noch knapp vier Wochen, um das Geld für die Reise zusammenzubekommen. Mit der Unterstützung meiner Eltern kann ich nicht rechnen.« Ich nage an meiner Unterlippe. Streit bereitet mir Magengrummeln und Zoff in der Familie noch mehr.

»Ich verstehe dich ja. Ich hatte vor dem Jahr in Kalifornien auch Bammel, aber es war einfach nur grandios.« Ihre Augen leuchten auf. »Außerdem: Ein Problem zu lösen …«

»… ist leichter, als damit zu leben.« Ich schmunzele bei der Erinnerung an unseren ehemaligen Physiklehrer, der gern Einstein zitiert hat. Es kommt mir vor wie gestern, dass wir in seiner Klasse über der Relativitätstheorie schwitzten. Warum eine Uhr auf der Erde langsamer laufen soll als in einem Flugzeug, ist mir bis heute ein Rätsel.

»Du weißt doch, am Ende bereut man nur das, was man nicht getan hat. Also sag zu.« Jule bleibt an einem der Wühltische stehen, die den Gang säumen, und probiert eine Mütze an, die wie ein Pandabär aussieht. Die langen, plüschig weichen breiten Bänder kann man sich wie einen Schal um den Hals schlingen, was Jule auch gleich testet.

»Wow, hast du heute Glückskekse gefrühstückt?« Ich ziehe eine Pinguinmütze aus dem Korb. »Oder woher kommen die ganzen klugen Sprüche?«

»Nein, ich bin von Natur aus mit Weisheit gesegnet

und gebe sie gern weiter.« Sie wackelt mit den Augenbrauen und deutet auf ihren bemützten Kopf. »Wie wär's damit? Für die Weihnachtsaktion.«

»Perfekt.« Ich hebe den Daumen. Das Kind freut sich sicher über das lachende Pandagesicht, und ich nehme den Pinguin für meine Tiermützen-Sammlung mit.

Wir bezahlen und verlassen den Laden. Jule stupst mich an. »Du willst ein Zeichen? Da hast du es.« Sie deutet auf ein Plakat, das an einem Pfeiler neben den Rolltreppen klebt.

Du wolltest dem Weihnachtsmann schon immer mal beim Wünsche erfüllen helfen? Dann komm zu uns.
Wir brauchen dich!
Weihnachtself w/m/d dringend gesucht.
Auf Minijobbasis. Mindestalter 16.
Bewerbungen an Rudolf-Events, Tel. 0.9442244

»Versprich mir, dass du da anrufst.« Jule zupft einen Zettelstreifen ab und wedelt damit vor meiner Nase herum.

»Ja, Boss«, antworte ich und hebe die Hand für unseren Kleine-Finger-Schwur. »Ich gebe dir mein feierliches Cupcake-Ehrenwort.«

Sie hakt ihren Finger in meinen ein und schaut dann auf die große verschnörkelte Standuhr, die neben dem Weihnachtsmann-Podest aufragt. »Oh je, ich komme zu spät. Meine Mittagspause ist in genau fünf Minuten vorüber.«

»Bist du sicher, dass die Uhr richtig geht? Womöglich bist du in einem Gravitationsfeld gelandet«, scherze ich.

»Mir wäre lieber, ich wäre in ein Kaninchenloch gefallen. Vor allem, weil ich jetzt Ablage machen und irgendwelche langweiligen Dokumente sortieren darf.« Ihr Ton verrät, dass sie diese Tätigkeit ebenso verabscheut wie einen fiesen Pickel am Kinn oder Bohnen mit Speck.

»Gib her.« Ich nehme ihr die Pandamütze ab und schenke ihr ein aufmunterndes Lächeln. »Ich kümmere mich ums Verpacken und lege sie unter den Baum.«

»Du bist echt ein Schatz.« Sie drückt mich.

»Warte kurz …« Ich krame in meinem Rucksack und schiebe Skizzenbuch, Stifte, Blasenpflasterschachtel und eine geringelte Socke (keine Ahnung, wie die da reinkommt) zur Seite. Schließlich stoße ich zu der Blechdose mit den Plätzchen vor und drücke sie Jule in die Hand. »Du weißt ja: Ein Löffelchen voll Zucker bitt're Medizin versüßt …«, zitiere ich aus meinem Lieblingsfilm.

»Oh, du hast gebacken. Zimtsterne. Wow, danke! Mhmm.« Sie beißt in einen hinein und schließt genüsslich die Augen. »Echt, du bist wie Mary Poppins«, behauptet sie mit vollem Mund. »Hast du in deiner Tasche auch eine Stehlampe versteckt, um für die nötige Erleuchtung zu sorgen?«

»Man weiß nie, wann man die gebrauchen kann«, erwidere ich grinsend.

Jule winkt mir zu und macht ein paar Schritte rückwärts, ehe sie sich umdreht und den Ausgang anpeilt. Ich schlendere weiter zum Buchladen, um das Malbuch und die Stifte zu besorgen. Auf dem Weg zur Kasse werde ich wie magisch von der Abteilung für Reiseführer angezogen. Als ich gerade durch einen über London blättere und mir vorstelle, über die verschneite Tower Bridge zu laufen, vibriert mein Handy, und ich schrecke auf. Das Display zeigt mir eine Nachricht von meiner Mutter an. Sie ist in drei Texte aufgeteilt, und die Autokorrektur hat auch wieder kräftig mitgemischt.

Mams: Bist du noch in der Einkaufs-Mallorca? Falls ja, kannst du bitte Michl und Eiter mitbringen?

Da ich die Vertipper meiner Mutter inzwischen gewohnt bin, komme ich recht schnell drauf, was sie meint.

Hanna: Der Michl möchte lieber in Lönneberga bleiben, und Eiter gibt's hier hoffentlich nirgends, aber ich bringe Milch und Eier mit.

Sie schickt mir ein Augenverdreh-Emoji, was ich als Zustimmung werte. Kurzentschlossen nehme ich den Reiseführer mit und bezahle ihn zusammen mit dem Malbuch und den Stiften, ehe ich rüber zum Supermarkt laufe. Vor dem Eingang am »Hundewarteplatz« ist ein kleines rotbraunes Fellknäuel angebunden und schaut mich aus großen schwarzen Knopfaugen an. Ich bücke mich zu ihm hinunter und halte ihm meine Hand hin. Der Hund schnuppert neugierig. »Na, Kleiner. Willst du was trinken?« Mein Blick schweift zu dem leeren Napf neben der Tür. Ich fische die Trinkflasche aus meinem Rucksack und schütte Wasser hinein. Hockend beobachte ich, wie der Kleine es gierig schlabbert. Das sieht so süß aus, dass ich unwillkürlich mein Skizzenbuch herauskrame und die Szene mit ein paar schnellen Strichen festhalte. »Danke, du bist ein tolles Model.« Ich klemme mir den Bleistift hinters linke Ohr, kraule dem Hundchen noch mal durchs Fell und will aufstehen. Im selben Moment trifft mich etwas Hartes an der Schulter, und ich plumpse unsanft auf den Hintern. Der Inhalt meines offenen Rucksacks ergießt sich auf den schmutzigen Boden.

»Mensch, passen Sie doch auf!«, schimpfe ich und versuche, mich aufzurappeln. Der kleine Hund springt um mich herum und wickelt mich mit der Leine ein.

»Mhm«, brummt der Kerl, der über mich gestolpert ist.

Ich hebe den Kopf und stelle genervt fest, dass er mit grimmiger Grinch-Miene weiter auf seinem Handy herumtippt. Wie unhöflich! Der hat sie ja wohl nicht mehr alle. Ich schätze ihn auf ungefähr 19 oder 20. Er trägt dunkle Jeans, einen dunklen halblangen Mantel, eine schwarze Mütze und Dreitagebart. Dunkelbraune Haare fallen ihm in die Stirn, und schwarze Ohrringe stecken in seinen Ohrläppchen. Und nein, seine schokobraunen Augen sind nicht von einer Brille umrahmt. Er ist also nicht kurzsichtig, sondern nur ein grober Klotz, wenn auch zugegeben ein gut aussehender. Mit Muttermal am Hals.

Ich mache Anstalten aufzustehen, was mit dem Skizzenblock in der Hand und leicht kribbeligen Beinen vom langen Hocken gar nicht so einfach ist. »Vielleicht solltest du noch mal an deinen Multitasking-Fähigkeiten arbeiten – und an deinen Manieren«, sage ich schnippisch. »Am Handy spielen und Laufen klappt wohl noch nicht so richtig.«

»*Oh, sorry. My bad.*« Seine angenehme, warme Stimme verursacht mir ein wohliges Prickeln. Unwillkürlich frage ich mich, was für ein Akzent in seinen Worten mitschwingt. »Darf ich?« Er steckt sein Handy in die Tasche und streckt mir die Hand hin. Widerstrebend lasse ich mich hochziehen. Kaum bin ich auf den Füßen, sammelt er in Windeseile den Inhalt meines Rucksacks auf. Das Hündchen hält das offenbar für ein Spiel und versucht, ihm die Sachen wieder abzujagen.

»*No, drop it!*« Die beiden liefern sich kurz ein Gerangel um meine Socke. Der Hund verliert, und der Kerl rümpft die Nase, als er sie in den Händen hält. Unverschämtheit! Schließlich ist er daran schuld, dass mein Leben offen wie ein Buch vor ihm ausgebreitet liegt. »Hier, alles gut?«

Sein Blick streift über mich und bleibt kurz an meinen Rentierohrringen hängen, ehe er wieder zu meinen Augen zurückkehrt.

»Ja. Danke«, sage ich, nehme die Socke, die er mir entgegenstreckt, und bücke mich rasch nach der Packung mit den Tampons, die er zum Glück übersehen hat. Als ich mich wieder aufrichte, glühen meine Wangen so heiß, dass man bestimmt Spiegeleier darauf braten könnte. »Bis dann.« Mit raschen Schritten entfliehe ich der peinlichen Situation und stelle mich vors Schwarze Brett im Eingangsbereich, um mich zu sammeln. Mein Handy piept mit einer Nachricht.

Jule: Hast du schon angerufen? Hat's geklappt? Bitte sag, dass es geklappt hat.

Wie ich sie kenne, wird sie mich so lange nerven, bis ich ihr antworte. Oder womöglich selbst dort anrufen. Daher fasse ich an meine Glücksbringerkette, eine kleine glitzernde Schneekugelperle mit Fee, hole tief Luft und wähle die Nummer der Weihnachtsagentur. Es dauert nicht lange, bis ich den Agenturleiter Thomas Rudolf am anderen Ende davon überzeugt habe, dass ich die perfekte Weihnachtselfe bin. Er klingt zutiefst erleichtert, dass ich mich melde, und stellt kaum Fragen. Das »dringend« in der Anzeige war offensichtlich wortwörtlich gemeint. Schon morgen soll ich anfangen.

Bevor ich es mir anders überlegen kann, bestätige ich auch schnell noch den Termin für das Vorstellungsgespräch bei Kingston & Starkfield.

»London, ich komme!«, texte ich Jule, worauf ich mit einem Daumen-hoch-Emoji und Konfettiregen belohnt werde.

Beschwingt hopse ich im Kreis und reiße in triumphierender Pose den Arm hoch. Dabei merke ich zu spät, dass der Stolper-Typ sich vor mir aufbaut. Verdammt! Hoffentlich hat er mein Freudentänzchen nicht bemerkt.

»Hier, das hast du vergessen.« Er streckt mir etwas Schwarzes entgegen. Seine Schoko-Augen schimmern belustigt.

Ich erkenne die Pinguin-Mütze, die ich vorhin gekauft habe. »Ups, noch mal danke!« Verlegen beiße ich mir auf die Lippe.

»Netter Tanzmove übrigens.« Er zwinkert mir zu und taucht in der Menge unter, während ich am liebsten im Erdboden versinken will.

Jared

River
oder:
Weihnachten ist voll überbewertet

Nein, ich hasse die Weihnachtszeit nicht. Allerdings gehört sie auch nicht zu meinen Lieblingsjahreszeiten. Meiner Meinung nach wird Weihnachten völlig überbewertet. Alle Welt schwafelt von Besinnlichkeit und Nächstenliebe. Was man jedoch tatsächlich bekommt, ist Stress. Gereizte Mitmenschen. Erinnerungen, die man lieber vergessen will, und oberflächliches, aufgesetztes »Oh-du-fröhliche«-Getue. Die lachend beieinandersitzende Familie wird zelebriert, obwohl bei vielen gerade zum Fest der Liebe Streit an der Tagesordnung ist. Und dann erst diese Heuchelei und der Versuch, sich mit Spenden und Geschenken von ein paar Schuldgefühlen freizukaufen, um im restlichen Jahr guten Gewissens die Augen vor der allgegenwärtigen Not und den Bedürfnissen anderer fest verschließen zu können.

Dabei ist es so einfach, das Kostbarste und Günstigste zugleich zu verschenken: Zeit. Den anderen das Gefühl geben, dass sie wichtig sind, und ihnen zuhören. Das ist, wie ich finde, viel wertvoller als jeder Gutschein, jedes Schmuckstück oder die unpersönliche Geldgeschenkkarte, die mein Erzeuger jedes Jahr über seine Assistentin zu schicken pflegt. Erst heute habe ich wieder eine Mail von ihr bekommen, mit der Frage, ob ich die Nachricht zu Dads Charity-Weihnachtsdinner erhalten hätte, und dass sie meine Antwort erwarten würde. Was soll ich da überhaupt? Mir anschauen, wie glücklich er mit seiner neuen Familie ist? Das tu ich mir bestimmt nicht an. Wie beim Lesen der Einladungsmail letzte Woche, die mir ausgerechnet ins Postfach geflattert ist, während ich im Supermarkt war, sinkt meine Laune auch jetzt im Turbotempo auf Nordpol-Minusgrade.

Ich versuche gerade halbherzig, sie mit Josh Grobans Song *River* und einer Runde Zocken wieder ins Plus zu bringen, als mein Freund Shinji mir eine rote Zipfelmütze überstülpt. Entsetzt ziehe ich die Kopfhörer von den Ohren. »Nicht dein Ernst!« Mit dem Ding komme ich mir so lächerlich vor wie der Gartenzwerg, der im Blumentopf neben der Haustür meiner Gran steht.

»Doch! Das ist deine Arbeitskleidung.« Mein Mitbewohner grinst so breit wie ein lebendig gewordener Smiley.

Mein Blick fällt auf den roten Mantel und den weißen Bart in Shinjis Händen. *»Blimey! No fucking way.«* Unwillkürlich springe ich vom Sofa auf und weiche einen Schritt zurück – als wäre ich ein Vampir, der mit einer Knoblauchkette bedroht wird.

Buttons hopst hoch und schnappt spielerisch nach dem Mantelsaum, als Shinji mir das Kostüm über die Schulter legt, weil ich die Arme verschränke.

»Du hast es mir versprochen, Jared.« Shinjis Stimme klingt verschnupft. Nicht nur, weil er offenbar genervt ist, sondern weil seine Nase tatsächlich verstopft ist. Geräuschvoll zieht er den Rotz nach oben.

»Und du hast behauptet, es ist ein ganz normaler Aushilfsjob«, erwidere ich vorwurfsvoll und verfrachte das Kostüm mit spitzen Fingern aufs Sofa.

»Ist es ja auch.« Shinji lässt sich in den Sessel plumpsen und trompetet lautstark in eins der vielen Taschentücher, die er wie papierne Schneeflocken um sich herum verstreut. »Jetzt komm schon. Thomas, der Chef der Agentur, ist einverstanden. Ansonsten sucht er sich jemand anderen, und dann bin ich definitiv raus. Was echt schade Schokolade wäre, denn ich hab noch nie so leicht Geld verdient. Wenn du mich aber vertrittst, bis ich wieder fit bin, kann ich danach übernehmen. Es ist doch bloß für höchstens eine Woche.«

Ich seufze abgrundtief, schalte die Konsole aus und hole mir die Spaghettizange und eine Schüssel aus der Küche, um damit die zerknüllten Schnodderfahnen einzusammeln. Als Shinji mich gebeten hat, für ihn im Einkaufszentrum einzuspringen, habe ich angenommen, ich würde Regale einräumen, nicht den Weihnachtsmann spielen.

»Ehrlich, du sitzt da nur drei Stunden rum, unterhältst dich mit den Kindern und fragst sie nach ihren Wünschen. Ab und zu macht auch mal jemand ein Foto, und am 6. ist Kindergarteneinsatz. Lockerleicht verdiente Kohle.« Shinji lässt sich in die Polster zurücksinken. Er wirkt ein bisschen müde. Vermutlich macht ihm die Erkältung doch mehr zu schaffen, als er zugeben will. Und nein, es ist keine Männergrippe, sondern ein echter grippaler Infekt. Mit

Schnupfen, Kopf- und Gliederschmerzen. Deshalb hat ihn der Arzt erst einmal aus dem Verkehr gezogen. Bleibt nur zu hoffen, dass ich mich nicht inzwischen angesteckt habe. Das kann ich so kurz vor der Klausur ungefähr so gut gebrauchen wie eine Alieninvasion. Obwohl die vermutlich ihre Vorteile hätte und mir die Father-Christmas-Sache ersparen würde.

»Einen Kindergarteneinsatz?« Ich befördere die Taschentücher in den Mülleimer, Schüssel und Spaghettizange ins Spülbecken und stecke dem aufgeregt um mich herumtänzelnden Buttons ein Leckerli zu, ehe ich zu Shinji ins Wohnzimmer zurückkehre.

»Ja. Das bedeutet, dass du in Kindergärten gehst und statt Schoko-Nikoläuse die Geschenke der Erzieherinnen verteilst. Vorher musst du sie noch ein Gedicht aufsagen lassen. Also die Kinder, nicht die Erzieherinnen.« Er grinst. »Man wird empfangen wie ein Star.« Shinji wackelt mit den Augenbrauen. »Übrigens bekommst du eine niedliche Elfenassistentin und triffst haufenweise Chicks. Studien bestätigen, dass sich die meisten Paare auf der Arbeit oder beim Einkaufen kennenlernen. Und ich Genie hab beides kombiniert und damit meine Chancen verdoppelt. Und bald auch deine.« Sein Grinsen reicht inzwischen von einem Ohr zum anderen.

Aha, nun verstehe ich, warum mein Freund, mit dem ich mir seit eineinhalb Jahren die Studentenwohnung teile, so gerne den Weihnachtsmann spielt. Er nutzt den Job als Tinder-Ersatz. »Danke, aber nein danke. Ich brauche keine Chancen. Ich hab genug damit zu tun, mich auf die KI-Klausur vorzubereiten.«

Shinji schnieft, ob aus Verachtung oder weil er die Nase

im wahrsten Sinne des Wortes voll hat, kann ich nicht beurteilen.

»Laaangweilig«, meint er. »Du musst doch auch mal wieder ein wenig Spaß haben. Wozu ist die Uni denn da, wenn nicht, um das Leben zu feiern?«

»Ähm, zum Studieren«, erwidere ich und bücke mich, um den Plüschbären aufzuheben, den Buttons mir vor die Füße gelegt hat. Erwartungsvoll schaut er mich an. Der kleine rotbraune Norfolk-Terrier ist das Einzige, was mir von Mum geblieben ist. Bis auf den Brief, der geschlossen ganz unten in meiner Schreibtischschublade liegt. Ich drücke mich immer noch davor, ihn zu lesen.

Das letzte Jahr war hart. Belastend. Monatelang war ich wie in Trance herumgelaufen. Betäubt. In den Filmen sind sie immer so gefasst. Ich bin wütend. Auf Gott und die Welt. Warum musste ihr das passieren? Warum mir? Inzwischen ist es über ein Jahr her, und allmählich wird es ein wenig leichter. Dachte ich jedenfalls. Weihnachten bringt die Erinnerung und die angstvollen Monate vom Vorjahr jedoch mit voller Wucht wieder zurück. Sie hat das Fest der Liebe und Familie geliebt. Nur dass von der nicht mehr viel übrig ist. Meine Gedanken schweifen zu Gran. Im Gegensatz zum letzten Jahr hat sie mich nicht bedrängt, meinen Geburtstag und Weihnachten zu Hause in England zu feiern. Sie hat es klaglos akzeptiert, als ich ihr vor ein paar Tagen abgesagt habe. Und darüber bin ich froh.

»Ey, man muss auch mal Pause machen, damit das Gehirn das ganze erlernte Wissen überhaupt verdauen und speichern kann«, holt Shinji mich aus meinen Gedanken. »Das ist wissenschaftlich erwiesen. Außerdem sind sowieso bald Weihnachtsferien. Hab ich schon erwähnt, was es dieses Jahr bei uns zu essen gibt?«

»Nur ungefähr zehntausend Mal«, sage ich abwesend und knautsche dabei den Bären in meiner Hand, der ein empörtes Quietschen von sich gibt. Buttons springt kläffend an mir hoch, und ich werfe das Plüschtier durchs Zimmer. »Ich weiß inzwischen bis zu den Zutaten genau, was deine Mum zum Weihnachtsdinner auftischen wird.«

»Ja, das wird ein Fest.« Shinjis Blick schwenkt zu Buttons, der seinem Spielzeug nachjagt. »Was ist mit dir? Hast du deinem Vater schon geantwortet? Das solltest du tun, Mann, bevor er dir endgültig den Geldhahn zudreht.«

»Nein, ich hab ihm noch nicht geantwortet«, gebe ich zu und lasse mich aufs Sofa plumpsen.

Shinji verdreht die Augen. »Ey, ich versteh ja, dass es dir schwerfällt, *mate.* Aber Weihnachten ist doch die Zeit der Versöhnung. Glaubst du nicht, es wird allmählich Zeit, diesen ganzen Mist hinter dir zu lassen und nach vorn zu schauen? Auch wenn die Familie einem ganz schön auf den Keks gehen kann – und glaub mir, ich spreche aus Erfahrung –, ohne sie ist man nur ein halber Mensch.«

»Wer bist du? Der Geist der gegenwärtigen Weihnacht?«, erwidere ich genervt. »Verschone mich mit dieser Phrasendrescherei und misch dich nicht in meine Angelegenheiten ein.« Natürlich weiß ich, dass Shinji im Prinzip recht hat. Aber dieses »Nach vorn schauen« ist eben leichter gesagt als getan. Mal abgesehen davon, dass Dad in meinem Leben die meiste Zeit entweder durch Abwesenheit oder Kritik an mir und meinen Entscheidungen geglänzt hat, nehme ich ihm übel, was er Mum angetan hat.

Deshalb habe ich auch nicht vor, mich von ihm unter Druck setzen zu lassen.

»Hey, schon gut. Kein Grund, mir mit dem Hintern ins Gesicht zu springen.« Shinji hebt abwehrend die Hände. »Ich erfülle nur meine Freundschaftspflichten und gebe dir gut gemeinte Ratschläge, so wie du mich auch bei jeder günstigen und vor allem ungünstigen Gelegenheit mit deinen Ratschlägen versorgst. Ich sag nur: Pizza Ananas. Was übrigens ein absoluter Fehlratschlag war.« Er schnieft vorwurfsvoll und verzieht das Gesicht zu einer Leidensmiene. »Pizza und Ananas sind keine gute Kombi. Schon gar nicht für ein erstes Date.«

»*Sorry, mate.* War nicht so gemeint.« Buttons kommt angeflitzt und springt neben mir aufs Sofa. »Ananas auf Pizza ist übrigens total lecker.« Im Gegensatz zu dem angeschlabberten Plüschbären, den Buttons neben mir zerkaut. »Ich konnte schließlich nicht ahnen, dass du allergisch darauf reagierst!«

»Ja ja, schon klar.« Er putzt sich wieder geräuschvoll die Nase. »Du kannst gern mit zu uns kommen, wenn du nicht mit deiner Familie feiern willst.«

»Danke, aber du hast dich schon letztes Jahr für mich geopfert.«

Wir hatten die Feiertage gemeinsam auf dem Sofa verbracht, stundenlang gezockt und darüber die Zeit und den obligatorischen Skype-Anruf bei Shinjis Mutter vergessen. Das hatte zur Folge, dass am *Boxing Day*, am 26. Dezember, seine gesamte Familie – Mutter, Vater, Opa und drei Schwestern – unangemeldet in unserer Mini-Wohnung aufgetaucht war, um nachzusehen, ob wir noch lebten. Und um uns durchzufüttern. Beim Gedanken an all die leckeren Daifukus und den extrasüßen Christmas Cake bekomme ich sofort Hunger.

»Dieses Jahr bleibe ich lieber hier und nutze die Zeit zur Vorbereitung meiner Semesterarbeit. Ich bin echt *busy.*« Ich mache eine ausholende Bewegung zu meinen Vorlesungsmitschriften auf dem Schreibtisch.

»Heißt das, du übernimmst auch den Job nicht?« Shinji richtet sich auf und packt sich ans Herz. Zielsicher rührt er weiter in der trüben Suppe meiner Schuldgefühle. »Du willst deinem besten Kumpel, der dich in der schwersten Zeit deines Lebens unterstützt hat und dir immer noch zur Seite steht, der niemals über Zahnpastaflecken im Waschbecken, Geschirrstapel neben der Spülmaschine und stinkende Socken und Sportsachen über Sessellehnen meckert, und der sogar seine Chips klaglos mit dir teilt, nicht einmal diesen winzigen Gefallen tun?« Er verzieht weinerlich den Mund und stößt ein theatralisches Schluchzen aus. »Willst du wirklich, dass ich diesen Superjob nur wegen einer blöden Krankheit verliere?«

Natürlich will ich das nicht, und das weiß er auch. Ich wünschte nur, dass ich nicht ausgerechnet einen albernen Weihnachtsmann dafür spielen müsste.

Ich seufze, was Shinji dazu veranlasst, härtere Bandagen aufzuziehen. »Ich übernehme dafür auch einen Monat lang den Kloputzdienst.«

»Zwei Monate und den gesamten Putzdienst«, fordere ich, denn ich hasse Putzen. »Außerdem musst du dich um Buttons kümmern, wenn ich den Weihnachtsmann gebe. Mit ihm spielen und so, damit er die Möbel nicht wieder anknabbert.«

»Geht klar.« Shinji streckt die Faust aus, und ich schlage dagegen. »Das ist echt ehrenmäßig cool, dass du deine Weihnachtsphobie für mich überwindest und dich den ganzen Tag lang im Kostüm im Einkaufszentrum von Weihnachtsliedern beschallen lässt und dich gestressten, aber meistens fröhlichen Menschen aussetzt.«

Ich stöhne auf. Worauf habe ich mich bloß eingelassen?

Shinjis Blick fällt auf die Keksdose auf dem Tisch. »Vielleicht sollten wir ein paar Antikörper aktivieren, damit dich die Konfrontation nicht ganz so hart trifft. Allergien werden auch durch eine Hyposensibilisierung mit Verabreichung der Allergene in niedrigen Dosen behandelt, damit nach einer Weile keine Krankheitssymptome mehr auftreten. Kekse?« Er zieht seine Geheimwaffe, einen runden, mit Schokolade gefüllten Keks, heraus und wedelt damit vor meiner Nase herum. »Wenn du schön einen nach dem anderen isst und wir dazu ein paar Weihnachtslieder trällern, bist du optimal für deinen Einsatz in der Weihnachtsmann-Agentur vorbereitet.«

»*Fair enough*, zu den Cookies sage ich nicht Nein, aber das Singen kannst du vergessen. Wann geht's los?« Buttons legt seinen Kopf auf mein Bein, und ich kraule ihm sanft durchs Fell.

Shinji strahlt mich an. »Heute Nachmittag um drei. Ich hab Thomas Bescheid gegeben, dass du kommst, weil ich wusste, dass du mich nicht hängen lässt.«

»Heute schon? Wann hast du denn das … Ach, egal.« Ich schnappe mir das Cookie, drehe die beiden Hälften auseinander und lecke die Schokoladenfüllung heraus. Angeblich soll Schokolade die Nerven beruhigen. Und das kann ich jetzt gut gebrauchen. »Werde bloß schnell wieder gesund«, flehe ich.

Hanna

Here comes Santa Claus
oder:
Warten auf den Weihnachtsmann

Kostümiert und gut gelaunt tigere ich vor dem weihnachtlich geschmückten Podest auf und ab und warte auf den Weihnachtsmann. Gemeinsam mit meinem Partner lautet die Mission an diesem Nachmittag wieder, die Kinder im Einkaufszentrum zu bespaßen. Das ist unser sechster gemeinsamer Einsatz, und bisher hat es echt gut geklappt. Shinji scheint sich heute allerdings zu verspäten.

Den Kerl mit dem Rucksack und dem Skateboard unter dem Arm, der stattdessen zielstrebig auf mich zusteuert, erkenne ich sofort wieder. Der Zwischenfall vorm Supermarkt.

Ja, er ist es. Braune Wuschelhaare, lässiges Auftreten, Muttermal am Hals. Grimmige Grinch-Miene.

Ich schnappe mir einen der kleinen Schoko-Nikoläuse, die wir an die Kinder verteilen sollen, packe ihn aus und beiße ihm den Kopf ab. Als wäre unsere erste Begegnung nicht peinlich genug gewesen, muss er mich jetzt auch noch im kurzen Elfenröckchen und rot-weißer Ringelstrumpfhose sehen. Ganz zu schweigen von den spitzen Schuhen mit Glöckchen und der Zipfelmütze, die zu meinem Kostüm gehören. *Bitte geh weiter, bitte geh weiter,* denke ich.

Der Zwischenfall baut sich vor mir auf.

War ja klar.

»Bist du die Elfe, mit der ich dieses Theater hier machen soll?« Er mustert mich aus schokobraunen Augen, und das in Kombi mit seiner Gänsehautstimme bringt mich kurz aus dem Konzept.

»Welches Theater meinst du?«, frage ich verwirrt und greife Halt suchend an meine Schneekugelkette.

»Na, die Weihnachtsmann-Nummer«, erwidert er genervt. »Shinji hat gesagt, dass mir eine Elfe hilft.« Er räuspert sich, als hätte er sich an einem Keksktümel verschluckt.

»Ach so. Ja, ich bin die helfende Elfe. Aber von einem Ersatz-Weihnachtsmann weiß ich nichts. Wo ist Shinji?« Kritisch beäuge ich seine Zweitbesetzung und wundere mich, dass Thomas mir nicht gesagt hat, dass ich heute mit einem anderen Partner arbeiten soll.

»Er ist krank«, antwortet der zukünftige Weihnachtsmann.

»Aha. Und wer bist du?«

»Jared.«

O-kay! Sehr auskunftsfreudig ist er ja nicht. »Weiß Thomas, dass du für Shinji einspringst?«

Er verzieht den Mund. »*Jep, sure.* Die Agentur weiß Bescheid. Aber wenn dir meine Nase nicht passt, kannst du den albernen Mist auch gern allein machen.«

»Man wird ja wohl noch fragen dürfen«, erwidere ich leicht angefressen. »Da könnte ja sonst jeder kommen. Wer sagt mir, dass du kein Fake bist?«

»Also, wenn du so was wie ein Codewort oder einen Weihnachtsmannausweis erwartest, sorry. Das hab ich nicht. Aber ich kann dir gern das Kostüm im Rucksack zeigen. Das wird als Beweis ja hoffentlich ausreichen. Außerdem glaube ich nicht, dass hier so viele Ersatz-Weihnachtsmänner rumlaufen.«

Womit er natürlich recht hat. Die Weihnachtsmann-Knappheit ist ziemlich auffällig.

Er kneift die Augen zusammen. »Sag mal, kenne ich dich irgendwoher?«

Heftig schüttele ich den Kopf. »Nö, bestimmt nicht.«

Er reibt sich übers Kinn. »Doch, bestimmt.« Eindringlich schweift sein Blick über mich, und ein Prickelbrausegefühl blubbert in mir hoch. Meine Wangen glühen bestimmt schon so rot wie die Weihnachtskugeln hinter mir an Klausi dem Weihnachtsbaum.

Er fixiert meine Ohrringe und schnippst mit den Fingern. »Jetzt weiß ich es. Du bist die mit der Pinguinmütze und den Rentierohrringen. Das Missgeschick vorm Supermarkt.«

Geht's noch? Die Bemerkung ist wie eine kalte Dusche. »Entschuldige mal, ich bin kein Missgeschick, Mr-Ich-hab-meine-Manieren-im-Klo-heruntergespült.« Empört stemme ich die Hände in die Hüften und lasse mein Gesicht zu einer Eiswürfelmiene erstarren, die ihn hoffentlich in die Knie zwingen wird.

»Sorry, das kam falsch rüber. So hab ich das gar nicht gemeint.« Er fährt sich mit einer Hand durch die dunklen

Haare und klingt ziemlich zerknirscht. Gut so. »Zeig mir das Fettnäpfchen, und ich trete rein.«

Seine betretene Miene entlockt mir ein Lächeln. »Okay, passt schon. Ich hab ja auch keins ausgelassen. Lass uns einfach noch mal von vorn anfangen. Hallo, ich bin Hanna.«

»Jared, hey. Und wie funktioniert dieses Theater jetzt? Eins vorweg: Ich werde auf keinen Fall irgendwelche Weihnachtslieder singen, und ho-ho-ho sage ich auch nicht.«

Ich verkneife mir ein »Hast du doch gerade« und erwidere laut: »Wie bedauerlich, Shinji hat das echt gut drauf. Aber egal, Hauptsache, die Kinder haben Spaß.« Ich deute zu dem rot gepolsterten Thron hinter mir. »Im Prinzip musst du nur dort sitzen, den Kleinen zuhören und ihnen zum Abschluss noch einen Schoko-Weihnachtsmann schenken.«

»Falls du sie nicht vorher aufgefuttert hast.« Er betrachtet vielsagend meine Hand, die sich gerade Nachschub aus der Schale sichern wollte.

Ertappt lege ich die Schokolade zurück. »Na, jedenfalls mache ich die Arbeit. Das heißt, ich notiere mir die Wünsche und stecke sie den Eltern zu.« Mein Blick fällt auf seine schwarze Jeans und die frostblaue Jacke. »Umziehen solltest du dich aber schon noch.«

Er macht Anstalten, das Kostüm aus seinem Rucksack zu holen. Rasch packe ich ihn am Arm und ziehe ihn zur Seite. »Doch nicht hier! Willst du, dass wir auffliegen?«

Verständnislos schaut er mich an. Ich deute auf einige Kinder, die uns aus sicherer Entfernung beobachten.

»*Jeez*, ich wusste nicht, dass das hier eine James-Bond-

Mission wird.« Er verzieht den Mund, wodurch ich einen blassen Strich unterhalb seiner Unterlippe erkenne, eine schmale Narbe, die mir bei unserer vorigen Begegnung nicht aufgefallen ist.

Ich räuspere mich und lenke meinen Blick zurück zu seinen Augen. »Diskretion ist wichtig«, erkläre ich. »Wenn die Kinder merken, dass du ein Fake bist, machen sie Tamtam, und die Eltern werden sauer. Das wiederum macht unseren Auftraggeber sauer, der uns die Hölle heißmachen wird, und dann können wir den Saison-Bonus abschreiben. Also gib dir bitte ein bisschen Mühe, denn Shinji hat den Weihnachtsmann wirklich gut gespielt, und ich werde dich unweigerlich an seiner Leistung messen. Außerdem brauche ich das Geld. Wenn du hier also den *Bad Santa* rauskehrst, brennt die Tanne, und du bekommst mit der Weihnachtselfe höchstpersönlich mordsmäßigen Ärger. Klar, so weit?« Ich schenke ihm ein zuckersüßes Lächeln.

»Aye aye, Madam Elf.« Er salutiert vor mir.

»Ich fürchte, du nimmst die ganze Sache nicht ernst.« Skeptisch blicke ich ihn an.

»Ich glaube eher, du nimmst die Sache *zu* ernst.« Er schaut sich suchend um. »Wo kann ich mich umziehen?«

»Das hättest du am besten schon bei dir zu Hause erledigt«, antworte ich wenig hilfreich.

»Tja, hab ich aber nicht. Ich lauf doch nicht in der albernen Aufmachung durch die Stadt. Und jetzt?«

»Gehst du eben hinter den Weihnachtsbaum.« Ich deute zu Klausi. »Oder aufs Klo.«

Er verschwindet in Richtung Toilette, und ich beschließe, am Baum auf ihn zu warten. Ich hab meine Zweifel, ob

Jared der Richtige für diesen Job ist. Unglaublich viel Weihnachtsfreude versprüht er nicht. Jedenfalls deutlich weniger als Shinji, mit dem ich immer großen Spaß habe. Jared hingegen scheint an einer ausgeprägten Weihnachtslieder-Lametta-Hohoho-Allergie zu leiden. Ich schnappe mir noch einen Weihnachtsmann, in der Hoffnung, dass die Schoki genügend Glückshormone produziert, um die nächsten Stunden zu überstehen.

»Wusstest du, dass man die *Easter Bunnys*, die nicht verkauft werden, wieder einschmilzt und zu Weihnachtsfiguren umarbeitet? Du naschst also alte Schokolade.«

Jared ist neben mir aufgetaucht, und ich wische mir verlegen den Mund ab. Mist, erwischt! »Ja, genau, und die Kalorientierchen nähen nachts die Kleider enger. So ein Quatsch. Schokolade ist bei richtiger Lagerung über ein Jahr haltbar. So schnell wird die nicht alt. Schon gar nicht, wenn man sie vorher auffuttert.«

»Wow, du bist wohl Schokoladen-Expertin?«, fragt er spöttisch.

»Sagen wir mal so, ich verfüge über jede Menge unnützes Wissen. Und ich weiß, dass das hier so nicht geht.« Mein Blick schweift über ihn. Der rote Mantel schlackert um seine Hüften, der Bart sitzt schief, und die Mütze hat er so tief in die Stirn gezogen, dass sie ihm fast in den Augen hängt. Dafür quellen an den Seiten dunkelbraune Haare hervor. Immerhin steckt die Hose ordnungsgemäß in den schwarzen Stiefeln mit weißem Kunstfellbesatz. »Wo ist der Fatsuit?«, frage ich.

»Der was?« Irritiert schaut Jared an sich herunter.

»Na, der Fatsuit. Die Wampe, die den Weihnachtsmann erst zum Weihnachtsmann macht.«

»Also, ich bin eigentlich ganz froh, dass ich keine habe.« Er tätschelt seinen flachen Bauch, und mein Blick verharrt einen Moment zu lang auf der Stelle. »Shinji hat mir nur Mantel, Hose, Bart, Mütze und Stiefel gegeben. Von einem Fatsuit hat er nichts gesagt.«

»So geht das nicht.« Ich reiße mich los. »Du siehst ja aus, als kämst du direkt aus einer Magic-Mike-Weihnachtsshow.« Kaum sind die Worte rausgepurzelt, spüre ich, wie mir die Hitze in die Wangen steigt. Und wie immer, wenn ich nervös bin, fange ich an zu plappern. »Ich meine, Shinji ist wohl von Natur aus etwas muskulöser gebaut als du. So wie Jason Momoa als Aquaman, während du eher der junge Aquaman Kekoa …« Jared mustert mich stirnrunzelnd. Ich muss hier weg. Schleunigst. »Ach, ist ja auch egal. Warte hier.« Ich lasse ihn stehen und laufe hinüber zum Thron. Vor dem weihnachtlich dekorierten Podest hat sich bereits eine lange Schlange von Eltern mit Kindern an der Hand gebildet. Eigentlich hätten wir schon vor fünf Minuten anfangen müssen. »Gleich geht's los!«, rufe ich. Dann schnappe ich mir das große goldfarbene Kissen mit den Troddeln an den Seiten vom Stuhl und haste im Laufschritt zurück.

»Mach den Mantel auf und gib mir deinen Gürtel«, weise ich Jared an.

Misstrauisch schaut er mich an. »Was soll das werden?«

»Ich mache einen richtigen Weihnachtsmann aus dir. Na los. Wir sind schon zu spät dran.« Ungeduldig deute ich auf die Schlange.

Zögernd öffnet er den Gürtel, und als der Mantel auseinanderfällt, drücke ich ihm das Kissen auf den Bauch. »Halt fest.«

»*Jeez.*« Jared schaut mich genervt an, als ich den Mantel über dem Kissen zurechtzupfe und alles mit dem Gürtel zusammenzurre. »Ist das wirklich notwendig?«

»Ja, ist es. Willst du etwa, dass wir Beschwerden bekommen, weil der Weihnachtsmann ein Sixpack hat? Wo doch alle Welt und jedes Kind weiß, dass er ein netter, gemütlicher, alter Mann mit Lebkuchen-und-Milch-Wampe ist?« Ich schnalle den Gürtel noch etwas fester. Jared zieht schnell die Hände hervor, und unsere Finger streifen sich kurz. Ein elektrisierendes Prickeln durchzuckt mich, doch ich bewahre Haltung und betrachte kritisch mein Werk. In der Mitte ist der Stoff-Bauch ein wenig eingedellt. Egal. Für heute muss das genügen. »Besorg dir fürs nächste Mal was Passendes«, trage ich ihm auf.

Er verdreht die Augen, nickt aber. »Ja, Ma'am.«

Ich stelle mich auf die Zehenspitzen, um den Bart geradezuziehen. Jareds Duft weht mir entgegen, frisch und zitronig zugleich, wie ein Sommertag. Abgelenkt stopfe ich seine Haare unter die Mütze. Sie fühlen sich überraschend weich an. Zu spät wird mir klar, dass ich womöglich eine Grenze überschritten habe. Rasch ziehe ich die Hand zurück. »So wird's gehen«, sage ich hastig, als ich spüre, dass sein forschender Blick erneut an mir klebt. »Halt! Deine Ohrstecker müssen noch raus.« Ich deute drauf.

»Aye, Aye, Captain Elf.«

Unter dem Beifall der Familien betreten wir das Podest. Ich nehme die Kordel aus dem Haken und lasse Jared an mir vorbei. Hoheitsvoll nimmt er auf dem roten Sessel mit den goldfarbenen Löwenfüßen Platz.

In der nächsten Stunde haben wir viel zu tun, und zu meiner Überraschung macht Jared seine Sache gut. Er redet in sanftem Ton mit den Kindern und lauscht ihnen aufmerksam. Ab und zu entdecke ich sogar den Hauch eines schiefen Lächelns in seiner Miene.

Als der Andrang nachlässt und wir kurz verschnaufen können, packe ich meine Thermoskanne aus dem Rucksack. »Willst du?«

»Was ist da drin?« Er beugt sich leicht vor, als ich die dampfende Flüssigkeit in den Becher schütte.

»Kakao.« Genüsslich nehme ich einen Schluck.

»Du stehst wohl auf Schokolade«, stellt er fest.

»Ach, woran hast du das jetzt bloß gemerkt?« Ich halte ihm den Becher hin. »Was ist, willst du jetzt oder nicht?«

Er schüttelt den Kopf. »Ich bin eher der Kaffeetyp.«

Ah ja. »Willst du dir schnell einen holen? Der aus der Bäckerei schmeckt ganz gut.«

»Nee, lass mal. *Cheers.* Das nächste Mal bringe ich mir selbst was mit.«

Ich nehme einen weiteren Schluck. »*Cheers?* Wie Prost?«

»Nein, *cheers* wie Danke.« Er verzieht den Mund und streift sich durch den weißen Bart. »Lass dich von meinem ach so hübschen amerikanischen Outfit nicht täuschen. Eigentlich bin ich Engländer.«

»Cool. Seit wann lebst du hier?«

»Seit knapp über einem Jahr. Wegen des Studiums.«

»Ah, und aus welcher Ecke Großbritanniens kommst du?«

»Hat dir schon mal jemand gesagt, dass du ganz schön neugierig bist?« Er legt den Kopf schräg.

»Ich? Niemals. Also?« Erwartungsvoll fixiere ich ihn.

Seine Mundwinkel zucken. »Du bist ganz schön hartnäckig.« Kurz zögert er, ehe er antwortet. »London.«

»Echt? Vielleicht hast du ja ein paar Tipps für mich. Ich will über Weihnachten dorthin.«

»Ausgerechnet.« Verächtlich verzieht er das Gesicht. »Bist du auch so ein Schnulzenfilm-Junkie, der unbedingt die Schauplätze von *Notting Hill* und *Tatsächlich … Liebe* mal live sehen will?«

»Pff«, zische ich und fühle mich durchschaut. »Überhaupt nicht. Aber die größten *Sights* will ich mir anschauen. Du weißt schon: Buckingham Palace, Madame Tussaud's, Millennium Bridge, Winter Wonderland.«

Spott glitzert in seinen Augen. »Klar, das typische Touri-Programm. Hab ich mir schon gedacht.«

»Aha. Okay. Und was ist dagegen einzuwenden?« Leicht angesäuert schraube ich die Thermoskanne zu.

»Nichts.« Jared zuckt mit den Schultern. »Ist nur nicht mein Ding. Wenn du einen Tipp willst: Mit der Oyster Card oder einer Kreditkarte sparst du in den Bussen und in der *Tube* Geld.«

»*Cheers*«, sage ich lächelnd.

Er nickt, steht auf und streckt sich, wobei das Kissen verrutscht und auf den Boden plumpst. Rasch sieht er sich um und stopft es sich wieder unter den Mantel.

Meine Füße ächzen hingegen vom langen Stehen. Ich setze mich auf das Podest und wackele mit den Zehen in den Schuhen, um sie ein wenig zu entspannen. Die Glöckchen in den roten Bommeln an der Spitze klingeln dabei blechern. Vom Mini-Karussell beim Eissalon dringt die Melodie von *Jingle Bells* zu uns herüber, und ich summe und wippe im Takt mit. Um uns herum herrscht ein Gewusel an Menschen, aber es sind zum Glück nicht so viele, dass mein Panikradar ausschlägt, wozu auch unsere Podest-Insel beiträgt. Das Gedränge im Einkaufszentrum und auf Weihnachtsmärkten, wenn alle auf der Jagd nach Geschenken sind, ist das Einzige, was mir an der Weihnachtszeit nicht gefällt. In großen Menschenmengen bekomme ich schnell Erstickungsgefühle.

Mein Handy piept. Ich fische es aus der Tasche und stöhne auf, als ich die Nachricht meiner Mutter sehe.

»Alles in Ordnung?« Jared taucht neben mir auf und zieht die Augenbrauen bis zum Rand der roten Weihnachtsmannmütze hoch.

»Ja, das ist nur meine Mutter. Sie will mir einen Imbiss vorbeibringen.« Tatsächlich steht da »Gebiss«, weil die Autokorrektur mal wieder mitgeschrieben hat. Mit fliegenden Fingern tippe ich, dass sie das bloß lassen soll, wenn sie mich nicht bis auf die Knochen blamieren will.

»Na, das ist doch nett.« Jared schenkt mir ein Lächeln, in dem ein Hauch von Wehmut mitschwingt.

»Nein, sie will sich nur über mein Elfenkostüm lustig machen. Das ist voll das Tochter-Mobbing.«

»Aber dein Elfenkostüm ist lustig. Vor allem die Schuhe. So schön schrill unmelodisch.« Ein amüsiertes Funkeln schimmert in seinen Augen.

»Ja, nicht wahr?« Ich bringe die Glöckchen erneut zum Scheppern. »Übrigens machst du deine Sache als Weihnachtsmann gar nicht so schlecht. Für den Anfang.«

»Oh, danke.« Jared dreht die rechte Hand mehrmals und verbeugt sich theatralisch. Als er sich wieder aufrichtet, baumelt die weiße Bommel an seiner Mütze vor seiner Nase herum. »Wie beruhigend. Ich hatte schon befürchtet, dass ich mir deinen Elfenzorn zuziehe und zur Strafe Tannennadeln zählen muss.« Er schielt zu der Bommel.

»Ja, genau.« Ich verkneife mir ein Lachen. »Aber noch bist du nicht *safe*, Santa. Ich hab dich weiter im Auge.« Ich deute mit Zeige- und Mittelfinger zwischen ihm und mir hin und her.

»*Aye, Ma'am.*« Jared tippt sich an die Stirn und schiebt dabei die Bommel schwungvoll wieder an ihren Platz auf der Seite, ohne eine Miene zu verziehen.

Ich beiße mir auf die Lippe, um nicht loszuprusten.

»Lachst du etwa den Weihnachtsmann aus?«, fragt er argwöhnisch.

»Nein, niemals!«, erwidere ich todernst und bemühe mich um einen neutralen Gesichtsausdruck.

»Mhm, glaub ich dir das? Oder nicht?« Prüfend schaut er mich an.

Unsere Blicke verfangen sich, und Schweigen breitet sich zwischen uns aus.

Ich räuspere mich und versuche, das Gespräch wieder in Gang zu bringen. »Bist du sicher, dass du nichts trinken willst? Der Durchschnittsmensch verliert bei normaler Anstrengung zwischen einem halben Liter und sechs Litern Schweiß pro Tag, und in dem Kostüm ist dir doch sicher warm, also schwitzt du womöglich noch mehr. Das heißt, du musst auch mehr trinken.« *Autsch, warum hab ich das jetzt bloß gesagt?*

»Ist das die charmante Art mir mitzuteilen, dass ich mal Deo nachlegen könnte?«, fragt Jared irritiert.

»Äh, nein. Natürlich nicht. Du riechst gut. Also, hm, für einen Weihnachtsmann ...« Na großartig, mit Anlauf ins Fettnäpfchen. Tief atme ich durch. »Trinken ist wichtig. Möchtest du nicht doch einen Schluck Kakao?«, versuche ich abzulenken.

Er zuckt mit den Schultern. »Wenn das verhindert, dass du dir Sorgen machst, ich könnte zu einer stinkenden Pfütze zerschmelzen. Du weißt aber schon, dass Kakao eigentlich kein Getränk ist?«

»Klar. Er ist ein Grundnahrungsmittel.« Ich schenke ein und reiche ihm den Becher.

»Was du nicht sagst.« Jared nimmt einen Schluck und hustet. »Uh! Was hast du denn da reingemixt? Das schmeckt ...« Er verzieht das Gesicht. »Irgendwie scharf.«

»Zimt und Chili«, antworte ich grinsend. »Süß kann doch jeder.«

Er runzelt die Stirn. »Interessante Kombi. Du bist also der Gegensätze-ziehen-sich-an-Typ?«

»Äh ... kann sein?«, sage ich verwirrt. »Darüber habe ich noch nie nachgedacht. Was für ein Typ bist du?«

»Der Ich-mache-keine-halbe-Sachen-Typ«, antwortet Jared, ohne zu zögern. Er nickt zu einer Mutter vor dem Podest, die zwei quengelnde Jungs zu bändigen versucht. Hinter ihr hat sich bereits eine neue Menschenschlange gebildet. »Well, genug mit dem *idle chit-chat.* Auf uns wartet Arbeit, Miss Elf.«

Er reicht mir den Becher, und ich drehe den Deckel der Thermoskanne zu.

Das nächste Kind steht schon längst bei ihm, doch meine Gedanken kreisen immer noch um die Frage, wie sehr der erste Eindruck manchmal täuschen kann.

Hanna

Christmas Time
oder:
Eine Elfe auf Abwegen

»Wir müssen jetzt wirklich allmählich anfangen, die Kinder werden unruhig.« Frau Peters, die Leiterin des Kindergartens Wirbelwind, stemmt die Hände in die Hüften. »Ist der Weihnachtsmann denn immer noch nicht da?«

»Nein, tut mir leid.« Ich zucke hilflos mit den Schultern. Es ist Nikolaustag, alle Kitas in der Stadt sollen bespaßt werden. Unpraktischerweise glänzt Santa alias Jared durch Abwesenheit.

Ich blicke auf mein Handy und verfluche mich selbst dafür, dass ich mir seine Handynummer nicht besorgt habe. Die von Shinji habe ich ebenfalls nicht, sonst hätte ich ihn anrufen und bitten können, mir Jareds Nummer zu geben. »Womöglich ist er irgendwo mit seinen Rentieren falsch abgebogen oder sucht noch einen Parkplatz für seinen Schlitten«, versuche ich zu scherzen. »Er kommt bestimmt gleich.«

»Darauf will ich mich nicht länger verlassen. Er ist jetzt

schon eine halbe Stunde überfällig. Können Sie nicht einen Ersatz herholen?« Frau Peters wippt ungeduldig mit dem Fuß.

Das will ich wiederum auf keinen Fall, denn erstens sind alle anderen Weihnachtsmänner schon im Einsatz und zweitens kann ich mir gut vorstellen, was Thomas dazu sagen wird. Wenn der erfährt, dass wir den Kindergartenauftrag gerade versemmeln, wird er in die Luft gehen wie eine Silvesterrakete.

»Also gut.« Noch einmal werfe ich einen Blick durch die Scheibe in der Tür. Von Jared ist nichts zu sehen. »Ich mache es einfach ohne ihn.«

»Ohne ihn?« Frau Peters mustert mich skeptisch. »Als Elfe? Womöglich können Sie die Kinder so noch eine Weile hinhalten, aber sicher nicht lange. Die freuen sich doch schon auf den Weihnachtsmann.«

»Den sollen sie haben«, erwidere ich fest entschlossen. Wer sagt, dass der Weihnachtsmann unbedingt von einem Mann gespielt werden muss? Ich krame in meinem Rucksack und hole die Weihnachtsmütze heraus, die ich für den Standdienst auf dem Weihnachtsmarkt heute Nachmittag vorsorglich schon eingepackt habe. »Jetzt bräuchte ich nur noch einen Bart. Ein Umhang wäre auch nicht schlecht«, schiebe ich mit Blick auf meine Ringelstrumpfhosen nach. »Sie haben doch sicher Bastelwatte und vielleicht einen alten Vorhang?«

Frau Peters macht eine grimmige Miene. »Das wird ein Nachspiel haben. Ich werde mich beschweren.«

»Das kann ich Ihnen nicht verübeln, aber wir wollen die Kinder doch nicht enttäuschen. Vielleicht verschieben Sie den Anruf auf später?« Insgeheim hoffe ich, dass mein

Auftritt die Erzieherinnen und die Kinder so begeistern wird, dass Frau Peters ihre Beschwerde vergisst. Ich schenke ihr mein schönstes Engelslächeln. Und tatsächlich … Zu meiner großen Erleichterung knickt sie ein.

»Also gut. Ich schau mal in unserem Theaterfundus nach.« Sie verschwindet in einer Rumpelkammer und kommt kurz darauf mit einem Königsmantel, einem weißen Bart und einer goldenen Kordel zurück. »Etwas anderes habe ich nicht. Sie werden sich wohl damit behelfen müssen.«

»Danke.« Ich ziehe die rot-grüne Mütze ab und schlüpfe aus dem Elfenoberteil. Zum Glück habe ich ein T-Shirt drunter. Dann wickele ich mich in den roten Samt-Umhang, der mit schwarz-weiß getupftem Kunstpelz verziert ist, und binde ihn mit der Kordel zu. Ein Stück bausche ich ihn hoch, um einen Bauch vorzutäuschen. Trotzdem ist das Teil so lang, dass es über den Boden schleift. Mein Blick fällt auf meine Schuhe, und ich ziehe rasch die Überzieher mit den Glöckchen ab.

»Wenn das mal gut geht«, murmelt Frau Peters, als ich mir den Bart anlege.

Das Zeug kratzt fürchterlich. Ziemlich brummig schiebe ich mir die Haare unter die rote Mütze. Der Sack mit den Schoko-Weihnachtsmännern und Geschenken steht schon neben mir bereit.

Nachdem ich noch mal tief Luft geholt habe, trete ich in den Flur. Ein Blick zur Uhr verrät mir, dass Jared inzwischen über vierzig Minuten zu spät dran ist. Warum lässt er mich so hängen? Zwar kam er auch zu unseren bisherigen Weihnachtseinsätzen in den vergangenen drei Tagen meist auf den letzten Drücker, aber er hat sich nie um mehr als fünf Minuten verspätet. »Das akademische Viertel«, nennt er das. Angeblich sei es an seiner Uni üblich, bei Zeitangaben eine Viertelstunde Spielraum zu geben. Deshalb habe ich ihn erst gestern noch mal daran erinnert, dass dieses Viertel nicht für Weihnachtsmänner gilt.

Verdammt, Jared, wo steckst du bloß?! Allmählich wandelt sich meine Wut in Sorge, ob ihm etwas zugestoßen sein könnte. Mir bleibt jedoch keine Zeit zum Grübeln, denn Frau Peters scheucht mich in den Turnraum, wo sie die Kinder versammelt hat.

»Ho-ho-ho!«, rufe ich in meiner tiefsten Stimme. Begeisterte Rufe säumen meinen Weg. Zum Glück sind die Kurzen von dem Geschenkesack so abgelenkt, dass sie mein ziemlich dürftiges Outfit übersehen.

Bis nach dem Lied, das die Kinder für mich singen, läuft alles nach Plan, danach nimmt das Unheil seinen Lauf. Ich hole die Pergamentrolle raus und wickele sie auf. Dann lese ich die Namen der Kinder vor und rufe sie nacheinander zu mir, um ihnen ein kleines Geschenk zu überreichen. Das ist der Moment, in dem ich auffliege, weil die Kleinen mich nun umringen und aus der Nähe betrachten können.

»Du bist gar nicht der Weihnachtsmann«, quäkt ein Junge.

»Ho-ho-ho, guter Witz«, brumme ich mit extra tiefer Stimme. »Natürlich bin ich der Weihnachtsmann.«

»Quatsch«, meint der Kleine. »Der trägt keine Rentierohrringe.«

Verflixt. Die baumelnden Ohrringe habe ich glatt vergessen. Sofort wird mir siedend heiß. Schweißperlen sammeln sich auf meiner Stirn. *Himmel, hilf!* Ich will bitte nicht schuld daran sein, dass die Vierzig-Zwerge-Schar nicht mehr an den Weihnachtsmann glaubt.

Die Rettung naht aus einer unvermuteten Ecke.

»Ho-ho-ho!«, ruft es. Dann tänzelt Jared »Lord of the Dance»-mäßig mit Elfenmütze und Glöckchenschuhen herein. Der Held in meinem grün-roten bauschigen Elfen-Oberteil scheint fast aus allen Nähten zu platzen. »Mich dünkt, Frau Klaus hat unsere Kleidung verwechselt.« Sein Gesicht ist fast ganz von dem weißen Bart verdeckt. Nur die schokobraunen Augen blitzen heraus. Er lässt die Bommel an der Zipfelmütze kreisen und legt einen Irish-Stepp-Krebs-Schritt zur Seite hin, bei dem die Glöckchen an seinen Schuhen lustig klingeln.

Die Kinder kringeln sich vor Lachen.

Sie strömen zu ihm und umlagern ihn neugierig.

»Bist du auch wirklich der echte Weihnachtsmann?«, fragt der Junge, der eben noch an meiner Identität gezweifelt hat.

»Ich bin *Father Christmas*«, brummt Jared. »Von weit vom Nordpol komme ich her, und ich sage euch, dort weihnachtet es sehr.«

»Ist der Faser Krismess ein Verwandter vom Weihnachtsmann?«, fragt ein kleines blondes Mädchen, und ich muss mir ein Schmunzeln verkneifen.

»Ja, sein Bruder.« Jared streicht sich durch den Bart und wackelt mit den Augenbrauen.

Das kleine Mädchen lässt nicht locker und zupft an Jareds kunstbepelztem Rockschoß. »Hast du Rentiere?«

»Nein, die sind in Rentier-Rente«, antwortet Jared unverfroren. »Inzwischen fahre ich mit dem Power-Schlitten.

Das geht viel schneller.« Er deutet auf das Skateboard, das unter seinem Arm klemmt.

Ein Junge nickt begeistert. »Krass!«

Im Nu hat Jared die Kleinen im Griff. Ein Mädchen, das sich nicht näher traut und ihn nur ehrfürchtig anstarrt, bringt er mit ein paar Grimassen und Hampeleien zum Lachen. Beim Geschenkeverteilen lässt er die Kinder raten, was in der Verpackung drin sein könnte. Dann singen wir gemeinsam ein Lied, danach können wir uns endlich verabschieden.

»Dafür schuldest du mir was«, meint er gequält und zupft an dem Elfenkleid. »Ich komme mir vor wie bei *Helden in Strumpfhosen.*«

Echt jetzt? Ich bin stinksauer. Der Kerl hat mir jede Menge Ärger gemacht. »Ich dir? Wohl eher umgekehrt«, erwidere ich schnippisch. »Ich habe ewig auf dich gewartet und bin als Weihnachtsmannkopie aufgeflogen. Wo hast du denn gesteckt?«

»Erst hat der verdammte Wecker nicht geklingelt, und dann hatte die S-Bahn Verspätung. Technische Störung. Ich musste auf den Schlitten umsteigen.« Er hebt das Skateboard hoch und verzieht den Mund zu diesem charmant schiefen Lächeln, das mich zu meinem Ärger ziemlich weichkocht. »Sorry, du hast recht. Ich schulde dir was. Vielleicht sollten wir einen …«

Unvermittelt taucht Frau Peters vor uns auf, in der Hand hält sie einen Beutel. »Das war ganz großartig«, lobt sie. »Und so eine Überraschung.« Sie hebt den Zeigefinger und wedelt damit vor meiner Nase herum. »Da hätten Sie mich ja beinahe reingelegt. Haha. Sie hätten mir doch ruhig sagen können, was Sie vorhaben.«

»Ja, äh … Ich dachte …«, stammele ich.

»Auf unserer Liste stand, dass Sie unser etwas teureres Special-Überraschungs-Angebot gebucht haben«, springt mir Jared bei. »Oder war das etwa ein Fehler?«

»Nein, nein«, wiegelt Frau Peters rasch ab. »Das ist alles in Ordnung so.«

»Das dachte ich mir.« Jared schenkt ihr ein strahlendes Lächeln, und mein Blick heftet sich wie von selbst auf seinen Mund. »Manchen ist unsere Weihnachtsshow zu experimentell, aber Ihr Kindergarten ist wirklich sehr modern. Das sieht man schon auf der Website.«

»Oh ja«, pflichtet Frau Peters bei. »Wir legen größten Wert auf eine fortschrittliche Erziehung. Ein solches Rollentausch-Theater ist einmal etwas anderes. Die Kinder haben viel Spaß gehabt. Hier bitte. Ein paar selbst gebackene Dankeschön-Plätzchen für Ihre Mühe.« Sie drückt ihm den Beutel in die Hand. Als hätte er den meisten Stress gehabt, nicht ich.

Jared nickt, und sein Megawatt-Strahlen verstärkt sich leicht, aber mir fällt auf, dass es seine Augen nicht erreicht. »Wir auch«, versichert er. »Vielen Dank!«

Von wegen Spaß! Den hatte eindeutig nur einer von uns. Ich schnappe mir den Keksbeutel aus seiner Hand. Etwas Süßes habe ich jetzt dringend nötig.

Nachdem ich mein Kostüm zurückgefordert habe, ziehe ich mich auf der Personaltoilette um. Das Elfen-Oberteil ist an den Ärmeln total ausgeleiert, und ich schnaufe genervt.

Als ich das kleine Bad verlasse, wartet Jared in seinen Weihnachtsmannklamotten schon auf mich.

Wir verabschieden uns von Frau Peters und treten auf

die Straße. Es hat angefangen, leicht zu schneien. Ich lege den Kopf in den Nacken und schaue in den bedeckten Winterhimmel, der in zarten Grautönen schimmert. Weiße Flocken schweben zur Erde und schmelzen auf dem Asphalt vor uns, während wir die Straße entlanglaufen.

»Darf ich?« Jared nimmt mir den Geschenkesack ab. Meine Glöckchen, die immer noch an seinen Schuhen stecken, untermalen jeden Schritt mit einem leisen Kling-Klang.

»Was wolltest du vorhin fragen?«, will ich wissen.

»Ich weiß nicht, was du meinst.« Er runzelt die Stirn.

»Na, du sagtest ›vielleicht sollten wir‹, als du festgestellt hast, dass du mir was schuldest.«

Er zuckt mit den Schultern, und seine Miene wirkt unvermittelt grimmig und verschlossen. »Nichts. Nur dass du einen Gefallen bei mir guthast und wir das nicht vergessen sollten.«

Aus einem spontanen Impuls hole ich Stift und Skizzenbuch aus meinem Rucksack und fange an zu schreiben. Schließlich reiße ich den Zettel raus und halte ihn unter seine Nase. »Hier, meine Handynummer.«

»Wozu?« Sein Blick durchbohrt mich förmlich, und ich erröte bis in die Haarspitzen.

»Damit du mich anrufen kannst, falls du dich wieder mal verspätest und ich für dich einspringen muss.« Meine Wangen glühen, und ich versuche, die peinliche Situation zu überspielen. Für ihn muss es so aussehen, als sei das ein ziemlich plumper Anmach-Move. »Jetzt guck nicht so. Das ist rein geschäftlich.« Zumindest rede ich mir das ein.

»Wie schaue ich denn?«

»Wie der Grinch im Weihnachtsmannkostüm.«

Er verzieht das Gesicht, nimmt aber endlich den Zettel. »Danke für das Kompliment. Ich werde gern mit grünen, mürrischen Wesen verglichen.«

»Keine Ursache.« Ich knickse, was ihm den Hauch eines Lächelns entlockt. »Natürlich bist du für mich der Grinch aus der Jim-Carrey-Version, nicht der aus dem Animationsfilm. Obwohl deine Stimme ganz ähnlich wie die von Benedict Cumberbatch klingt.«

»Du magst wohl bonbonbunte, kitschige Christmas-Movies«, stellt er fest. »Ansonsten wüsste ich keinen Grund, warum man sich den Grinch in sämtlichen Versionen ansehen sollte.«

»Oh ja, ich liebe Weihnachtsfilme, sogar die alten.« Ich ziehe einen Zimtstern aus dem Keksbeutel und halte ihm die Tüte hin. »Kennst du *Ist das Leben nicht schön?*«

»Ja, sicher.« Jared greift in den Beutel und angelt ein Vanillekipferl heraus. Seine Miene entspannt sich leicht. »Das ist ein Meilenstein in der Filmgeschichte. Er taucht in zahllosen Serien und Filmen als Referenz auf. *Kevin allein zu Haus*, den *Simpsons*, sogar in einer Weihnachtsfolge von *The Big Bang Theorie.*« Er lässt den Keks in seinem Mund verschwinden. »Wenn du Weihnachtsfilme magst, steht auf deiner Movie-Top-Ten-Liste bestimmt auch so eine Schnulze wie *Drei Haselnüsse für Aschenbrödel.*« Jared macht wieder ein Gesicht, als hätte er in eine Zitrone gebissen.

»Hey, nichts gegen den Film«, erwidere ich. »Der ist toll. Und dass du ihn kennst, sagt mir, dass du ihn mindestens einmal gesehen haben musst.«

»Das war Standardprogramm an Weihnachten. Früher.« Ein wehmütiger Blick tritt in seine Augen. »Aber inzwischen bin ich erwachsen geworden. Diese bunte, harmonische Märchen-Wunder-Weihnachts-Welt ist sowieso nur ein Fake für Kinder.«

»Schade, dass du das so siehst! Du weißt ja nicht, was dir entgeht. Weihnachten weckt Glücksgefühle, weil man anderen eine Freude machen kann. Es gibt haufenweise Naschereien, und es ist die perfekte Zeit, um schöne Erinnerungen zu schaffen. Daher kann man für Weihnachten gar nicht zu alt sein. Es heißt schließlich nicht umsonst ›Fest der Liebe‹.«

Jared schnaubt. »Liebe. Auch so eine romantische Fake-Vorstellung, die es nur in Kinofilmen gibt. Als ob sich plötzlich alle vertragen, nur weil Weihnachten ist. Und sollte man sich nicht bemühen, anderen das ganze Jahr über eine Freude zu machen? In Wahrheit ist Weihnachten doch eher das Fest der hohen Erwartungen. Man sehnt sich nach etwas, das es nicht gibt oder das andere nicht bereit oder in der Lage sind, zu schenken. Spätestens nach den Feiertagen kommt dann das böse Erwachen mit toten Tannen an jeder Straßenecke und der Enttäuschung, dass das Fest wieder nicht so verlaufen ist, wie man gehofft hat. Und dann erst wird einem so richtig bewusst, wie viel man verloren hat. Nein, danke. Das ist nichts für mich.« Seine Miene wirkt abweisend, eine Mauer aus Verachtung. »Wenn ich nichts erwarte, kann ich auch nicht enttäuscht werden.«

Puh! Dieser Ausbruch war heftig. Ich habe eine leise Ahnung, dass er von einer persönlichen Erfahrung spricht, aber es ginge wohl zu weit nachzufragen. »Und trotz deiner ausgeprägten Weihnachtsabneigung à la Grinch spielst du für Shinji den Weihnachtsmann«, stelle ich stattdessen fest. »Das ist erstaunlich.«

»Freunde helfen sich eben«, sagt er knapp. »Und es ist ja auch nur vorübergehend.«

»Das ist wirklich nett von dir.« Das meine ich ernst. »Mit den Keksen hast du allerdings recht. Davon kann man gar nicht genug haben.«

Er grinst. »Obwohl man die auch das ganze Jahr über essen könnte.«

Ich räuspere mich. »Wie kommt es eigentlich, dass du dich plötzlich in einem Weihnachtsmannkostüm auf der Straße zeigst, ohne einen allergischen Schock zu erleiden? Vor drei Tagen wolltest du das noch um jeden Preis vermeiden.«

»So allmählich gewöhne ich mich dran. Die Kinder sind wirklich cool.« Er vergräbt die Hände in den Manteltaschen. »Übrigens hast du einen vortrefflichen Königs-Weihnachtsmann abgegeben. Du bist wirklich gut im Improvisieren.« Er hebt die Augenbrauen. »Also? Ziehen wir das durch?«

»Was meinst du?«

»Na, das Theater von eben ... Lass uns das doch auch in den anderen Kindergärten machen. Du gibst Father Christmas und ich den Elf. Allerdings ohne Rentier-Ohrringe.«

Unwillkürlich taste ich an mein linkes Ohr und muss grinsen. »Offenbar hast du doch eine ausgeprägte Weihnachtsmannphobie«, erkläre ich. »Aber was soll's. Mir ist alles recht, solange die Kinder glücklich sind.« Ich schaue auf meine Uhr. »Wir sollten uns allerdings beeilen. Unser nächster Termin ist in zehn Minuten.«

»Gut. Ich besorge uns ein rentierschnelles Gefährt. Auf die S-Bahn ist ja kein Verlass.«

Er zückt sein Handy, und wenig später stehen wir vor einer Fahrradverleihstation, wo er eins der E-Bikes ausleiht und mir hinhält. Den Geschenkesack verstaut er in dem Korb des Fahrrads.

»Bereit?« Ein Bein auf dem Skateboard schaut er zu mir rüber.

»Von mir aus kann's losgehen.« Ich steige auf das Rad, und wir fahren schweigend nebeneinander her – er auf dem Bürgersteig, ich auf der Straße. Die klirrende schneeflockenfeuchte Kälte des Fahrtwinds pikst mir wie Nadelstiche ins Gesicht. Trotzdem mag ich den Winter, vor allem wenn es schneit. Dann liegt ein ganz besonderer Zauber in der eisigen Luft, die noch dazu wunderbar den Kopf freimacht. Meine Gedanken schweifen zurück zu dem, was Jared gesagt hat. *Fest der hohen Erwartungen.* Womöglich hat er recht. Meine Eltern erwarten eindeutig mehr von mir, als ich ihnen geben kann.

»Alles gut, Hanna?«, fragt Jared unvermittelt.

»Alles prima«, antworte ich ausweichend und lächle leicht.

»Sicher? Dein Gesicht ist so weiß wie der Schneemann, den Shinji im Bad aufgestellt hat.« Er verzieht das Gesicht zu diesem schiefen Grinsen, das seltsame Dinge in meinem Bauch anstellt. »Er ist der Ansicht, wir bräuchten mehr Weihnachtsfeeling in unserer WG.«

»Also, wenn es um Weihnachtsfeeling geht, bin ich klar auf Shinjis Seite. Wie gesagt: Davon kann man gar nicht genug haben.«

»Das sagst du nur, weil du nicht jeden Tag den singenden und tanzenden Olaf ertragen musst. Das Teil grölt jedes Mal *Feliz Navidad*, wenn man dran vorbeigeht.«

Ich pruste los, und sogar Jared lässt sich zu einem breiten Lachen hinreißen.

Er zieht sein Handy raus und kurz darauf piept meines. »*Righto*, jetzt hast du auch meine Nummer. Natürlich aus rein geschäftlichen Gründen. Falls du dich mal verspätest.« Unsere Blicke verfangen sich, und ich schlucke schwer. Trotz der Kälte wird mir plötzlich warm.

Verwirrt von diesem Gefühl trete ich etwas schneller in die Pedale und bin froh, als wir unser Ziel, den Kindergarten Himmelsstürmer, erreichen.

Jared

12 Days of Christmas
oder:
Hört der Wahnsinn nie auf?

Grans Nachricht brennt mir fast ein Loch in die Tasche, als ich an den Buden des Weihnachtsmarkts auf der Einkaufsmeile vorüberlaufe. Normalerweise meide ich Weihnachtsmärkte wie die Pest. Sie stehen auf meiner Top-Ten-Hassliste auf Platz drei, direkt hinter Weihnachtsfeiern. Aber es gibt einen guten Grund, warum ich hier langgehe. Die Bibliothek, von der ich komme, liegt direkt am Marktplatz. Dorthin habe ich mich zum Lernen geflüchtet, weil Shinji die ganze Wohnung in noch mehr Weihnachtsglitzer getaucht hat.

Inzwischen ist der Abend angebrochen, und geflochtene Lichterkugeln in den Bäumen erhellen zusätzlich zu den Straßenlaternen den Platz, in dessen Mitte eine geschmückte Tanne aufragt. Ein Mann mit einer Drehorgel steht darunter und besingt die *Stille Nacht*, die gar nicht so still ist. Leute schlendern durch die Gänge. Die Luft ist kalt und feucht; wie ein nasses Tuch legt sie sich mir aufs

Gesicht. Der Geruch nach Bratäpfeln, gerösteten Kastanien und Bratwurst verschmilzt mit dem Gewirr aus Stimmen und Musik zu einer wilden Mischung. Aus einer der Holzbuden dudelt *Last Christmas* – dem Song kann man einfach nirgendwo entgehen –, und angeschickerte Menschen stehen davor in Grüppchen beieinander. Goldene Klebesterne auf ihren Wangen zeigen an, wie viele Glühweingläser sie bereits gekippt haben. Dabei ist es erst kurz nach sechs. Auf einer Eisfläche laufen Kinder Schlittschuh. Ihr Gelächter dringt zu mir herüber, und plötzlich habe ich das Gefühl, keine Luft mehr zu bekommen. Zu fröhlich sind all die gut gelaunten Marktbesucher. Zu mächtig die Erinnerungen. Und sie tun fast körperlich weh.

Eine dieser Erinnerungen frisst sich vom hintersten Winkel meines Gedächtnisses nach vorn ins Bewusstsein. Ich war damals ungefähr acht Jahre alt und mit Mum in London im Winter Wonderland unterwegs. Im Vergleich zu dem riesigen Festgelände im Hyde Park ist der Weihnachtsmarkt hier ein Tintenklecks auf einem Blatt Papier. Mum war mit mir Karussell gefahren, danach hatte sie mir Zuckerwatte und Schokoäpfel im Bavarian Village gekauft. Und zum Schluss, auf dem Nachhauseweg, hatte sie mir mitgeteilt, dass Dad und sie sich trennen würden. Auch von ihrer Krankheit habe ich, Jahre später, kurz vor Weihnachten erfahren. Ist es da ein Wunder, dass ich dem Fest ungefähr so positiv gegenüberstehe wie der Grinch?

Zum Glück bin ich seit einer Woche den Weihnachtsmanndienst los, weil Shinji wieder fit ist. Obwohl ich die Elfen-Gesellschaft schon vermisse. Und das ist der andere Grund, warum ich den Weg über den Weihnachtsmarkt gewählt habe. Insgeheim hoffe ich, Hanna zu begegnen. Shinji hat mir erzählt, dass sie hier in einer der Buden arbeitet. Mehr als einmal habe ich mich dabei erwischt, wie ich in der Kontaktliste zu Hannas Nummer gescrollt bin. Warum ich sie nicht längst gelöscht habe, ist mir ein Rätsel. Ihr zu texten, kommt natürlich nicht infrage. Womöglich würde sie sich belästigt fühlen oder gar denken, dass ich mehr von ihr will. Was nicht stimmt. Für Dates habe ich keine Zeit und im Moment sowieso ganz andere Probleme. Aber gegen eine »rein zufällige« Begegnung ist sicher nichts einzuwenden.

Ich lege einen Zahn zu und stoße mit jemandem zusammen, der gerade von einem Stand kommt. Aus der Glühweintasse in seiner Hand schwappt rote Flüssigkeit auf meine blaue Jacke. »*Bloody hell!*«, fluche ich.

Der Mann, der gegen mich gerempelt ist, entschuldigt sich überschwänglich und eilt weiter. Hektisch wische ich über den Fleck, der sich auf meiner Jacke wie eine blutende Wunde ausgebreitet hat.

»Hallo, Jared. Machst du Weihnachtseinkäufe?«

Wie von einem Stromschlag getroffen zucke ich zusammen und drehe mich um. Als hätten meine Gedanken sie herbeigerufen, steht Hanna in der Bude nebenan. Sie trägt einen Pullover mit einem Rentier, dessen Geweih eine Lichterkette schmückt. Die Lämpchen sind echt und leuchten. Offenbar hilft sie beim verrückten Hutmacher aus, denn der Stand bietet Mützen der schrecklich kitschigsten Art an. Ich entdecke rote Mützen in allen Variationen: blinkend, mit Feder, mit Bommel, mit Sternen und dazu Hüte mit Eisbären, Rentiergeweihen und Schneemännern. Es gibt sogar einen Hut, der aussieht wie ein Schornstein, in dem kopfüber ein Weihnachtsmann verschwindet.

»Hi, Hanna. Nein, ich war in der Bibliothek.« Ich halte den Rucksack mit meinen Buchschätzen hoch. »Arbeitest du hier?«

»Ja, der Trend geht zum Zweitjob«, antwortet sie. »Außerdem sitze ich so an der Quelle für Schrottwichtelgeschenke. Für die Weihnachtsfeier morgen. Wie findest du die hier?« Sie setzt sich ein Weihnachtsbaummützen-Ungetüm auf.

»Scheußlich. Wenn du jemanden nicht leiden kannst, ist das genau das richtige Geschenk.«

»Aber darum geht es doch beim Schrottwichteln.«

Ich ziehe die Augenbrauen hoch. »Jemandem zu zeigen, dass man ihn nicht mag? Wo bleibt da die Nächstenliebe?«

Sie betrachtet mich kopfschüttelnd, und ihr Blick senkt sich auf den Fleck auf meiner Jacke. »Apropos Nächstenliebe: Das solltest du schnell behandeln, bevor es sich festfrisst.«

Ich wische wieder daran herum. »Stimmt. Ich mag Glühwein, aber nicht auf meinen Klamotten.«

»Stopp, nicht reiben!« Sie zaubert ein Tuch und eine Wasserflasche hervor und kommt zu mir heraus. Vorsichtig schüttet sie Wasser auf den Fleck.

»Hey, was soll denn das?«, jammere ich. »Du machst ja alles nur noch schlimmer.«

»Im Gegenteil. Ich sorge dafür, dass der Fleck verschwindet.« Sie tupft an mir herum, und der Duft ihrer Haare steigt mir in die Nase. Verstohlen schnuppere ich daran. Mandarine und Vanille. Lecker.

»Wichtig ist, dass man tupft, nicht reibt.« Sie zieht ein Päckchen aus ihrer Tasche und schüttet es auf mich.

»Hey, Mary Poppins, ist das das Löffelchen Zucker, das mir den bitteren Fleck versüßen soll?«

»Oh, du kennst das Buch?«

»Nein, den Film.«

»Und sofort bist du mir eine ganze Ecke sympathischer. Das ist einer meiner Lieblingsfilme. Übrigens ist das Salz.«

»Es stimmt also, was man über Handtaschen sagt«, bemerke ich. »Sie sind ein unergründliches Mysterium. Ist da auch eine Zimmerpalme drin?«

Hanna verdreht die Augen. »Nein, aber du kannst einen Keks haben.« Sie kramt in ihrer Tasche und legt nacheinander einen Schlüsselbund mit Drachenfigur, einen Block und schließlich eine Dose auf die Theke. Während sie die Dose öffnet, fällt mein Blick auf den aufgeschlagenen Block; auf dem obersten Blatt ist eine halb fertige, ziemlich gute Zeichnung von einem Mädchen mit Brille zu sehen. »Hier. Selbst gebacken.« Sie reicht mir einen Zimtstern und schlägt rasch den Block zu. Plötzlich komme ich mir wie ein Eindringling vor.

Verlegen beiße ich in das Cookie und tue so, als hätte ich das Bild nicht gesehen. »Mhm. Yammi!« Der Zimtstern ist wirklich lecker. Bis ich ihn gegessen habe, ist der Fleck verschwunden. »Danke«, sage ich beeindruckt. »Du kannst ja zaubern.« Sie strahlt mich an, und mein Herz funkelt mit.

»Das ist die Weihnachtsmagie. Die bewirkt Wunder.«

Ihr Lachen bringt die Sommersprossen auf ihrer Stupsnase zum Tanzen. Unvermittelt packt mich der rätselhafte Drang, sie zu berühren. Zeit, den Verstand einzuschalten.

Ich räuspere mich. »Erstens: Magie gibt's nicht, das ist nur ein Synonym für geschickte Täuschung. Und zweitens: Ein Wunder wäre es, wenn solche albernen Scheußlichkeiten mit Warnschild versehen werden: Achtung! Der Anblick dieser Mütze kann Beschwerden wie Brechreiz, Augenjucken oder gefährliche Lachanfälle auslösen.« Ich grinse sie an.

»Pah!« Hanna stützt die Hände in die Hüften. »Erstens liegt Schönheit im Auge des Betrachters, und zweitens hast du damit gerade Mary Poppins beleidigt. Die ist ja wohl so was von wunderbar und magisch.«

»... und bestätigt meine Theorie, denn ihre Magie entsteht durch Special Effects und Zeichentrick-Animation.«

Hanna räumt die Flasche und die Dose weg. »Okay, dann denk eben an Schneeflocken, das sind echt krasse kleine Wunder der Natur. Jede einzelne besteht aus Millionen winziger Wassermoleküle, die total symmetrische Kristalle bilden, und doch gibt es keine zwei, die sich gleichen. Wenn man genau hinsieht, entdeckt man die Magie überall um sich herum. Zum Beispiel dieser Hut: Er ist aus einem simplen Faden entstanden.« Sie verschwindet wieder in ihrer Hütte und lehnt sich über die Theke. »Und überhaupt nicht scheußlich, nur albern. Und damit das perfekte Schrotti-Geschenk, denn beim Schrottwichteln geht es ja gerade darum, andere zum Lachen zu bringen.«

»Und anschließend landet das Zeug im Müll. Sehr umweltfreundlich.«

»Spielverderber«, erwidert sie und zieht einen Schmollmund, was ziemlich niedlich aussieht. »Wer sagt dir, dass es weggeworfen wird? Geschenke machen Freude. Damit zeigt man, wie wichtig jemand für einen ist, weil man sich die Zeit nimmt, etwas zu besorgen.«

»*Rubbish.* Geschenke zu festgelegten Anlässen stressen, weil sie eine Verpflichtung sind. Im schlimmsten Fall versucht man noch, sich gegenseitig zu übertrumpfen. Wenn man jemandem wirklich zeigen will, wie wichtig er oder sie einem ist, sollte man Zeit miteinander verbringen.« Ich weiß selbst, dass ich überreagiere. Schuld daran ist Grans Nachricht. Und die Mail meines Vaters. Die mal wieder von seiner Assistentin kam, nicht von ihm.

»Puh, du bist heute aber wieder ziemlich grinchig drauf«, stellt Hanna fest. »Aber ich verstehe schon. Du magst die arme kleine Weihnachtsbaummütze einfach nicht.«

»Hm, sagen wir mal so, ich würde sie nicht unbedingt tragen wollen«, bestätige ich. »Ebenso wenig wie einen Rentier-Pulli, aber zum Glück sind Geschmäcker verschieden, und das ist gut so.«

Hanna streicht über das leuchtende Lichterketten-Rentier und reißt gespielt entsetzt die Augen auf. »Oha! Was hast du gegen dieses Prachtstück einzuwenden?«

»Na ja. Beim Wettbewerb für den *Ugliest Christmas Sweater* kämst du damit bestimmt auf einen der vorderen Plätze«, rutscht es mir raus.

Hanna grinst. »Prima. Genau das ist das Ziel. Daran nehme ich später teil. Das Wollgeschäft hat den gestartet. Man kann einhundert Euro gewinnen.«

Überrascht lache ich auf. »*Really?* So was gibt's hier? In dem Fall wünsche ich dir *good luck.*«

»Entschuldigung, wenn ich störe, aber wird man hier auch mal bedient?«, unterbricht eine ungeduldige, schrille

Frauenstimme unser Gespräch. Die Frau wedelt mit einem Schneemann-Cap herum, das *Jingle Bells* krächzt.

»Ja, natürlich.« Hanna lächelt entschuldigend und wendet sich der Frau zu.

Als die Kundin zufrieden mit ihrem Einkauf von dannen gezogen ist, dreht Hanna sich wieder zu mir. »Also, warum bist du so mies drauf? Nur wegen Weihnachten? Das Fest hat dir doch gar nichts getan.«

Wenn sie wüsste! »Sorry, dass du meine schlechte Laune abbekommen hast.« Bevor ich es verhindern kann, sprudelt noch mehr aus mir raus. »Meine Gran möchte, dass ich sie über die Feiertage besuche.« Warum zum Geier habe ich das jetzt gesagt?

»Das ist doch schön«, sagt Hanna. »Oder nicht?«

»Ja. Nein. Es ist kompliziert.« Ich zucke mit den Schultern. »Sie hat sich den Fuß gebrochen.«

»Oh, das tut mir leid. Umso besser, dass du zu ihr fährst. Sicher wird sie froh über deine Gesellschaft sein.«

»Ja, vermutlich ...« Meine Gedanken gehen auf Wanderschaft. Bisher hatte ich noch gar nicht entschieden zu fahren. Ich wollte die Semesterferien eigentlich nutzen, um mich für die Klausuren vorzubereiten. Gran hat ihre Putzfrau und ihre Bingo-Ladys. Sie ist nicht auf meine Hilfe angewiesen. Oder doch?

Eine andere Frau betritt die Bude durch die Hintertür. »So, da bin ich!«, ruft sie. »Hallo Hanna! War viel los?«

»Ging so«, antwortet Hanna.

Der Blick der Frau fällt auf mich. »Entschuldige, bediene erst fertig.«

»Schon gut, wir sind fertig«, meint Hanna. »Der Kunde hat leider eine Weihnachtsmützen-Allergie.« Sie grinst.

»Darf ich die für meine Sammlung mitnehmen?« Sie greift zu der Schornsteinmütze.

»Natürlich«, sagt die Frau. »Ich schenke sie dir. Du kannst damit ja ein bisschen Werbung für uns machen.«

»Prima. Danke!« Hanna steckt die Weihnachtsbaummütze ein und setzt den albernen Schornstein auf. »Also dann bis morgen, Silvia.« Sie winkt der Frau zu, dann kommt sie heraus und baut sich vor mir auf. »Gehen wir ein Stück zusammen?«

»Ja, wieso nicht.« Eine Weile bahnen wir uns schweigend den Weg durch die Gänge. »Willst du immer noch über Weihnachten nach London?«, nehme ich den Faden wieder auf.

»Ja. Eigentlich schon.« Hanna bleibt an der nächsten Bude stehen und lässt den Blick über die Glaskugeln in der Auslage schweifen.

»Und uneigentlich?«, hake ich nach.

»Es ist kompliziert.« Sie nimmt eine Schneekugel hoch und betrachtet sie nachdenklich. Darin befindet sich eine kleine friedliche Winterlandschaft, komplett mit Rentier, Weihnachtsmann und einem Wegweiser mit der Aufschrift *Happiness.* »Meine Oma hat mal gesagt, Schneekugeln sind kleines Glück im Glas. Perfekte, idyllische Welten. Deshalb sammele ich sie.« Ein tiefer Seufzer entfährt ihr. »Wenn das echte Leben doch auch nur so unkompliziert wäre.«

Jemand rempelt Hanna an, und sie wird gegen mich gepresst. Wie von selbst schlingen sich meine Arme um sie, natürlich nur, um sie zu stützen, damit sie nicht fällt. Kurz blicken wir uns in die Augen. Ihre sind graublau, wie Seen unter einem wolkenverhangenen Himmel, und ich verliere mich fast darin. *Nein, das ist unmöglich*, flüstert mir die Stimme der Vernunft zu. *Hast du immer noch nicht aus vergangenen Fehlern gelernt?* Abrupt lasse ich sie los. Vielleicht etwas zu abrupt, denn die Schneekugel entgleitet ihr, und ich fange sie gerade noch rechtzeitig auf, bevor sie auf dem Boden zerschellt. »Ziemlich zerbrechlich, dieses kleine Glück im Glas«, sage ich. Meine Stimme klingt rau.

»Ja, mag sein.« Sie holt tief Luft. »Wabi-Sabi. Kennst du das?«

Verwirrt schüttele ich den Kopf. »Ist das ein Manga?«

»Nein, Wabi-Sabi ist ein japanisches Konzept, die wahre Schönheit im Vergänglichen zu sehen, im nicht Makellosen. Manchmal muss erst etwas zerbrechen, damit man seine besondere Bedeutung erkennt. Wenn man sich die Mühe macht, es zu reparieren, wird es umso schöner und wertvoller. In Japan heißt diese Reparaturkunst Kintsugi. Das bedeutet so viel wie Goldreparatur, weil die Risse mit Gold gekittet werden.« Sie lächelt leicht. »Man könnte also behaupten, ein Gegenstand – oder Glück – ist umso kostbarer, wenn es nicht makellos ist und man es repariert hat.«

»Wow, sehr philosophisch.« Ich schenke ihr ein Lächeln.

»Womöglich hast du recht, dass Weihnachten ein Fest voller zu hoher Erwartungen und deshalb anstrengend ist, aber ich versuche trotzdem, in jedem Moment das Wabi-Sabi zu entdecken.« Ihre Stimme klingt belegt. Sie wendet sich ab und läuft weiter. Ich folge ihr, was in dem zunehmenden Trubel nicht ganz einfach ist.

»Ich hätte nicht gedacht, dass ein Weihnachtsfan wie du danach suchen muss«, erwidere ich leicht spöttisch.

»Meine Eltern wollen nicht, dass ich über die Feiertage wegfahre.« Sie steckt die Hände in die Taschen. »Bei uns kommt an Weihnachten die ganze Familie zusammen. Singen unterm Weihnachtsbaum, Gans, das ganze Brimborium.«

Das Wort »Brimborium« habe ich noch nie gehört. Aber ich kann mir vorstellen, was sie meint. Vor der Scheidung meiner Eltern war das bei uns ähnlich gewesen. Danach … Rasch verdränge ich den Gedanken. »Ich kann verstehen, dass du mal Abstand von der Familie brauchst.«

»Ach, das ist es gar nicht. Ich liebe meine Familie. Aber ich hab diese einmalige Chance, und die will ich unbedingt nutzen. Ist das egoistisch?«

»Ich finde es nicht egoistisch, eigene Ziele zu verfolgen«, erkläre ich. »Vor allem nicht, wenn es sich um eine einmalige Chance handelt.«

Sie steuert auf einen Stand mit Schmuck zu. »Siehst du, meine Eltern schon. Sie behaupten, dass man nicht wissen kann, wie viele Weihnachtsfeste wir noch mit den Großeltern feiern und deshalb jedes kostbar ist. Was ja auch stimmt. Und sie behaupten, dass es für mich ganz schrecklich wird, wenn ich Weihnachten alleine feiern muss, ohne Familie. Mit Pizza statt Braten und gekauften Keksen statt selbst gebackenen.«

Ihre Bemerkung macht mich nachdenklich. Sie trifft bei mir einen wunden Punkt. Gran hat die vergangenen Festtage mit ihren Bingo-Ladys verbracht. Ohne Familie. Wie es wohl für sie gewesen sein muss? Eigentlich hatte ich ihr schon geschrieben, dass ich es nicht schaffe, Weihnachten mit ihr zu verbringen, aber nun komme ich ins Grübeln. Kann ich sie wirklich allein lassen, noch dazu, wo sie verletzt ist? Andererseits liegt Gran mir damit in den Ohren, dass ich meinen Vater treffen soll, um mich mit ihm auszusöhnen. Aber nur weil ich das eine mache, muss ich ja nicht unbedingt auch das andere tun. Oder? »Man kann sich auch unter Menschen allein und einsam fühlen«, sage ich aus einem Impuls heraus. Meine Gedanken schweifen zum letzten Weihnachtsfest und der unendlichen Leere in meinem Inneren, die sich nicht vertreiben lassen wollte, obwohl Shinji und seine herzliche, lärmende Familie mich für die Feiertage in ihren Kreis aufgenommen haben.

»Das stimmt.« Hanna schenkt mir einen forschenden Blick, als wolle sie bis in meine Seele schauen, und mein Herz schlägt unwillkürlich schneller. »Ich kann mir noch gar nicht vorstellen, wie es sein wird, Weihnachten ohne Familie zu feiern. Aber ich will mir beweisen, dass ich auch etwas allein schaffen kann. Das habe ich mir selbst versprochen.«

»Wenn es dir so wichtig ist, solltest du es tun«, sage ich. »Sonst wirst du es deiner Familie womöglich irgendwann übelnehmen, dass sie dich daran gehindert hat.«

»Mhm …« Sie nickt, die Stirn gerunzelt.

Inzwischen haben wir das Ende des Marktes erreicht und stehen vor dem Einkaufszentrum.

»Hey, Süße.« Ein Mädchen, das verdächtige Ähnlichkeit mit dem Porträt in Hannas Block hat, läuft zielstrebig auf uns zu. Neugierig bleibt ihr Blick an mir haften.

»Hallo, Jule«, grüßt Hanna. »Das ist Jared alias Santa. Heute allerdings undercover unterwegs.«

»Ich wollte dich gerade zu unserem Doppel-Date mit Freddie und Piet abholen«, sagt Jule. »Oder störe ich?«

»Nein.« Ich nicke Jule zu und wende mich an Hanna. »Ich muss sowieso los. Shinji plant irgendein Horror-Weihnachtsback-Event, und ich muss verhindern, dass er die Küche abfackelt.«

»Oje, mein herzliches Beileid.« Hannas Lachen trifft mich bis ins Mark und wärmt mich von innen. Besser, ich gehe, bevor ich eine weitere Dummheit begehe.

»Sehen wir uns morgen bei der Agentur-Weihnachtsfeier?«, ruft Hanna mir nach.

»Ich weiß nicht, ich hab viel zu tun.« Ich will nicht schon wieder ein Versprechen geben, das ich womöglich nicht halten kann.

Hanna

Santa Baby
oder:
Verliebt in den Weihnachtsmann?

Versonnen schaue ich Jared nach. Es ist mir ein Rätsel, warum ich mit ihm Dinge besprechen kann, die ich bisher nicht einmal Jule anvertraut habe. Vielleicht, weil er mir das Gefühl gibt, dass er mir zuhört und mich ernst nimmt, auch wenn er mich wegen meiner Pullis und Mützen aufzieht. Als er so offen war und seine Oma erwähnt hat, erschien es mir richtig, ihm im Gegenzug von meinen Eltern zu erzählen.

»Mund zu, du sabberst.« Ich spüre, wie Jules Blick mich durchleuchtet wie ein Röntgengerät. »Läuft da was zwischen dir und Santa?«

Ich schüttele energisch den Kopf. »Nein, natürlich nicht!«

»Natürlich nicht.« Jule hakt sich bei mir unter. »Aber du hättest gerne, dass was zwischen euch läuft?«

Ich runzele die Stirn. »Wie kommst du darauf?«

»Das merke ich an den roten Herzchen in deinen Augen«, antwortet sie. »Und daran, dass du wissen wolltest, ob er zu dieser Weihnachtsfeier geht, die du eigentlich schwänzen wolltest.« Sie grinst mich an wie ein Honigkuchenpferd. »Ich kann es dir nicht verdenken. Der Kerl ist echt hot.«

Ich seufze. Jule kennt mich einfach zu gut. »Ist es so offensichtlich?«

»Nein, keine Sorge«, beschwichtigt sie. »Also, was gedenkst du, in der Sache zu unternehmen?«

»Gar nichts«, wiegele ich ab. »Ich lasse es laufen, wie es kommt.«

»Keine gute Idee«, erwidert Jule sofort. »Man soll das Eisen schmieden, solange es heiß ist. Und wenn ich mich nicht täusche, hab ich durchaus Signale gesehen.«

Unwillkürlich frage ich mich, ob sie was an den Ohren hat. Oder an den Augen. »Du warst aber eben schon dabei, als er mich hat abblitzen lassen? Im besten Fall sind diese sogenannten Signale, die du wahrzunehmen glaubst, reichlich widersprüchlich.« Ich hole einen Keks aus meiner Tasche und biete ihr auch einen an.

Ein Mann rempelt mich an. »He, müsst ihr mitten im Weg stehen?«

»Nein, das machen wir ganz freiwillig«, erwidert Jule mit einem zuckersüßen Lächeln. Ich gehe trotzdem ein Stück zur Seite, denn allmählich wird es auf dem Markt immer voller, und mein Panikradar schlägt leicht aus. Jule steuert auf eine Bude zu, an der es heißen Orangensaft und Kakao gibt. Wir bekommen unsere dampfenden Getränke in Schneemanntassen serviert. Vorsichtig nehme ich einen Schluck. Wohlig rinnt mir der Kakao die Kehle hinunter und wärmt mich. Die Anspannung, die sich in mir aufgestaut hat, verfliegt.

»Vielleicht hat er wirklich bloß keine Zeit.« Jule nippt an ihrem Orangensaft.

Ich zucke mit den Schultern. »Ich weiß nicht. Ich werde aus ihm nicht schlau«, gebe ich zu. »Einmal ist er total süß und wir führen richtig tolle Gespräche, und dann ist er plötzlich wieder verschlossen und abweisend.«

»Ein Rätsel ist dazu da, um es zu knacken«, glückskekst Jule. »Was spricht dagegen, wenn du den ersten Schritt machst? Lad ihn zu einem Kakao ein und dann schau, was passiert.«

»Keine Chance«, erwidere ich. »Er hat mir gerade einen Korb gegeben. Außerdem passen wir sowieso nicht zusammen. Er hasst Weihnachten.«

»Na und? Die Weihnachtszeit beschränkt sich auf vier Wochen im Jahr. Bleiben noch achtundvierzig, in denen ihr zusammenpassen könntet. Das solltest du vielleicht herausfinden.«

»Mhm«, mache ich nur. Tatsächlich habe ich in den vergangenen Tagen ziemlich oft an Jared gedacht. Mehrmals habe ich sogar mit dem Gedanken gespielt, ihm eine Nachricht zu schicken. Getraut habe ich mich jedoch nicht. Ich will auf keinen Fall verzweifelt erscheinen. Oder aufdringlich. Mal abgesehen davon: Wenn er Interesse an mir hätte, hätte er sich doch gemeldet, oder nicht? Er hat meine Nummer schließlich auch.

»Hanna.« Jule gibt mir einen sanften Schubs. »Du musst auch mal etwas wagen, wenn du etwas willst. Apropos, wie steht es mit deinen Reisevorbereitungen?«

»So weit ganz gut, aber Mams und Paps stressen enorm. Sie wollen immer noch nicht, dass ich fahre.«

»Ist ja klar«, meint Jule verständnisvoll. »Aber du machst das trotzdem, oder?«

»Ich denke schon. Es ist auch schon alles gebucht. Am 19. fährt der Bus. Der Termin ist am 20.«

»Bist du sicher, dass es klug ist, auf den letzten Drücker zu fahren? Warum fliegst du nicht oder nimmst den Zug?«, will Jule wissen.

Ich seufze. »Die Eiszeit zu Hause macht mir ziemlich zu schaffen. Deshalb will ich noch zu Omimis Geburtstag am 18. bleiben. Der Zug war gestern schon ausgebucht, und Fliegen ist so kurz vor Weihnachten viel zu teuer für mein Budget.« Erneut stoße ich ein Seufzen aus. Ich bin selbst sauer auf mich, dass ich die Buchung immer wieder hinausgeschoben habe. Woran nur mein schlechtes Gewissen schuld ist. Erneut habe ich mich breitschlagen lassen und meine Wünsche für meine Familie zurückgestellt.

»Ich würde so gern mitkommen.« Jule mustert mich skeptisch. »Aber der Ski-Urlaub mit Freddie und seinen Eltern ist schon so lange geplant. Oder soll ich absagen?«

»Quatsch.« Ich drücke ihre Hand. »Das ist lieb, aber nicht nötig. Ich bin schon groß. Abgesehen davon will ich endlich auch mal etwas allein schaffen. Meine Lebenssuppe mit einer Prise Salz würzen. Und mein Leben selbst in die Hand nehmen. Das geht am besten, wenn ich allein unterwegs bin.«

Jule nickt. »Gute Entscheidung. Du packst das, Süße!«

»Hey, schöne Frau.« Wie aus dem Nichts tauchen die Jungs neben uns auf, und ich zucke leicht zusammen. Freddie drückt Jule einen dicken Schmatzer auf den

Mund. Piet haut mir kameradschaftlich auf die Schulter. Er ist ein Freund von Freddie und das neueste Blind Date, das mir meine Freundin aufgedrückt hat, damit ich mir nicht wie das fünfte Rad vorkomme. Das reibt mir Piet gleich unter die Nase.

»Hey! Gut, dass ich noch nichts vorhatte und dir den Abend retten kann.« Sein Blick bleibt an meinem Weihnachtshut hängen. »Nicht dein Ernst, oder? Willst du tatsächlich mit diesem Ding über den Markt laufen?«

Angesäuert blicke ich ihn an. »Klar, warum nicht?«

»Na, weil diese Mütze echt unsexy ist«, erwidert er. »Alle lachen dich aus.« Er deutet auf die schmunzelnden Leute, die uns entgegenkommen.

»Na und?«, hake ich nach. »Ich mache Werbung für Silvias Hutstand.« *Jared hat sich nicht daran gestört*, flüstert mir eine innere Stimme zu.

»Ey, das ist mir peinlich. Kannst du das Ding nicht absetzen?«

»Wirklich charmant, Piet«, erwidere ich. »Danke für das Kompliment. Wenn ich dir so peinlich bin, sollten wir den Abend vielleicht besser beenden.«

»So hab ich das doch nicht gemeint«, erklärt Piet und verdreht die Augen. »Sorry, wenn du das in den falschen Hals bekommen hast.«

Ich schnaufe genervt und will gerade zu einer Erwiderung ansetzen, da macht Jule sich von Freddie los und hakt sich bei mir unter. »Seid ihr auch schon so gespannt auf den Film?«, versucht sie die Wogen zu glätten. Sie zieht mich mit sich und flüstert mir »Bitte bleib« zu, untermalt von einem flehenden Blick. »Gib ihm eine Chance. Er hat sich doch entschuldigt. Vielleicht ist er bloß nervös und stolpert deshalb in jedes Fettnäpfchen rein.«

»Ich weiß nicht.« Ich seufze leise. Jules Abend wäre sicher auch gelaufen, wenn ich jetzt gehe. »Na gut.« Jule zuliebe stecke ich die Mütze ein. Wenn auch widerstrebend. »Aber nur, wenn du mir versprichst, mich nie wieder mit jemandem verkuppeln zu wollen«, fordere ich.

»Kein Problem. Wenn es mit Piet nicht klappt, setze ich all meine Hoffnung auf Santa«, erwidert sie grinsend, und ich stöhne auf. Sie ist echt unverbesserlich.

Die Jungs haben uns inzwischen wieder eingeholt. »Alles klar?« Freddie legt einen Arm um Jule und mustert uns neugierig.

»Klar wie Kloßbrühe«, antwortet sie und schlingt einen Arm um seine Taille. »Oh, schau mal: Crêpes. Ich hab Hunger.« Sie schleppt Freddie zur Fressbude.

»Hey, ohne dieses Mützen-Ungetüm kann man deine schönen Augen viel besser sehen.« Piet schenkt mir ein Lächeln und zwinkert mir zu, was vermutlich verführerisch wirken soll.

Ich rümpfe angewidert die Nase über dieses bescheuerte, klischeehafte Pseudo-Kompliment. Vermutlich findet der Kerl sich auch noch lässig und merkt nicht mal, wie gönnerhaft und machomäßig er rüberkommt. »Wunderbar, das baut mich jetzt echt auf«, erwidere ich, doch die Ironie ist an ihn völlig verschwendet.

»Gern geschehen«, meint er. Dann fängt er lang und breit an von seiner Arbeit und seinen Hobbys zu erzählen – Offroad-Rallyes mit Jeeps. Haarklein erklärt er mir, was man bei solchen Geländerennen beachten muss. Ich setze ein geduldiges Lächeln auf und beschließe, mir den

Abend von nichts und niemandem verderben zu lassen. Während wir gemeinsam über den Weihnachtsmarkt zum Kino bummeln, kann ich jedoch nicht verhindern, dass meine Gedanken immer wieder zu einem bestimmten Weihnachtsmann abdriften.

Hanna

Driving Home for Christmas
oder:
Busfahrt mit Überraschungen

Um kurz nach fünf Uhr morgens stehe ich im Nieselregen am Busbahnhof. Beim Anblick des einfahrenden Busses blubbert allmählich Vorfreude in mir hoch wie die Luftperlen in einem Whirlpool und drängt die nagenden Zweifel zurück. Von Jule habe ich mich gestern schon ausgiebig verabschiedet. Ich musste ihr versprechen, möglichst viele Fotos zu schicken und Spaß zu haben. Der Abschied von Mams und Paps ist dagegen ziemlich frostig ausgefallen, gefüttert mit den Vorwürfen, die ich mir nun schon seit mehreren Wochen anhören durfte. Beide waren sich nicht zu schade, noch mal tief in die Schuldgefühle-Schublade zu greifen und hauten Sprüche raus wie:

»Du kannst doch nach dem Termin zurückkommen und im neuen Jahr wieder hinfahren, falls das mit dieser Stelle überhaupt klappt. Du wirst dich bestimmt einsam fühlen. Weihnachten feiert man mit der Familie.« (Mams)

Oder: »Ein Auslandspraktikum! Du bist doch noch nie

allein verreist. Willst du uns wirklich schlaflose Nächte bereiten?« (Paps)

Und der Gipfel von meiner ach so liebreizenden Schwester, die schon mehr als ein Weihnachtsfest unter fremden Tannen verbracht hat: »Mensch, mit deinen Ego-Wünschen verdirbst du uns echt total die Weihnachtsstimmung.«

Ich rede mir ein, dass sie es nur gut meinen und das Beste wollen. Ich bin mir nur nicht sicher, für wen. Und dennoch komme ich mir ein wenig egoistisch vor, dass ich die Reise trotz allem machen will.

Mein Blick schweift über den Gehsteig zu den anderen Fahrgästen, die mit mir warten. Weitere Leute strömen vom Bahnhofsgebäude herüber. Wie es aussieht, wird der Bus wohl voll werden. Je länger die Türen geschlossen bleiben, desto zappeliger werde ich. Das ist meine erste größere Reise – noch dazu allein –, und mir ist ein wenig mulmig zumute. Andererseits bin ich schon gespannt auf den berühmten Anblick der Klippen von Dover von der Fähre aus. Und vor allem auf London. Bald werde ich durch das Winter Wonderland spazieren, vor dem Tower Schlittschuh laufen, in das Lichtermeer der Oxford Street eintauchen und mir den Shard anschauen. Und natürlich ausgiebig shoppen, über die Millennium Bridge von St. Paul's zum Globe Theatre schlendern und mich mit Scones, Mince Pies und Christmas Pudding vollstopfen.

Während ich schon in Gedanken durch die Stadt streife, nehme ich aus dem Augenwinkel eine dunkel gekleidete Gestalt wahr, die auf den Bussteig zustiefelt. Ich reibe mir über die Augen. Spinn ich?! Die braunen, halb von einer Mütze verdeckten Wuschelhaare, die schwarzen Ohrstecker und der lässige Gang sind allerdings unverkennbar. Jared.

Seit unserem Treffen auf dem Weihnachtsmarkt haben wir uns nicht mehr gesehen. Dass er nicht zu der Agentur-Weihnachtsfeier gekommen ist, hab ich als endgültige Abfuhr aufgefasst, obwohl Jule das immer noch anders sieht. Kurz überlege ich, ob ich ihn überhaupt ansprechen soll. Aber so zu tun, als ob ich ihn nicht sehe, kommt mir auch blöd vor. Immerhin haben wir uns ziemlich gut verstanden, und ich dachte, dass wir zumindest Freunde wären.

Als Jared mich entdeckt, erstarrt seine Miene, und einen Moment erscheint es mir, als wolle er auf dem Absatz kehrtmachen. Dann gibt er sich einen Ruck und läuft weiter auf mich zu. Mein Blick klebt an dem Rucksack über seiner Schulter und der Transportbox in seiner Hand.

»Hallo, Fremder«, sage ich bemüht heiter. »So trifft man sich wieder.«

»Hey«, grüßt er einsilbig. Er sucht sich einen Platz am Ende der Plattform und stellt die Box ab.

Ich folge ihm. »Fährst du über Weihnachten doch zu deiner Familie?«

»Ja«, sagt er. »Und du? Immer noch Sightseeing?«

»Hab ich fest vor.«

Schweigen breitet sich zwischen uns aus. Jared ist ungewohnt wortkarg, und ich kann nicht einordnen, ob das daran liegt, dass ihm meine Gesellschaft auf den Keks geht oder ob er einfach noch müde ist. Fast bin ich erleichtert, als sich die Türen des Busses endlich öffnen. Der Fahrer steigt aus und klappt die Gepäckfächer auf.

»Okay, ich geb schon mal meinen Koffer ab«, sage ich.

Er nickt mir zu. »Gute Reise! Vielleicht sieht man sich

in London. Du hast ja meine Nummer. Ruf mich an, falls du Hilfe brauchst.«

»Äh, ja. Danke.« Verwundert über die Bemerkung reihe ich mich in die Schlange ein. Jared bleibt stehen. O-kay. Vielleicht will er nur warten, bis sich der Andrang gelichtet hat. Ich beschließe, ihm einen Platz frei zu halten.

Kurz flackern noch einmal Gewissensbisse in mir auf, als ich mein Gepäck abgebe, doch ich schiebe sie entschlossen zur Seite und steige ein. Der Gang ist eng, und ich nehme meinen Rucksack ab, um nicht versehentlich jemandem damit vor den Kopf zu stoßen. Die vorderen Reihen sind bereits besetzt, und ich arbeite mich langsam nach hinten vor, bis ich zwei freie Plätze nebeneinander entdecke. Auf der linken Seite sitzt bereits ein Pärchen, und ich lächle den beiden zu, als ich mich möglichst schnell in die Reihe quetsche, um keinen Stau zu verursachen. Vom Fenster aus kann ich sehen, dass Jared immer noch auf dem Bussteig steht.

Mehrere andere Fahrgäste schlängeln sich durch den Gang, und ich verstaue meinen Rucksack neben mir auf dem Sitz. Schnell füllen sich auch die Reihen hinter mir, doch Jared taucht nicht auf. Bei meinem nächsten Blick auf die Straße bemerke ich, wie er in ein Auto einsteigt, das vor dem Bus hält. Das erklärt natürlich seinen rätselhaften Kommentar vorhin. Ich denke an die Box, die neben ihm stand. Wenn er ein Haustier hat, ist klar, warum er nicht mit dem Bus fährt. Ich ärgere mich, dass ich mir die Box nicht genauer angesehen habe.

Kurz darauf schließen sich die Türen schnaufend, und der letzte Fahrgast, ein junger Mann, baut sich neben mir auf. Er wirkt etwas älter als ich, trägt Jeans und Hoodie und lächelt mich durch seine Brille freundlich an. »Ist hier noch frei?«

Ich nicke und räume meinen Rucksack nach unten, während mich ein Stich der Enttäuschung durchzuckt. Insgeheim hatte ich mich schon darauf gefreut, die Fahrt mit Jared zu verbringen und das Rätsel seiner Wortkargheit zu knacken.

Der Typ setzt sich und fängt an, in seiner Tasche zu kramen, als der Bus losruckelt. Der Geruch von Zwiebeln weht zu mir herüber, und ich wende angewidert den Kopf ab. Kruschelnd mampft der Kerl Chips. »Willst du auch?« Er hält mir die Tüte unter die Nase. »Ich bin übrigens Finn.«

»Nein, danke.« Ich ringe mir ein Lächeln ab und wende mich nachdrücklich meinem Handy zu. Das hält Finn jedoch nicht davon ab, mich weiter vollzuquatschen. Genervt schicke ich Jule eine Nachricht.

Hanna: WARUM???!!!!

Ihre Antwort kommt prompt.

Jule: ??? Was ist los?

Hanna: Nerviger Mitfahrer auf dem Nebenplatz im vollen Bus.

Jule: Mist. Sieht er wenigstens gut aus?

Hanna: Ganz nett.

Jule: Okay, man kann nicht alles haben. Sieh's positiv. So hast du Unterhaltung, und dir wird nicht langweilig.

Hanna: Haha, bis ich ankomme, habe ich entweder Tinnitus oder bin vor lauter Zwiebelchips-Geruch in Ohnmacht gefallen.

Jule: Halte durch!

Hanna: Ich geb mir Mühe. Aber ich garantiere für nichts.

Kurz zögere ich, dann schreibe ich:

Hanna: Jared war am Bussteig. Wir haben uns kurz unterhalten.

Jule: Oho. Warum sitzt du nicht neben ihm? Von wegen Eisen schmieden und so?

Hanna: Er ist nicht im Bus. Aber auch auf dem Weg nach London. Ich soll ihn anrufen, falls ich Hilfe brauche, sagt er.

Jule: Hey, cool. Ich sag dir doch: Signale. Dann texte ihm jetzt. Vielleicht spielt er für dich den Stadtführer. ☺

Hanna: Ich denk drüber nach … Erst mal ankommen.

Jule: Hab Spaß!

Ich schicke ihr einen Kuss und stecke das Handy weg.

Finn nutzt die Gelegenheit sofort, um mir eine kostenlose, dafür aber umso längere Lektion im Tapetenabpellen und Fußbodenverlegen zu erteilen. Irgendwie scheine ich schwafelnde, aufdringliche Kerle wie ein Magnet anzuziehen. Demonstrativ hole ich meine Kopfhörer und meinen Skizzenblock heraus und fange an zu zeichnen.

Als würde eine unsichtbare Hand mich führen, entsteht auf dem Blatt das Porträt eines Weihnachtsmannes. Mit dunklen Haaren. Und Jareds Gesichtszügen. Was das zu bedeuten hat, darüber möchte ich lieber nicht nachdenken.

Wir sind schon locker vier Stunden unterwegs und haben den ersten Pausenhalt hinter uns, als ich plötzlich ein Gewicht auf meiner Schulter spüre. Ich drehe mich zur Seite und entdecke Finns Kopf. An meinem Hals. Sein leises Schnarchen verrät mir, dass es keine Absicht ist. Ich rutsche leicht zur Seite, um ihn runterzuschubsen, doch er rückt nach. Daher muss ich zu etwas härteren Maßnahmen greifen.

Ich versetze ihm einen Stoß mit dem Ellbogen. Er

richtet sich schnaufend auf und lehnt den Kopf ans Polster, die Augen immer noch geschlossen. Das sieht ziemlich unbequem aus, weshalb ich ihm vorsichtig mein Reisekissen unter den Kopf schiebe, ehe ich mich wieder in mein Buch vertiefe.

Ein unheilvolles Klacken lässt mich kurz darauf aufhorchen. Der Bus holpert über irgendetwas, und es klackt erneut. Lauschend schaue ich mich um. Die meisten anderen Passagiere schlafen oder unterhalten sich leise.

Ein Blick aus dem Fenster verrät mir, dass der Fahrer die nächste Raststätte ansteuert. Oh-oh. So schnell kann es doch nicht schon wieder Zeit für eine Pause sein.

Wie befürchtet, kommt die Durchsage des Fahrers: »Sehr verehrte Fahrgäste, wegen eines technischen Defekts müssen wir einen ungeplanten Halt einlegen. Wir danken für Ihr Verständnis und bitten um Geduld.«

Stimmen werden laut, und ein Tumult entsteht. Ächzend öffnen sich die Türen. Der Fahrer fordert uns auf, auszusteigen. Ich schlüpfe in Mütze und Jacke, dann rüttele ich Finn wach und erkläre ihm die Lage. Er lässt mich vorbei, bevor er mir und den anderen nach draußen folgt. Wir beobachten, wie der Fahrer den Bus abgeht, an Reifen und Achsen klopft und schließlich mit ziemlich angesäuerter Miene mit seinem Handy telefoniert. Danach verkündet er, dass wohl durch ein Schlagloch ein Schaden entstanden ist, weshalb die Weiterfahrt unmöglich sei. Der Reparaturservice sei informiert, aber es werde ungefähr drei Stunden dauern, bis ein verfügbarer Ersatzbus kommt.

Mein Panikradar schlägt aus, und die Nervosität ergreift mich, als würde eine Schar Ameisen über mich trippeln und ihr Gift verspritzen. Halt suchend greife ich nach der Schneekugel an meiner Kette, um mich zu ankern. *Immer mit der Ruhe*, rede ich mir zu. *Denk nach!*

Wenn ich hier drei Stunden warten muss, werde ich die Fähre garantiert verpassen und damit womöglich auch meinen Termin morgen. Da ich es jedoch erst mal nicht ändern kann, beschließe ich, die Zeit im Restaurant zu verbringen. Kein Grund, hier in der Kälte zu stehen, zumal es gerade zu regnen anfängt. Finn heftet sich wie eine Klette an meine Fersen.

Das Restaurant erinnert an eine Filmkulisse aus den Fünfzigerjahren. Rote, wulstige Polsterbänke säumen weiße Tische. Der schwarz-weiße Boden erinnert mich an ein Hüpfkästchenspiel. Vorsichtig trete ich in die Kästchen, um keine Linie zu erwischen, denn das bringt bekanntlich Pech.

Ich setze mich an einen Tisch am Fenster; Finn schiebt sich ungefragt mir gegenüber in die Nische. Als die Kellnerin kommt, bestellt er ebenso ungefragt zwei Kaffee.

»Also, was hast du in London vor?« Er greift zum Zuckerstreuer und spielt damit herum. Bevor ich jedoch antworten kann, erzählt er schon weiter. »Ich will ja unbedingt ins British Museum. Der Lindow Man soll der Hammer sein, weil …« Ausführlich erklärt er mir, wie Moorleichen entstehen, und untermalt das Ganze mit dem metallischen Ritsch-Ratsch des Zuckerstreuers, dessen silbernes Oberteil er immer wieder auf und zudreht.

Genervt lasse ich den Blick durch den Raum schweifen, bis er an einem anderen Gast hängen bleibt. Braune Wuschelhaare, grimmige Miene. Ein vertrauter Anblick. Unwillkürlich durchströmt mich ein Gefühl der Erleichterung. Ein kleines rotbraunes Fellbündel liegt zu seinen

Füßen, den Kopf auf die Pfoten gelegt. Also hat er tatsächlich ein Haustier. Zu meiner Überraschung sieht es aus wie der Hund, dem ich im Supermarkt Wasser gegeben habe.

Finn erklärt mir inzwischen, warum der Spitzname der Moorleiche so witzig ist. »Pete wie Peat, also Torf, und Marsh wie Sumpf verstehst du, hahahaha.«

Ich lächle gezwungen und stehe auf. »Entschuldige mich.«

»He, wo … Oh, fuck!« Der Zuckerstreuer fällt ihm aus der Hand, und die weißen Kristalle ergießen sich über den Tisch und seine Hose. Hektisch fängt er an, sie zusammenzuwischen und zurück in den Streuer rieseln zu lassen. Ich verkneife mir ein Grinsen, schiebe mich aus der Bank und laufe rüber zu Jared.

»Hallo, Stalker!« Der Hund springt an mir hoch und leckt mir über die Hand. Ich bücke mich und kraule dem kleinen Terrier das Fell, was er sichtlich genießt, denn er drückt sein Köpfchen fest gegen meine Hand und stupst mich an.

Jared hat gerade einen Schluck Kaffee getrunken. Nun stellt er die Tasse ab und mustert mich verblüfft. »Die Frage ist, wer hier wen stalkt. Überall, wo ich bin, tauchst du auf.«

»Das könnte man auch Schicksal nennen«, erwidere ich, worauf er das Gesicht verzieht.

»Oder schlicht Zufall«, sagt er. »Willst du dich nicht setzen?« Er hebt einen Zeigefinger und meint zu seinem Hund gewandt »*Down!*«, worauf der Kleine sich sofort auf den Boden legt.

Ich pflanze mich auf den Stuhl ihm gegenüber. »Ich dachte, du wärst längst auf dem Weg nach London.«

»Dachte ich auch. Aber meine Mitfahrgelegenheit ist gegen Hunde allergisch, wie sich herausgestellt hat. Oder besser gesagt, ihre Katze.« Er verzieht das Gesicht.

»Hä?«

»Buttons hatte sie zum Fressen gern«, fügt er an und deutet auf die Fellnase zu seinen Füßen. Er fährt sich durch die Haare. Wie Antennen stehen sie nun in alle Richtungen ab. »Er hat sie angeknurrt, sie hat gefaucht, und ihre Besitzerin hat mich rausgeschmissen. Jetzt bin ich hier gestrandet.«

»Dein Hund heißt Buttons? Wie Knöpfe?« Ein Kichern kitzelt mich in der Kehle.

»Ja, und Herbert Alfred an Sonntagen, wenn du willst.« Er grinst mich frech an.

Ein honigwarmes Gefühl durchläuft mich. »Ich hätte nicht gedacht, dass du dich so genau an *Mary Poppins* erinnerst.«

»Ich stecke eben voller Überraschungen.« Er zuckt mit den Schultern.

»Der Name passt zu Buttons, aber Buttons passt irgendwie nicht zu dir. Er ist viel zu klein und flauschig.«

»Ach ja? Und was für ein Hund passt zu mir?«

»Hm, lass mich überlegen.« Eingehend mustere ich seine gothic-schwarzen Klamotten. »So grimmig, wie du gerade wirkst – eine Dogge vielleicht. Oder ein Pitbull?«

Buttons gibt ein, wie ich finde, zustimmendes Bellen von sich.

»Vielen Dank auch«, meint Jared. »Der Hund gehört

übrigens nicht mir, sondern meiner Mutter. Sie hat ihm auch den Namen gegeben.«

»Aha. Das erklärt einiges.« Bevor ich nachfragen kann, warum er mit dem Hund seiner Mutter, aber ohne Mutter reist, schweift sein Blick über meine Schulter. Gleich darauf erkenne ich den Grund. Finn baut sich an unserem Tisch auf.

»Ey, ich finde das ziemlich uncool, dass du mich einfach sitzen lässt«, sagt er, ohne Jared auch nur eines Blickes zu würdigen. »Dabei hab ich dir sogar einen Kaffee spendiert. Als Dankeschön für das Kissen im Bus. Der ist jetzt da, also komm zurück an unseren Tisch.«

Ich schaue ihn von oben bis unten an und bin leicht verblüfft über seinen Befehlston. »Ich wüsste nicht, dass ich dir zu irgendwas verpflichtet bin«, erwidere ich.

»Bist du mit dem Kerl zusammen?« Jared beachtet Finn nicht, sein Blick ruht allein auf mir.

»Nein. Ich habe keinen Freund«, stelle ich klar. »Wir sitzen rein zufällig im Bus nebeneinander.«

Jared dreht sich zu Finn um. »Du hast gehört, was sie gesagt hat. Sie will offensichtlich nicht zurück an deinen Tisch. Also verzieh dich.«

»Hör mal, Kumpel, misch dich da nicht ein.« Finn stützt die Fäuste auf den Tisch.

»Ich bin nicht dein Kumpel«, sagt Jared gefährlich leise. Buttons neben ihm fängt an zu knurren.

»Hey, kein Streit«, sage ich beunruhigt. »Ich habe nur einen alten Freund getroffen, mit dem ich mich gern unterhalten würde. Wir sehen uns nachher im Bus.«

Finn liefert sich immer noch ein Blickduell mit Jared. Der lässt die Knöchel knacken. Buttons springt hoch, und

Finn zuckt zurück. Dann verschwindet er wortlos in Richtung Toilette.

»Danke«, sage ich. »Aber das hätte ich auch allein geschafft.«

»Klar hättest du …« Jared bricht ab, denn die Kellnerin tritt mit gezücktem Stift und Block an den Tisch und fragt, was wir gerne hätten. Ich verkneife mir die Antwort, dass ich mir Flohpulver wünsche, um mich von einem Ort zum anderen zu beamen, und bestelle mir einen Kakao.

»Mit Zimt und etwas Chili, wenn möglich«, bittet Jared, und ich bin gerührt, dass er sich an meine Vorlieben erinnert. Jared selbst bestellt sich noch einen Kaffee und etwas Wasser für Buttons. Die Frau nickt und geht zur Theke.

»Danke, ich hätte nicht gedacht, dass du noch weißt, wie ich meinen Kakao trinke.«

»Ich bin eben ein guter Zuhörer. Abgesehen davon hat sich das Chili-Zimt-Kakao-Aroma buchstäblich so tief in meine Geschmacksknospen eingebrannt, dass ich es unmöglich vergessen kann.« Er nimmt den eingepackten Keks vom Unterteller seiner Tasse und entfernt die knisternde Folie. Dann hält er mir den Keks hin, doch ich schüttele den Kopf.

»Wieso sitzt du eigentlich hier und gondelst nicht längst Richtung London?« Er bricht eine Ecke des runden Plätzchens ab und steckt sie sich in den Mund.

Die Kellnerin stellt unsere Getränke vor uns ab und einen Napf vor Buttons, der sofort losschlabbert.

»Unser Bus hat eine Panne«, erkläre ich, als sie gegangen ist. »Der nächste kommt vermutlich erst in ein paar Stunden. Ich kann dir also ein wenig Gesellschaft leisten.«

»Das musst du nicht«, erwidert Jared. »Geh ruhig wieder zu deinem Traumprinzen.« Er zerkrümelt den restlichen Keks auf dem Unterteller.

»Finn ist eher ein Frosch, und ich weiß, dass ich es nicht muss. Aber wenn es dir lieber ist, dass ich gehe …« Ich lasse den Satz unbeendet in der Luft hängen.

Jared greift zur Karte. »Willst du auch was essen? Ich verhungere fast.«

Ich strahle übers ganze Gesicht, denn die Frage ist für mich seine Erlaubnis, sitzen zu bleiben. »Gerne.« Ich greife zu meiner Tasse und nehme einen Schluck Kakao.

Jared schenkt mir ein winziges Lächeln, und ein Kribbeln erfasst mich.

»Hallo. Ja. Äh. Ich bitte um die Aufmerksamkeit der Gäste von Speedys Busreisen!« Unser Busfahrer hat sich mitten im Restaurant aufgebaut und dreht sich langsam im Kreis. »Zu unserem Bedauern müssen wir Ihnen mitteilen, dass sich die Ankunft des Ersatzbusses aufgrund eines Staus um mindestens eine weitere Stunde verzögern wird. Selbstverständlich werden wir uns um eine neue Fährverbindung kümmern, sobald wir wissen, wann die Fahrt fortgesetzt werden kann. Danke für Ihr Verständnis.«

Verflixt! Damit kann ich die Fähre ganz sicher abschreiben, und wer weiß, für wann uns die Busgesellschaft eine Umbuchung organisieren kann. Mein Panikradar steigt eine Stufe höher. Die anderen Fahrgäste haben anscheinend ähnliche Gedanken, denn ein Sturm der Empörung prasselt auf den armen Busfahrer nieder.

»Ich kann förmlich sehen, wie sich die Rädchen in deinem Kopf drehen.« Jared reißt mich aus meinen Gedanken.

Ich hebe den Kopf und sehe, dass er mich forschend mustert.

Im selben Moment schießt mir eine völlig verrückte Idee in den Sinn. »Steht dein Angebot noch, mir zu helfen?«

»Jep. Warum nicht?«

»Was hältst du davon, wenn wir gemeinsam weiterreisen?«

»Wegen ihm?« Sein Blick schweift zu dem anderen Tisch. Offenbar ist auch ihm nicht entgangen, dass Finn uns immer noch beobachtet. »Ich kann ihn mir noch mal vorknöpfen, wenn du willst.«

»Nein. Es ist wegen der Verspätung. Die bringt meinen ganzen Zeitplan durcheinander.«

»Es wird schon nicht so schlimm sein, wenn du mit dem Sightseeing einen Tag später anfängst«, meint er.

»Wenn es nur das Sightseeing wäre.« Ich seufze. »Ich hab morgen einen Termin, und wenn ich hier so lange herumsitzen muss, werde ich den wohl verpassen. Irgendwie scheint sich die ganze Welt gegen mich verschworen zu haben.«

»Das Gefühl kenne ich.« Er senkt kurz den Kopf und wirkt plötzlich so verloren, dass eine Welle von Mitgefühl in mir hochschwappt. Gleich darauf verzieht er jedoch den Mund zu einem schiefen Lächeln und beugt sich zu mir rüber. Dabei fixiert er mich so intensiv, dass mir schwummerig wird. »*Let's be real.* Wie sagt man? Butter bei die Heringe. Hast du schon eine Idee, wie wir hier wieder wegkommen?«

Jared

Jingle Bell Rock
oder:
Per Anhalter durchs Weihnachtschaos

Ich habe schon deutlich schlimmere Situationen erlebt, als an einer Raststätte festzusitzen. Dennoch war meine Laune im Keller. Und dann ist plötzlich Hanna aufgetaucht. An ihrer Mütze habe ich sie schon erkannt, noch bevor ich ihr Gesicht richtig registriert habe. Das Teil sieht aus wie ein Lama – mit Öhrchen, Grinse-Gesicht und langen, puscheligen Bändern, die auch als Schal dienen.

Hannas Gegenwart weckt gemischte Gefühle in mir. Einerseits freue ich mich, sie zu sehen, andererseits ist es mir schon fast unheimlich, dass sie in so kurzer Zeit fast so etwas wie eine Freundin geworden ist.

»Wir werden trampen.« Hanna holt Stift und Papier aus ihrem Rucksack.

Ich falle aus allen Wolken unsanft auf den Boden. »Wirklich? Trampen?« Ich lehne mich ins Polster zurück. »Dabei hätte ich dich gar nicht für so leichtsinnig eingeschätzt.«

»Hast du einen besseren Vorschlag?«, erwidert sie.

»Ja, wir könnten uns ein Taxi teilen. Zum nächsten Bahnhof. Von dort aus kommen wir sicher weiter.« Ob unsere Wege sich dort trennen oder weiter in dieselbe Richtung führen, kann ich dann immer noch entscheiden.

Sie holt ihr Phone heraus und tippt darauf herum. Dann hält sie es mir unter die Nase. »Wir sind hier.« Sie deutet auf einen Punkt. »Die nächste Stadt ist hier.« Sie deutet auf einen anderen Punkt. »Das sind locker fünfzig Kilometer, plus Anfahrt. Also mindestens einhundert Euro. Ganz schön viel Geld für mein angeschlagenes Portemonnaie.«

Kurz überlege ich, ob ich ihr die Taxifahrt spendieren soll. Aber auch mein Budget ist begrenzt. »Vielleicht solltest du doch besser warten und mit dem Bus weiterfahren.« Ich spreche den Gedanken aus, obwohl er mir Kopfschmerzen verursacht.

Sie schüttelt den Kopf. »Auf keinen Fall. Erstens kann ich dich nicht einfach so allein lassen, ohne zu wissen, ob du hier jemals wieder wegkommst. Womöglich verwandelst du dich dann ganz und gar in einen gurkengrünen Grinch. Und zweitens muss ich unbedingt bis spätestens morgen Vormittag in London sein. Das wird auch so schon verflixt knapp mit dem Bus, wenn ich stundenlang rumsitzen muss und Zeit verliere. Und wer weiß, ob das mit dem Fähranschluss überhaupt klappt und sich nicht noch mal verzögert. Per Anhalter habe ich wenigstens noch eine Chance. Warten macht mich nur nervös.« Wie um sich zu beruhigen, nippt sie an ihrem Kakao.

»Erstens bin ich nicht allein, denn ich hab Buttons. Zweitens habe ich schon eine Anfrage auf der Website der

Mitfahrzentrale gepostet. Irgendwann komme ich hier also bestimmt weg. Und drittens: Wenn du es wirklich so eilig hast, kommst du ohne mich schneller voran. Bevor mein Weihnachtsfluch dich auch noch trifft.«

»Weihnachtsfluch? Das glaubst du nicht im Ernst.« Sie hebt die Augenbrauen. »Warum bist du immer so pessimistisch?«

»Ich bin nicht pessimistisch, sondern realistisch«, erwidere ich. »Der Eurostar scheidet für mich wegen Buttons aus. Ebenso wie Busse. Und es ist unwahrscheinlich, dass mich *random* Leute, die zufällig auf dem Raststättenparkplatz halten, mit Hund mitnehmen würden. Deshalb sind die Chancen, dass ich mit Trampen weiterkomme, relativ gering einzuschätzen.« Ich bücke mich und kraule Buttons hinter den Ohren. Allmählich wird der Kleine unruhig und will raus. »Ich kann mit meinem Hund nur über die *approved routes* einreisen. Daher muss ich zur Fähre nach Calais.«

»Ich will auch zur Fähre in Calais«, erklärt sie.

Wenigstens ein Punkt, in dem wir uns einig sind.

»Hör zu«, versuche ich es erneut. »Wenn du kein Taxi nehmen willst, kann ich die Anfrage bei der Mitfahrzentrale ergänzen. Dann können wir immer noch zusammen weiterreisen.«

»Ja, aber womöglich warten wir genauso lange auf eine Antwort wie auf den Bus. Vergiss es!« Der Sturkopf schnappt sich seinen Rucksack und steht auf. Den Zettel, auf den sie in großen, dicken Buchstaben »Dover« geschrieben hat, klemmt sie sich unter den Arm. »Kompromissvorschlag«, sagt sie und bleibt vor mir stehen. »Wetten, dass ich allerspätestens in einer Stunde eine

Mitfahrgelegenheit für uns aufgetrieben habe? Wenn nicht, bestellen wir uns ein Taxi, es sei denn, es meldet sich vorher jemand von der Mitfahrzentrale. Einverstanden?«

»*Fair enough*«, sage ich. »Und was ist der Wetteinsatz?«

»Wenn ich gewinne, musst du für mich in London den Stadtführer spielen.« Sie beißt sich auf die Lippe und setzt dieses niedliche, strahlende Wichtellächeln auf, bei dem ihre Sommersprossen tanzen.

Rasch nehme ich einen Schluck von meinem Kaffee, um mich abzulenken. »Und wenn ich gewinne?«

»Falls dieser unwahrscheinliche Fall eintreten sollte, führst du mich auch durch London«, antwortet Hanna. »Und ich backe dir als Dankeschön Kekse.«

»Welche Sorte?«, hake ich nach.

»Lass dich überraschen.« Hanna stiefelt hinaus. Rasch trinke ich meinen Kaffee aus und verbrenne mir dabei die Zunge. Dann greife ich mir meine Mütze und Jacke, bezahle rasch an der Theke und folge ihr. Zum Glück hat es mittlerweile aufgehört zu regnen, und die Sonne lugt hinter dunklen Wolken hervor. Während ich in meine Jacke schlüpfe, halte ich Ausschau nach Hanna. Sie steht am Bus; der Fahrer fischt im Gepäckfach nach ihrem Koffer. Finn klebt an ihrer Seite und redet auf sie ein, aber sie schüttelt den Kopf und erwidert etwas, worauf Finn die Arme hebt und wieder sinken lässt. Sie schnappt sich ihren knallgelben Rollkoffer, den der Fahrer inzwischen auf den Parkplatz gestellt hat, und marschiert davon. Finn schaut ihr kopfschüttelnd nach, macht aber keine Anstalten, ihr zu folgen. Ist auch besser so!

Ich laufe mit Buttons zum Grasstreifen, wo er prompt

das Beinchen hebt. Aus dem Augenwinkel beobachte ich, wie Hanna erst den Wagen einer Familie ansteuert, dann einen LKW. Bei beiden bekommt sie offenbar eine Abfuhr. Ein sarkastisches Lächeln umspielt meine Mundwinkel. So viel zum ach so gepriesenen Weihnachtsgeist und der Nächstenliebe.

Nachdem Buttons sein Geschäft erledigt hat, geselle ich mich zu Hanna, die sich auf eine Bank gesetzt hat und aus einer Dose auf ihrem Schoß Cookies futtert. Ich schwinge mich neben sie auf die Lehne, die Füße auf der Sitzfläche. Buttons schnüffelt eifrig unter dem Tisch. »Na, doch kein Erfolg?«

»Wart's ab. So schnell gebe ich nicht auf.« Sie bietet mir die Dose an, und ich greife mir einen Zimtstern.

»Yammi, hast du die selbst gebacken?« Ich stecke mir den Keks in den Mund. Zimtiger Nuss-Mandel-Geschmack kitzelt meinen Gaumen.

»Ja, klar«, antwortet sie.

»Die sind wirklich lecker, Zimtstern-Queen«, seufze ich genüsslich. »Und so *crunchy.* Die stehen auf meiner Top-Ten-Sweets-Liste ab sofort auf Platz eins, noch vor Vanille-Cookies und Weingums.«

»Danke.« Sie schenkt mir ein stolzes Grinsen. »Ich fühle mich geehrt.«

Während ich mir gleich noch einmal Nachschub aus der Dose hole, lässt sie den Blick über den Parkplatz schweifen. Mit einem Mal springt sie auf und läuft zielstrebig auf einen VW-Bulli zu, aus dem ein älteres Paar aussteigt. Sie spricht die beiden an, dann deutet sie auf mich und Buttons. Die Frau nickt, und Hanna winkt mich zu sich. Unfassbar! Ich hätte es niemals für möglich gehalten, dass sie jemanden findet, der zwei Leute und einen Hund mitnimmt.

»Hallo, Jungchen«, begrüßt mich die Frau. Sie ist groß und hager, zahlreiche Falten zeichnen wie Linien auf einer Landkarte ihr Gesicht. Unter ihrer offenen roten Jacke lugt ein grüner Pullover hervor, auf dem ein Weihnachtsmann im Schornstein verschwindet. Ihr Mann trägt eine farblich darauf abgestimmte Krawatte mit Rentieren, die auf Schneeflocken tanzen. Kein Wunder, dass Hanna sich mit den beiden auf Anhieb versteht.

»Lina und Heiner sind auf dem Weg zu ihrer Familie«, erklärt mir Hanna. »Die lebt in der Nähe von Dover.«

»So ein Glück«, murmele ich. Zu mehr bin ich nicht fähig, denn der Anblick der beiden hat mir sprichwörtlich die Sprache verschlagen.

»Ja, nicht wahr? Das ist wie ein Weihnachtswunder.« Hanna strahlt übers ganze Gesicht. »Und sie haben auch einen Hund.«

Erst jetzt fällt mir der Rauhaardackel auf, der im Bulli auf der Sitzbank hockt. Er trägt ein Mäntelchen, rote Socken und auf dem Kopf ein Rentiergeweih. Zu allem Überfluss stelle ich fest, dass auch der Bulli weihnachtlich geschmückt ist. Vorne klebt eine rote Rentiernase, und von den Spiegeln zwinkert mir ein Rentiergesicht zu. *Bloody hell!* Ich bin in der Weihnachtshölle gelandet.

Ich räuspere mich und ziehe Hanna zur Seite. »Bist du sicher, dass es eine gute Idee ist, mit denen mitzufahren?«

»Ja, klar. Warum nicht?«

»Na, die wirken irgendwie … eigenartig.«

Hannas Blick schweift über die beiden und den Hund. »Finde ich nicht«, sagt sie erwartungsgemäß. »Im Gegenteil: Sie wirken total harmlos. Ich bin mir sicher, die beiden werden uns nicht irgendwo aussetzen, falls du das befürchtest.« Sie grinst frech. »Auf mich wirken sie ungefähr so gefährlich wie ein Zimtstern.«

Ich verziehe das Gesicht. Die Anspielung auf die Mitfahrgelegenheits-Katzenfrau war jetzt wirklich unnötig. »Das kannst du nicht wissen. Abgesehen davon können selbst Cookies ziemlich gefährlich sein.« Ich merke selbst, dass ich lächerlich klinge, aber was tut man nicht alles, um den Weihnachts-Overkill zu vermeiden. »Stell dir nur vor, du verschluckst dich, und so ein Krümel bleibt dir im Hals stecken. Daran kann man ersticken.«

Hanna tippt sich an die Stirn. »Du spinnst. Von einer Klippe ins Meer springen ist gefährlich. Oder Selfies am Abgrund. Die Gefahr, dass man an einem Krümel erstickt oder dass Lina und Heiner Undercover-Gangster sind, schätze ich dagegen ungefähr so hoch ein, wie über einen Maulwurfshügel zu stolpern und sich dabei den Fingernagel abzubrechen. Möglich aber unwahrscheinlich.« Herausfordernd schaut sie mich an. »Ich steige da jetzt ein. Kommst du?« Sie wendet sich ab und läuft zu dem Pärchen zurück.

Unschlüssig bleibe ich stehen. Allerdings nur einen Moment. Schließlich kann ich sie nicht einfach so einer potenziellen Gefahr überlassen. Zumindest rede ich mir ein, dass das der Grund ist, warum ich ihr folge. »*Crikey*, ich hoffe, du hast eine Kotztüte dabei«, zische ich Hanna zu. »Ich kann nicht garantieren, dass mir von dieser ganzen Weihnachtsüberdosis nicht schlecht wird.« Ich setze ein Lächeln auf und nicke dem älteren Ehepaar zu. »Vielen Dank, dass Sie uns mitnehmen wollen. Selbstverständlich beteiligen wir uns an den Benzinkosten.«

»Lass mal stecken, Kleiner«, dröhnt Heiner. Er ist ein rotgesichtiger Mann, der durch seine weiße Wallemähne und den kugelrunden Bauch eine verblüffende Ähnlichkeit mit dem Weihnachtsmann aufweist. »Wir haben doch sowieso denselben Weg. Und ein bisschen Abwechslung ist ganz schön. Dann geht mir Lina mit ihrem Genörgel nicht auf den Wecker. Ich fahre ihr immer entweder zu schnell oder zu langsam.« Er lacht polternd.

»Wir machen nur noch kurz einen Abstecher in die Keramikabteilung«, verkündet Lina. »Dann kann es weitergehen.« Sie reicht Hanna die Leine des Dackels. »Hier, Liebes. Kümmerst du dich darum, dass Bruno sein Geschäft erledigt?«

»Klar«, entgegnet sie. Ich kann nicht begreifen, dass jemand seinen Hund einfach so einem wildfremden Menschen überlässt. Andererseits hat Hanna etwas an sich, das sofort Vertrauen weckt und dem man sich nicht entziehen kann.

»Die beiden sind total süß«, sagt Hanna. »Gib's zu.« Mit verträumtem Blick schaut sie zu, wie Lina und Heiner Händchen haltend in Richtung der »Keramikabteilung« verschwinden.

»Wenn du meinst.«

»Was? Bist du anderer Meinung? Nach so vielen Jahren immer noch so verliebt, das ist echt großes Glück. Ich wünsche mir, dass ich auch mal die Liebe meines Lebens finde.«

»Hilfe, ist das *cheesy!*«, stöhne ich. »Nichts ist für die

Ewigkeit. Außerdem, wer sagt dir, dass sie schon lange zusammen sind?«

»Sie besuchen ihre erwachsenen Kinder.« Hanna verdreht die Augen.

»Ich sag nur Patchwork.«

Wir lassen uns von Bruno zu dem Grasstreifen ziehen, den er ausgiebig beschnüffelt.

»Du willst aber auch wirklich immer in allem das Negative sehen. Warum?«

»Weil es so was wie die Liebe fürs Leben nicht gibt«, verkünde ich und nehme Buttons auf den Arm.

»Okay, Mr Besserwisser. Wer war sie?«

»*Pardon?*« Verwirrt schaue ich sie an.

»Na, dein Last-Christmas-Mädchen. Die Frau, die dir das Herz gebrochen und das Weihnachtsfeeling gestohlen hat.«

»Es gibt kein Last-Christmas-Mädchen.« Nur einen Last-Christmas-Vater. Aber das werde ich Hanna bestimmt nicht auf die Nase binden. Buttons zappelt auf meinem Arm, und ich setze ihn ab. Neugierig beschnuppert er Bruno. Die beiden trippeln umeinander herum und machen kleine Hopser, als wollten sie sich gegenseitig zum Spielen auffordern. Wir laufen noch ein Stück, damit sich die Hunde erleichtern können. Das tun sie in der Wiese am Rand des Parkplatzes. Ich zupfe eine Tüte aus meiner Tasche, sammele beide Häufchen ein und versenke sie angewidert im nächsten Mülleimer. Kurz darauf kehren Lina und Heiner zurück.

Lina mustert Buttons mitleidig. »Der arme Kleine. Hat er gar kein Jäckchen? Er friert doch bestimmt. Kommt schnell ins Auto, da ist es wärmer.«

Ich erspare mir, zu erklären, dass Buttons als Norfolk-Terrier ziemlich dichtes Fell hat und ihm Kälte und Regen deshalb nicht viel ausmachen. Lina sieht ohnehin nicht so aus, als ob sie dieses Argument gelten lassen würde, wenn man sich Bruno ansieht.

Wir laden das Gepäck ein und steigen in den Bulli, Hanna und ich sitzen auf der Rückbank, Lina und Heiner vorne. Die Hunde sind in ihren Transportboxen hinter der Rückbank untergebracht. Innen ist der Wagen zum Camper umgebaut und genauso festlich geschmückt wie außen. Unter den Fenstern schlängeln sich Lichtergirlanden und herzförmige Weihnachtskugeln. Auf dem Armaturenbrett steht ein Duft-Weihnachtsbaum, der einen intensiven Geruch nach Tannennadeln verströmt. Bevor es losgeht, bekommen Bruno und Buttons noch ein Leckerchen von Lina zugesteckt. Gleich darauf knattert ein Pups, und es stinkt im Auto, als hätte jemand in einen Wald gekackt.

»Oh, Bruno! Hast du wieder dein Landluftparfüm aufgelegt«, stöhnt Heiner. Er kurbelt das Fenster runter.

Hanna hält sich die Hand vor den Mund und unterdrückt ein Lachen. Auch ich kann mir das Grinsen nicht verkneifen.

Heiner gibt Gas und schaltet krachend hoch; der Bulli ächzt empört. In der Zwischenzeit hat sich Lina in den Untiefen ihrer Tasche vergraben. Als sie wieder auftaucht, hält sie triumphierend vier rot-weiße Stiefelchen hoch und dreht sich zu mir um. »Ich glaube, die werden deinem kleinen Hündchen ganz hervorragend stehen. Damit er keine kalten Füße bekommt. Ich hab auch noch ein Mäntelchen und ein Rentiermützchen …«

»Nein, danke«, erwidere ich erschrocken. »Das kann ich doch nicht annehmen.«

»Aber sicher, Jungchen«, erwidert Lina. »Es ist doch Weihnachten.« Sie drückt mir die Schuhe in die Hand.

»Er mag keine Geschenke«, fällt mir Hanna in den Rücken. Sie zieht sich ihre Lama-Mütze vom Kopf.

»Wirklich nicht? Wie außergewöhnlich«, wundert sich Heiner.

»Das stimmt doch so gar nicht. Natürlich mag ich Geschenke. Danke!« Plötzlich scheint es im Auto so warm zu werden wie in einer Sauna. Ich schlüpfe aus meiner Jacke und nehme die Mütze vom Kopf. Einträchtig liegt sie nun neben Hannas Lama-Mütze auf dem Sitz. Das erscheint mir jedoch irgendwie falsch. Verlegen stecke ich sie in die Jacke, die ich auf meinem Schoß zusammenrolle, aber mich beachtet sowieso niemand. Das Gespräch dreht sich inzwischen um Weihnachtsbräuche.

Unauffällig beobachte ich Hanna. Sie gestikuliert wild, während sie redet, und lacht über Linas und Heiners Scherze. Ihre einnehmende Wärme strahlt aus ihr heraus wie eine Sonne und bringt mein Herz zum Funkeln. Unvermittelt fühle ich mich von ihr angezogen wie eine Motte vom Licht, und genauso leicht wie die Motte könnte ich darin verbrennen. Die Erfahrung hat mir gezeigt, dass es ein Fehler ist, anderen zu sehr zu vertrauen. Wie weit kann ich Hanna trauen? War es dumm, mich auf ihren Vorschlag einzulassen?

Sie hat keinen Freund!, ruft mein Herz.

Du packst das nicht noch mal, warnt mein Verstand.

Im Labyrinth meiner Gedanken lande ich in einer

Sackgasse, denn mein Kopf und mein Herz können sich nicht auf einen Weg einigen.

»Plätzchen?« Lina reicht eine Plastikdose nach hinten, die nach Kokos duftet. Hanna und ich greifen gleichzeitig hinein und unsere Finger streifen sich kurz. Eine Woge der Hitze durchschwappt mich und ich ziehe schnell die Hand zurück.

Hanna wirft mir einen Seitenblick zu und beißt in ihr Cookie. »Die sind wirklich köstlich.«

Linas Gesicht leuchtet auf und wirkt dadurch gar nicht mehr so verknittert. »Oh, danke.« Sie packt die Dose weg. »Ihr beiden seid also auf dem Weg nach London. Ist das euer erster gemeinsamer Urlaub?«

»Nein, wir sind nicht zusammen!« Mein Verstand hat wieder die Oberhand gewonnen. Gut so.

Linas Blick fliegt von mir zu Hanna. »Ach nein?« Sie tätschelt Hanna die Hand. »Dabei seid ihr so ein schönes Paar.« Sie wirft ihrem Mann einen Blick zu. Ihre Augen leuchten. »Weißt du noch, Heiner? Unser erster gemeinsamer Pärchen-Urlaub in der Provence. Es war so heiß, dass der Asphalt geschmolzen ist. Und überall blühte Lavendel. Hach ja, das waren schöne Zeiten.«

»Wie könnte ich das vergessen«, sagt Heiner verträumt.

Unwillkürlich muss ich an den letzten Urlaub mit meinen Eltern denken. Ich war ungefähr sechs oder sieben. Damals waren wir in Spanien. Dad war mit mir im Meer geschnorchelt, und Mum hatte uns vom Strand aus zugesehen. Das Bild versetzt mir einen heftigen Stich. Wie alle Erinnerungen an sie. Hätte Gran sich nicht den Fuß gebrochen und Hanna mir nicht den Floh ins Ohr gesetzt, dass sie sich an Weihnachten womöglich einsam fühlt, wäre ich nie nach England gefahren.

»Erde an Jared, hast du Krümel in den Ohren?« Hannas Stimme holt mich aus den trüben Gedanken.

»Nein, wieso?«

»Lina hat dich gefragt, welches Sternzeichen du bist.«

»Sternzeichen, wozu?« Verwirrt schaue ich sie an.

»Zur Prüfung unserer Kompatibilität«, meint Hanna ernsthaft, und ich habe Mühe, nicht laut loszulachen. »Lina und Heiner sind aufgrund ihrer Sternzeichen perfekt füreinander geschaffen. Sie sind beide Steinbock.«

»Aha«, meine ich nur, denn mehr fällt mir dazu nicht ein.

»Also, verrate uns dein Sternzeichen, Santa. Ich bin Löwe.«

»Keine Ahnung.« Ich zucke mit den Schultern. »Ich glaub nicht an so einen Mi… äh … an Schicksal.«

»Oh, man muss nicht daran glauben, aber trotzdem können die Sterne unser Leben beeinflussen«, orakelt Lina. »Verrate mir dein Geburtsdatum, und ich verrate dir dein Sternzeichen.« Bruno winselt, und sie kramt in ihrer Tasche, um ihm über Hanna ein weiteres Leckerchen zuzustecken.

Hanna lehnt sich zu mir rüber. Ihr Mandarine-Vanille-Duft hüllt mich ein, und ihr warmer Atem streift meinen Hals. »Tu ihr doch den Gefallen«, flüstert sie mir ins Ohr. »Bitte!«

Ihrem flehenden Blick kann ich nicht widerstehen. »Also schön«, knurre ich. »Mein Geburtstag ist …« Kurz zögere ich und überlege, ob ich einfach ein anderes Datum nennen soll, denn ich kann mir die Reaktion lebhaft vorstellen, wenn ich damit nun rausrücke. Aber wieso eigentlich? Es ist nun mal so jämmerlich, wie es ist. »Also, der ist heute.«

»Was?« Hanna blickt mich erschrocken an. »Im Ernst? Wieso hast du denn nichts gesagt?«

»Wozu? Es ist ein Tag wie jeder andere«, entgegne ich. »Geburtstage sind was für Kinder. Ich mache mir schon lange nichts mehr draus.«

Lina löst sich als Erste aus der Überraschungsstarre. »Herzlichen Glückwunsch!« Sie wirft sich halb über die Lehne und drückt mir Küsschen auf beide Wangen. »Du bist ein Schütze, und zur Feier deines Tages lese ich dir kostenlos aus den Karten.« Sie grinst schelmisch. »Da Hanna Löwin ist, würden bei euch als Paar die Funken sprühen. Wenn du willst, kann ich nachschauen, ob das für euch in den Sternen steht.«

Oh wow! Ich spüre, wie ich so rot anlaufe wie eine Tomate. Das Wort »peinlich« bekommt auf einmal eine ganz neue Bedeutung.

Hanna

The Candyman
oder:
Muffin-Schafe im Marshmallow-Mantel

Pünktlich auf die Minute machen Lina und Heiner alle zwei Stunden eine Pause, damit Bruno und Buttons sich die kurzen Beinchen vertreten können. Ich kann den nächsten Stopp gar nicht erwarten, der sich durch einen Stau ziemlich verzögert. Das Wetter hat inzwischen aufgeklart, und eine bleiche Wintersonne hängt am verwaschen blauen Himmel. Es ist kurz nach drei, als wir an der nächsten Raststätte halten, um zu tanken, ehe Heiner uns auf eine Parkbucht lenkt.

Kalte Luft schlägt mir entgegen, als ich die Autotür öffne, und ich fröstele unwillkürlich. Lina und Heiner verrenken sich auf dem Parkplatz in alle Richtungen und springen den Hampelmann. Bruno hüpft um sie herum, und Jared dreht mit Buttons eine Runde. Ich nutze die Gelegenheit und sprinte rasch in den Tankstellenshop. Wir nähern uns allmählich Calais, und ich will für Heiner und Lina ein kleines Dankeschön-Geschenk besorgen.

Vor allem aber finde ich, dass Jared einen Geburtstagskuchen verdient hat.

Erwartungsgemäß ist die Auswahl mäßig, und für Lina und Heiner finde ich irgendwie nichts Passendes, wenn ich mich nicht mit einem Duftbaum, einem halb welken Blumenstrauß, einer Flasche Wein oder einem Schlüsselanhänger zufrieden geben will. Das Kuchenangebot überzeugt mich erst recht nicht. Daher ist Eigeninitiative gefragt. Ich kaufe Sprühsahne, Mini-Marshmallows, Marzipankartoffeln, eine Packung Oreos und Mini-Kerzen. An einem Tisch im Restaurant hole ich die Schoko-Muffins aus dem Rucksack, die ich gestern als Reiseproviant gebacken habe, und baue sie zu Geburtstags-Cupcakes um. Kunstvoll trage ich die Sprühsahne auf und verteile die Mini-Marshmallows darin. Dann forme ich das Marzipan zu Schafsgesichtern um und drücke Augen aus Oreo-Krümeln hinein. Zum Schluss kommt noch die Kerze in den Cupcake. Stolz betrachte ich mein Werk. Ich bin gerade rechtzeitig fertig geworden, denn Jared biegt mit Lina und Heiner um die Ecke.

»Hier steckst du. Wir haben dich schon überall gesucht. Was machst du denn da?« Jared beäugt neugierig mein Werk.

Ich überreiche ihm ein Schaf und singe nicht schön, dafür aber mit umso mehr Leidenschaft *»Happy birthday to you …«* Lina und Heiner schließen sich an, und bald schon grölt das ganze Restaurant Jared ein Geburtstagsständchen. Eine leichte Röte färbt seine Wangen, und er windet sich sichtlich, aber da muss er jetzt durch.

»Also, das ist …«

»Jetzt sag nicht, dass du auch gegen Sahne allergisch bist«, falle ich ihm ins Wort.

»Wollte ich gar nicht. Danke!« Die Röte auf seinen Wangen vertieft sich, und er verzieht den Mund zu einem leichten Lächeln, das ein Flattern in meinem Bauch verursacht.

Heiner beißt genüsslich in seinen Muffin. »Köstlich!«, schwärmt er schmatzend.

»Hat einer von euch ein Feuerzeug?«, frage ich.

Heiner fischt Streichhölzer aus seiner Tasche. »Hier bitte.«

Ich zünde die Kerze an. »So, einmal auspusten und dir dabei etwas wünschen.«

Jared verzieht den Mund. »Ich bin doch kein Kind mehr.«

»Das hat doch damit nichts zu tun«, erwidere ich. »Für Wünsche ist man nie zu alt.«

»Das stimmt«, bestätigt Lina. »Sonst könnte man ja auch gleich den Löffel abgeben.«

»Jetzt mach schon, bevor das Wachs auf den Muffin tropft!«

»Also gut.« Jared presst die Augen zusammen und pustet. Ob er sich tatsächlich etwas gewünscht hat, kann ich nicht sagen. Seine Miene wirkt auf einmal ziemlich verschlossen.

»Seid ihr so weit?«, fragt Lina. »Wir fahren nicht gern bei Dunkelheit.«

»Ja, klar.« Ich folge den anderen zum Auto und beiße ebenfalls genüsslich in meinen Muffin.

»Hm, lecker«, lobt Jared. »Auch selbst gebacken?« Als

sein Blick mich trifft, steht ein merkwürdiger Ausdruck darin, den ich nicht deuten kann.

»Ja, gestern«, erkläre ich und spüre, wie mir unter seiner Musterung flammend heiß wird. Rasch senke ich den Kopf und marschiere ins Freie. Die frostige Luft streicht wohltuend kühl über mein Gesicht.

Wir setzen Buttons und Bruno wieder in ihre Boxen auf der Rückbank und quetschen uns auf unsere Sitze. Wie schon die letzten Male ächzt die Kupplung lautstark, als Heiner den Gang einlegt und lostuckert.

»Moment, du hast da einen Klecks Sahne.« Jared deutet auf meine Oberlippe.

Ich fahre mit der Zunge drüber. »Weg?«

»Nein, nicht ganz.« Behutsam wischt er mir mit dem Daumen über den Mundwinkel. Als er sich vorbeugt, atme ich seinen unwiderstehlichen frisch-würzigen Duft ein und versinke in seinen Schoko-Augen, deren grünbraune Sprenkel mich immer tiefer in ihren Bann ziehen.

»Ach, ihr zwei seid goldig«, dringt Linas fröhliche Stimme an mein Ohr. Ertappt fahre ich zurück. Jared räuspert sich und wendet den Blick zum Fenster.

Lina packt ihre Karten aus und fängt wie versprochen an, Jared das Horoskop zu legen. Er muss mischen und dann vier Karten ziehen. Die erste zeigt einen Stern, und Lina ist ganz aus dem Häuschen. »Hab ich es doch gewusst«, jubelt sie. »Eure Freundschaft steht unter einem guten Stern. Die Karte verheißt, dass Schweres leichter wird und sich deine Wünsche erfüllen können.« Sie deckt eine weitere Karte auf. »Die Liebenden, mhm. Sie zeigt, dass eine Entscheidung ansteht, bei der du auf dein Herz hören sollst.« Sie hebt den Kopf und mustert ihn eindringlich. »Du solltest deinen Gefühlen vertrauen, damit der Stern dir den Weg bereiten kann.«

Ich tausche einen verschwörerischen Blick mit Jared. Ich finde es süß, dass er Lina den Spaß nicht verdirbt, obwohl er nicht an diesen Schnickschnack glaubt.

Sie deutet auf eine Karte mit einem Skelett. »Der Tod weist auf tiefgreifende Veränderungen. Offenbar hast du dein Vertrauen verloren. Die Karte warnt davor, sich zu sehr an Vergangenes zu klammern und von der Angst vor Verlust und Veränderung leiten zu lassen.«

Als sie das sagt, verhärtet sich Jareds Miene. Unwillkürlich frage ich mich, was in ihm vorgeht.

Lina scheint davon nichts zu merken. Ihr Blick ruht auf einer Karte, die als Königin der Stäbe beschriftet ist. Kurz schaut sie zu mir. »Die Stabkönigin ist lebensfroh und kann dir helfen, das Licht in dir wiederzufinden. Im Zusammenhang mit den Liebenden bedeutet sie, dass jemand in deinem Umfeld für spannungsvolles Knistern sorgt.« Sie schiebt die Karten zusammen. »Offenbar wirst du dich entscheiden müssen, ob du dem Tod und deinem Verstand die Macht gibst oder ob du auf dein Herz hörst, wie es der Stern und die Liebenden raten. Mein persönlicher Rat ist: Hör auf dein Herz. Öffne dich für Neues. Dann können deine Wünsche wahr werden.«

»Wie es sich für Weihnachten gehört«, versuche ich zu scherzen, denn Jared wirkt immer noch wie erstarrt.

Lina lacht. »Jedenfalls steht dir eine aufregende Zeit bevor, die vom Schicksal regiert zu sein scheint.«

Jared schnaubt. »Schicksal ist nur ein anderes Wort für Zufall, das Menschen gerne benutzen, wenn sie sich etwas schönfärben wollen«, behauptet er, und sein Blick wird noch finsterer. »Ich glaube nicht an irgendwelche höheren Mächte. Für alles im Leben gibt es eine rationale Erklärung.«

»Wie du meinst, aber ein Perspektivwechsel hat noch niemandem geschadet«, sagt Lina nachsichtig.

Auf der restlichen Fahrt ist Jared so schweigsam wie ein Tannenbaum. Er hat den Kopf ans Fenster gelehnt und scheint tief in Gedanken versunken zu sein.

Lina hat auch mir die Karten gelegt und mir eine verheißungsvolle Zukunft versprochen. Angeblich werde ich auf dem Weg dorthin von einer Person unterstützt, die starke Empfindungen für mich hegt, diese aber nicht gut zeigen kann. Aufblühende Emotionen würden wie Blütenblätter im Wind wild durcheinanderwirbeln und mich einem Wechselbad der Gefühle aussetzen, aber das würde mir zeigen, ob diese Empfindungen auch einem Sturm standhalten, und ich würde den für mich richtigen Weg erkennen. *Was will man mehr?*, denke ich schmunzelnd.

»Danke! Das klingt prima«, sage ich und Lina schenkt mir ein knitteriges Lächeln. Sie wendet sich wieder nach vorn und unterhält sich leise mit Heiner. Jared hat die Augen geschlossen und scheint zu schlafen, und da ich im Shop vorhin nichts gefunden habe, beschließe ich, die Zeit zu nutzen, um für Lina und Heiner selbst ein kleines Abschiedsgeschenk zu improvisieren. Ich hole meinen Skizzenblock heraus und zeichne die beiden so, wie ich sie erlebt habe, Händchen haltend, sich verliebt anschauend.

Als wir schließlich eine Stunde später in Calais am Hafen ankommen, überreiche ich mein Geschenk.

»Oh, das ist wunderschön. Danke, Hanna.« Lina umarmt mich, und Heiner küsst mir galant die Hand.

Jared wirkt immer noch ziemlich wortkarg. Er überreicht den beiden eine Schachtel Pralinen, von der ich gar nicht mitbekommen habe, dass er sie gekauft hat.

Fröstelnd schlinge ich die Arme um mich, denn es weht ein eisiger Wind. Schneegriesel treibt durch die Luft und knirscht unter unseren Füßen. Der Geruch nach salzigem Meer füllt meine Nase. Ich habe gelesen, dass man bei klarer Sicht die weißen Felsen von Dover sehen kann, aber dafür ist es jetzt, kurz nach achtzehn Uhr, schon zu dunkel. Trotzdem herrscht immer noch viel Betrieb. Riesige Schiffe verlassen den Hafen und fahren ein, und die Autos, die zu den Fähren wollen, drängen sich dicht an dicht.

»Sagt mal, Kinder«, meint Lina. »Wie wollt ihr denn von hier eigentlich weiterkommen?«

Ich runzele die Stirn. »Mit der Fähre, wieso?«

»Das könnte schwierig werden.« Heiner reibt sich das Kinn. »Hier fahren nur Autofähren. Keine Fußpassagiere. Hunde müssen die ganze Fahrt im Auto verbringen.«

»Ach, du Sch… Schreck«, entfährt es mir. Ein fieses Felsbrockengefühl macht sich in meinem Magen breit, und mein Panikradar meldet sich. Wie es aussieht, werde ich meinen Termin verpassen. Vielleicht hätte ich doch lieber den Bus nehmen sollen? Andererseits wäre der bis jetzt auch noch nicht hier. Aus dem Augenwinkel sehe ich, wie Lina und Heiner miteinander tuscheln. Mein Blick schweift weiter zu Jared. Er hat die Stirn gerunzelt und hebt hilflos die Arme.

»Ich hab dich vor meinem Weihnachtsfluch gewarnt«, versucht er zu scherzen, doch ich sehe ihm an, dass ihm ebenso wenig zum Lachen zumute ist wie mir. »Vielleicht kommen wir mit der Fähre in Dieppe weiter«, überlegt er. »Oder …«

»… ihr fahrt einfach mit uns«, fällt ihm Lina fröhlich ins Wort. Sie legt den rechten Arm um mich und den linken um Jared. »Wir nehmen euch gern mit. Unsere Fähre geht allerdings erst morgen früh um sechs.«

Rasch überschlage ich die Fahrtzeit, und das Felsbrockengefühl wird ein bisschen leichter. Mit etwas Glück und unter Einberechnung des Zeitunterschieds, der mir eine Stunde schenkt, könnte ich es noch rechtzeitig zum Vorstellungsgespräch um 11:30 Uhr schaffen.

Jared macht einen Schritt auf die beiden zu. »Wir wollen Ihnen wirklich nicht noch mehr Umstände machen.«

»Das macht überhaupt keine Umstände.« Heiner winkt ab. »Bruno freut sich, wenn Buttons ihm auf der Überfahrt Gesellschaft leistet.«

Ich falle Lina um den Hals. »Das ist so lieb von euch. Wie ein kleines Weihnachtswunder.«

Wir stapfen durch den grauen Hafen zum Fährterminal. Dort wird meine frisch aufgekeimte Hoffnung jedoch gleich wieder zunichtegemacht. Auf Linas und Heiners ursprünglich gebuchter Fähre sind keine Plätze mehr frei, die nächste mögliche fährt erst nach zehn Uhr morgens los.

Verflixt! Damit kann ich es offiziell vergessen, noch pünktlich zu dem Termin bei Kingston & Starkfield einzulaufen, denn ich würde frühestens am Nachmittag in London eintreffen. Trotz Zeitunterschied. Unendliche Enttäuschung überfliegt mich, und mein Magen verknotet sich. Ich könnte mich selbst dafür ohrfeigen, dass ich mich von meiner Familie breitschlagen ließ und nicht einen Tag früher gefahren bin. Andererseits hätte ich dann nicht Jared getroffen.

Lina deutet meine bedrückte Miene falsch. »Keine Sorge, Kindchen. Wir haben ein Flexi-Ticket. Damit können wir kostenlos umbuchen. Unseren Kindern macht es bestimmt nichts aus, wenn wir etwas später kommen. Unser Angebot steht.«

»Danke! Ich weiß gar nicht, was ich sagen soll.« Ich zwinge mich zu einem Lächeln.

Als Lina und Heiner die Buchungen für uns vier mit dem Angestellten besprechen, zieht Jared mich zur Seite. »Alles gut?« Er mustert mich forschend. »Dein Termin macht dir Sorgen, stimmt's?«

»Ja.«

Ich ziehe mein Handy hervor. »Ich brauche wohl noch ein Weihnachtswunder. Drück mir die Daumen.« Rasch texte ich eine Nachricht, um meine Lage zu erklären, und bitte um eine Verschiebung des Vorstellungsgesprächs auf übermorgen. »So, jetzt muss ich nur noch die Antwort abwarten.«

»Das wird schon.« Jared legt einen Arm um meine Schultern, und ich spüre seine wohlige Wärme. »Wenn jemand ein Weihnachtswunder verdient hat, dann du.«

Draußen wartet jedoch erst mal die nächste unangenehme Überraschung. Lina knetet nervös die Hände. »Wir würden euch ja anbieten, bei uns im Bulli auf dem Wohnwagenstellplatz zu übernachten, aber ich fürchte, das wird ein wenig eng.«

Jared legt ihr beschwichtigend eine Hand auf den Arm. »*No worries.* Wir treffen uns einfach morgen früh um halb neun Uhr wieder hier. Einverstanden?«

»So machen wir das«, stimmt Heiner zu. »Habt einen schönen Abend.« Er zwinkert grinsend, und ich merke, wie mir die Röte in die Wangen steigt.

»*All right*, ich suche uns Zimmer«, sagt Jared, nachdem die beiden weg sind. Er holt sein Smartphone hervor. Kurz darauf stellen wir fest, dass die Preise der noch freien Zimmer für unser Budget ziemlich happig sind.

»Wir könnten uns ein Zimmer teilen.« Jared fährt sich mit einer Hand über den Nacken. »Das ist günstiger.«

Ich schlucke schwer. »Okay. Für eine Nacht wird es schon gehen.« Ich bin froh, dass man meiner Stimme nicht anhört, wie schnell mein Herz bei dem Gedanken schlägt.

Jared

Raise your Glass
oder:
Fritten für zwei

Das Zimmer, das wir in der kleinen Pension in Hafennähe ergattern, ist winzig. Ein Sofa gibt es nicht. Hannas Blick wandert unruhig vom Bett zu den beiden Sesseln, die neben einem Tisch stehen. Ich lasse Buttons von der Leine, der es sich sofort auf dem Kissen gemütlich macht. »Buttons, *down!*«

»Lass ihn doch.« Hanna setzt sich zu ihm und streichelt den Kleinen.

Ich hole seine Näpfe aus der Transportbox und fülle Wasser in den einen und Futter in den anderen. Sofort springt Buttons auf und lässt es sich schmecken. »*All right*, gehen wir was essen? Ich bin kurz vorm Verhungern.«

»Kannst du Buttons denn hierlassen, ohne dass er das Zimmer zerlegt?«, fragt sie.

Ich überlege kurz. »Nein, besser nicht. Außerdem sollte er sowieso noch mal raus.«

»Gut, ich geh nur noch mal schnell …« Sie deutet aufs Bad.

Ich nicke und nutze die Gelegenheit, um mein Phone zu checken. Auf der Mailbox ist eine Nachricht von Gran mit Geburtstagswünschen und der Frage, wann ich ungefähr ankommen werde. Ich texte ihr, dass ich eine spätere Fähre nehmen muss, und vertröste sie auf morgen. Dann checke ich die Nachricht von Shinji. Er erinnert mich daran, dass ich ihm Wine Gums mitbringen soll, damit er sie mir schenken kann. *Kluger Schachzug!*, denke ich grinsend. Denn Shinji liebt Weingummis mindestens so sehr wie ich.

Jared: Sitze noch in Calais fest.

Shinji: Sorry, Alter. Stirb nicht vor Langeweile. Du würdest mir fehlen.

Jared: Ist nicht so übel. Hanna ist auch da.

Shinji: ???

Ich zögere kurz, habe aber keinen Nerv für lange Erklärungen.

Jared: Erzähle ich dir später. Hab jetzt Hunger.

Shinji: Fragt sich auf was …

Jared: Du hast eine viel zu schmutzige Fantasie, mate.

Shinji: Viel Spaß! 😂

Einen Moment verharrt mein Blick noch auf dem Display. Die Nachricht von meinem Vater, die ich mir gewünscht hätte, ist nicht gekommen. Was mich nicht sonderlich überrascht.

Die Badtür öffnet sich, und Hanna kommt heraus. »Fertig?«

»Ja.« Ich schnappe mir meine Jacke, leine Buttons an, und wir verlassen das Zimmer.

Draußen ist es so kalt, dass unser Atem kleine Wölkchen bildet. Der Mond hängt, eingehüllt in einen bleichen Schleier, dick und rund am grauschwarzen Himmel. Nur wenige Sterne glitzern durch die dichte Wolkendecke. Hinter uns im Stadtzentrum ragen der verschnörkelte Turm des Rathauses und der Leuchtturm auf. Vor uns erstreckt sich das Meer wie ein dunkler Teppich. Sein Rauschen begleitet uns, als wir uns auf die Suche nach einem Imbiss oder Restaurant machen. Schließlich entdecken wir eine kleine Friterie am Pier. Ein Glöckchen klingelt, als ich die Tür aufstoße.

Das Innere ist ganz in Schwarz gehalten: schwarze Tische, schwarze Stühle. Der einzige Farbklecks ist ein künstlicher weißer Weihnachtsbaum mit goldenem Lametta und pinken Kugeln. *Raise your Glass* von Pink dringt leise aus einem Lautsprecher an der Decke. Wir sind die einzigen Gäste.

Die Frau hinter der Theke löst sich etwas widerstrebend von dem Fernseher, auf dem der Film *Lieber Weihnachtsmann* im französischen Originalton läuft.

Wir bestellen Pain frites, Pommes frites im Baguette, die ich großzügig mit Essig würze.

Wir setzen uns an einen der Tische, und ich schäle mich aus Jacke und Schal; beides deponiere ich neben mir auf einem Stuhl. Buttons macht es sich vor meinen Füßen gemütlich.

»Örks!« Mit spitzen Fingern hält Hanna eine triefende Fritte hoch. Im Gegensatz zu mir hat sie Jacke und Mütze angelassen. »Wer isst denn Fritten mit Essig? Wo sind bloß die guten Pommes rot-weiß?«

»Gewöhn dich besser dran.« Ich schnappe mir die Fritte aus ihrer Hand und stopfe sie mir in den Mund. »Denn *Fish 'n Chips* mit Malzessig sind unser inoffizielles Nationalgericht.«

»Okay, danke für die Vorwarnung.« Sie begutachtet ihre Portion kritisch. »Jetzt weiß ich, woher der schlechte Ruf der englischen Küche kommt.«

»Hey!« Empört wedele ich mit meinem Baguette vor ihrer Nase herum. »Keine Vorurteile. Du hast ja noch nicht mal probiert. Gib den armen Essig-Pommes wenigstens eine Chance.« Genüsslich verschlinge ich meine Portion. Die *Chips* sind lecker.

Das scheint Hanna auch zu finden, denn sie fischt eine Fritte nach der anderen aus dem Brot. »Also, raus mit der Sprache«, sagt sie zwischen zwei Bissen. »Warum hast du ausgerechnet deinen Geburtstag als Reisetag gewählt? Gewöhnlich feiert man den doch mit der Familie oder Freunden.«

»Ich kam nicht früher weg«, weiche ich aus. »Die Weihnachtsferien haben erst am Freitag angefangen. Außerdem musste ich Buttons beim Tierarzt durchchecken lassen, um mir die Nachweise zu besorgen, die man für die Einreise mit Tieren braucht.« Ich nehme einen Schluck von meinem Wasser. »Und du? Warum bist du nicht früher gefahren, obwohl du einen Termin hast?«

»Wegen des Drucks.« Hanna zerrupft ihr Baguette. »Meine Oma hatte gestern Geburtstag, deswegen bin ich noch geblieben. Meinen Eltern wäre es allerdings lieber gewesen, wenn ich gar nicht gefahren wäre.« Sie seufzt abgrundtief. »Mein Vater hat mir einen Ausbildungsplatz als Steuergehilfin besorgt. Ich hab aber keine Lust auf Zahlen.«

»Was hast du gegen Zahlen? Die sind wenigstens berechenbar. Da gibt es keine unliebsamen Überraschungen. Genau deshalb studiere ich auch Medieninformatik.«

»Uff, das stelle ich mir ungefähr so spannend vor wie Strohballenhochwurf. Außerdem sind Abenteuer und Überraschungen das Salz in der Suppe des Lebens.«

»He, sag nichts gegen Strohballenhochwurf, wenn du es noch nicht selbst erlebt hast. Abgesehen davon kann ich mit diesen angeblich langweiligen Zahlen ganze Welten erschaffen, oder wie glaubst du, entstehen Filme oder Apps?«

»Okay.« Sie hebt die Hände. »Ich gebe mich geschlagen. Ich wollte dir bestimmt nicht auf den nicht vorhandenen Schlips treten.« Ein wehmütiger Ausdruck tritt in ihre Augen. »Es muss schön sein, genau zu wissen, was man will und sein Ziel konsequent zu verfolgen.«

»Aber das machst du doch auch, oder nicht?« Ich bin verwirrt.

»Nein, ich habe schon ein paar Umwege eingelegt. Nach Ansicht meiner Eltern habe ich bereits zu viel Zeit vertrödelt.« Hanna stützt das Kinn in die Hand. »Jetzt hab ich meinen Herzenswunsch durchgesetzt und damit meine Familie enttäuscht.«

Das kommt mir bekannt vor. »Was würdest du tun, wenn Geld und die Meinung deiner Eltern keine Rolle spielen würden?«

Sie legt den Kopf schräg. »Mhm, ich glaube, dann würde ich was mit Kunst machen.«

»Und warum studierst du nicht Kunst?«

»Geht nicht.« Hanna verzieht das Gesicht und greift nach der glitzernden blauen Kugel an ihrer Kette. »Ich hab kein Abitur. Daher will ich eine Ausbildung zur Mediengestalterin machen. Das erschien mir die zweitbeste Wahl. Aber erst hab ich nur Absagen bekommen. Paps hat behauptet, das sei der Beweis, dass ich für den Beruf nicht geeignet sei. Mit Kunst könne man sowieso kein Geld verdienen. Das sei ein Hobby.«

Ihr Vater klingt ähnlich egoistisch wie meiner, und sofort fühle ich mich ihr verbunden. »Aber aus einem Hobby kann man auch einen Beruf machen«, erwidere ich.

»Wenn es danach geht, sollte ich es wohl mal als Konditorin probieren. Backen ist, neben dem Malen, meine zweite Leidenschaft.« Sie lacht. »Aber zu mehr als Durchschnitt reicht es auch da nicht.«

»Du bist bestimmt nicht durchschnittlich. Das beweist schon deine schräge Vorliebe für Mützen.« Ich beuge mich vor und zupfe an den flauschigen langen Puscheln ihrer

Lama-Mütze. »Du bist witzig, originell und ziemlich durchsetzungsstark. Immerhin hast du mich dazu gebracht, in Linas und Heiners Bulli zu steigen, trotz dieses Weihnachtsdeko-Overkills. Und deine Cookies sind sterneverdächtig yammi.«

»Danke.« Mein Kompliment zaubert ihr eine niedliche Röte auf die Wangen. »Ich hoffe nur, dass sich der ganze Ärger auch lohnt und sich der Termin noch verschieben lässt.«

»Was ist das denn für ein Termin?«

»Ein Vorstellungsgespräch. Ich habe mich für ein Praktikum beworben. Bei Kingston & Starkfield. Das ist eine Werbe-Agentur in London.«

Ein eiskalter Schauer läuft mir über den Rücken. Ich habe Mühe, mir nichts anmerken zu lassen. Ausgerechnet in der Agentur meines Vaters will Hanna ein Praktikum machen.

»Cool«, presse ich hervor.

Die Tür fliegt auf, und ein Schwall kalter Luft weht zu uns herüber. Die Bedienung und der eintretende Gast begrüßen sich mit herzlichen Küsschen.

Hanna runzelt die Stirn. »Bisher habe ich noch keine Antwort. Wenn es nicht klappt …« Ihre Stimme verliert sich. »Na ja, dann ist das wohl Schicksal, und ich war wenigstens mal in London. Lina meint, ich würde dort eine wundervolle Zeit verbringen.«

»Apropos Lina. Nimm's mir nicht übel, aber ich glaub nicht an so was wie Schicksal oder Liebe. Die ist an Weihnachten sowieso der größte Blender überhaupt.«

»Wie charmant, aber es gibt viele Arten, Liebe zu schenken. Familie, Haustiere, Freunde …«

»Liebe bekommt man nicht geschenkt, man muss sie sich verdienen, und am Ende macht sie doch nur Kummer.«

Hanna zieht die Augenbrauen hoch. »Du verwechselst da was. Es heißt, Respekt muss man sich verdienen, gegen Liebe ist man machtlos. Oder glaubst du etwa, dass Buttons dich nur liebt, weil du ihm genügend Futter gibst?«

»Natürlich. Und weil ich ihn mit Streicheleinheiten verwöhne.« Ich beiße ins Baguette. »Es gibt nichts ohne Gegenleistung. Und seien es auch nur Erwartungen, die man erfüllen soll.«

»Oha, das sehe ich anders. Es gibt genügend Menschen, die schenken, ohne etwas zu erwarten. Lina zum Beispiel. Sie hat nichts für die Mitfahrgelegenheit verlangt. Sie und Heiner sind der beste Beweis dafür, dass Liebe keine Bedingungen stellt und man machtlos dagegen ist.«

»Ich bezweifle, dass Lina und Heiner Liebe für dich oder mich empfinden«, erwidere ich spöttisch.

»Wer weiß das schon.« Ein unergründlicher Ausdruck huscht über Hannas Gesicht. »Lina hat zu mir gesagt, Gefühle sind wie Blütenblätter. Manche blühen wie aus dem Nichts auf. Manchmal dauert es länger, bis sie sprießen, und manche wirbeln beim leisesten Lüftchen wild durcheinander. Doch meist erkennt man erst nach einem Sturm, welche stark genug und von Dauer sind und welche davongeweht wurden.«

»Puh, *Kitsch as Kitsch can be*«, stöhne ich. »Das trieft vor rührseligem *Weepie-Cheesy*-Schnulzenschmalz – ungefähr so sehr wie die Chips vor Essig.« Ich schiebe mir eine Pommes in den Mund.

»Aha!« Hanna nagelt mich mit ihrem Blick fest. »Du

sperrst deine Gefühle also lieber in ein Schraubglas und holst sie nur hervor, wenn die Wettervorhersage auf Sonnenschein steht?«

»Das hab ich nicht gesagt, aber der Unterschied zwischen Gefühlen und Liebe ist ungefähr so groß wie der zwischen Blumenkohl und Erdbeeren. Ich bleibe dabei: Liebe ist immer an Erwartungen geknüpft. Ganz anders als Freundschaft.« Ich strecke ihr die Hand hin, um diese seltsame Diskussion zu beenden. »Freunde?«

Ein Lächeln bringt ihr Gesicht zum Strahlen. Es kommt mir so vor, als hätte jemand plötzlich das Licht angeschaltet. »Freunde.« Sie schlägt ein. »Du musst dir übrigens keine Sorgen machen, dass ich irgendwelche Erwartungen an dich stelle. Als Grinch bist du sowieso nicht mein Typ.«

»Autsch, das tut weh.« Theatralisch fasse ich mir ans Herz und sinke am Tisch zusammen, um den Stich zu überspielen, der mich bei ihren Worten erfasst hat.

Buttons wird unruhig, und wir beschließen zu gehen. Ich halte Hanna die Tür auf. Die Kälte schlägt mir wie eine frostige Faust entgegen, als wir wieder auf dem Pier stehen, und ich ziehe meinen Schal etwas höher.

»Übrigens, mein Versprechen steht. Ich zeige dir London, gleich morgen oder übermorgen, wenn du willst.«

»Auf jeden Fall.« Sie schenkt mir dieses freche Lachen, bei dem die Sommersprossen auf ihrer Stupsnase tanzen; ihre Wangen sind vom eisigen Wind gerötet.

»Aber«, sagt sie und beißt sich auf die Unterlippe. Wir bleiben stehen, da Buttons an einem Laternenpfahl schnüffelt und dann sein Geschäft verrichtet. »Es muss nicht gleich morgen oder übermorgen sein. Ich will nicht, dass deine Oma und deine Eltern sauer sind, weil du die Zeit mit mir statt mit ihnen verbringst, wenn du schon mal zu Hause bist. Sicher habt ihr fürs Fest noch einiges vorzubereiten.« Zielsicher stochert sie in der Wunde.

Kurz erwäge ich, ihr zu erzählen, wer mein Vater ist. Ich entscheide mich jedoch dagegen. Das würde die Sache zwischen uns nur unnötig verkomplizieren; womöglich würde sie Erwartungen auf mich setzen, die ich nicht erfüllen kann.

Buttons trippelt weiter, und die Leine spannt sich. Ich merke, dass Hanna immer noch auf meine Antwort wartet. Aus einem Impuls heraus entscheide ich mich, einen kleinen Teil der Wahrheit preiszugeben. »Meiner Gran macht es bestimmt nichts aus, wenn ich einen Tag den Stadtführer für dich spiele. Und meine Mutter … lebt nicht mehr.«

»Oh.« Hanna wird kreideweiß. »Wann ist sie denn … also ist sie schon lange … Entschuldige, das geht mich ja nichts an.«

»Nein, schon gut.« Plötzlich ist meine Kehle wie zugeschnürt. Jedes Wort schmerzt, als hätte ich Nägel verschluckt. »Sie ist letztes Jahr im Mai gestorben. An Krebs. Nur fünf Monate nach der Diagnose.«

»Das tut mir leid.«

Ich verziehe das Gesicht. »Muss es nicht. Du hast sie ja nicht mal gekannt.«

Sie berührt sanft meine Hand, und obwohl ich ihr Mitleid nicht will, verschränke ich aus einem Impuls heraus meine Finger mit ihren.

»Mir tut es wegen dir leid«, sagt sie. »Dass du so einen Kummer durchmachen musst. Erzählst du mir von ihr?«

»Ich hab schon ewig nicht mehr über sie gesprochen.« Hanna schaut mich mit großen Augen an, und ehe ich es mir anders überlegen kann, sprudeln die Worte auch schon aus mir heraus. »Mum hat Weihnachten geliebt. Alles an dieser Zeit erinnert mich an sie. Kurz nach ihrem Tod bin ich nach Deutschland gezogen, für ein Auslandsjahr. Ich habe Abstand gebraucht. Inzwischen sind es schon fast eineinhalb.«

»So lange hast du deine Gran nicht besucht?« Hanna wirkt baff, und ich bekomme ein schlechtes Gewissen.

»Na ja. Übers Wochenende war ich schon mal da, aber London zur Weihnachtszeit ist für mich schwierig«, gestehe ich widerstrebend. »*All right*, jetzt weißt du, warum ich Weihnachten nicht so gern mag. Du bist dran.«, versuche ich von mir abzulenken. »Erzähl mir was über dich. Welcher Feiertag ist dein *Skeleton* im Schrank?«

»Hmmmm …« Hanna zieht die Nase kraus. »Ich glaube, wenn ich mich entscheiden müsste, würde ich am liebsten auf Silvester verzichten. New Year's Eve …«, ergänzt sie.

»Wie kann man denn New Year's Eve nicht mögen?« Nun bin ich baff. »Das Feuerwerk, die Partys mit Freunden, die Verheißung auf ein neues Jahr, in dem alles besser wird?«

»Das Angst machende Geböller, die Besoffenen, die Menschenmengen, die guten Vorsätze, die sowieso nicht eingehalten werden?« Ein Funkeln blitzt in ihren Augen. »Deshalb ist es auch so wichtig, dass ich diese Reise mache. Allein für mich. Um mir zu beweisen, dass ich meine Vorsätze dieses Mal einhalte und es auch allein schaffen kann. Aber …« Ihre Augen schimmern verdächtig, und es sieht aus, als ob sie gleich in Tränen ausbrechen würde. »Eigentlich mache ich die Reise ja gar nicht allein. Ich habe mich an dich rangeklettet. Und wegen der Terminverschiebung hab ich auch noch keine Antwort. Ich glaub, ich hab es wieder mal vermasselt. Meine Verspätung wird bestimmt negativ auf mich zurückfallen.«

Mein Blick hält sich an ihrem fest, und ich versinke in den tiefen graublauen Seen ihrer Augen. Nur mit Mühe reiße ich mich los und versuche, sie zu trösten. »Hey, es war schon spät, als du die Nachricht geschrieben hast«, beschwichtige ich. Den Gedanken, wie mein Vater auf Unpünktlichkeit reagiert, schiebe ich schnell beiseite. Hannas Chancen auf eine Terminverschiebung stehen tatsächlich nicht besonders gut. »Und *travel companions* zu sein bedeutet nicht, dass man sich aneinanderklettet. Abgesehen davon hast du die Mitfahrgelegenheit aufgetan.« Kurz überlege ich. »Und was spricht dagegen, wenn Freunde einander helfen?«

Ein zaghaftes Lächeln bricht wie die Sonne durch den Wolkenschleier in ihren Augen. »Für einen Weihnachtsgrinch bist du gar nicht so übel. Auch wenn wir an deiner Einstellung noch ein wenig arbeiten müssen.«

»Sagt der Silvestermuffel, der Feuerwerk nicht magisch findet. An deiner Einstellung sollten wir auch arbeiten.«

Herausfordernd blickt sie mich an. »Also gut, folgender Deal: Ich bring dir die Weihnachtsmagie zurück, und du zeigst mir, was so toll an Silvester ist.«

Buttons winselt, und ich packe das zitternde Kerlchen in meine Jacke. »Und was ist mein Gewinn?«

»Gewinn?« Mit großen Augen schaut sie mich an.

»Na, ein Wetteinsatz. Was bekomme ich, wenn ich gewinne, weil du total von Silvester begeistert sein wirst?«

»Das wird nicht passieren«, erwidert sie. »Aber gut. Wenn du gewinnst, gebe ich dir eine Portion Fish 'n Chips aus.«

»Klingt gut«, stimme ich zu. »Und ich will nie wieder von dir als Grinch, egal in welchem Zusammenhang oder in welcher Wortkombination, bezeichnet werden.«

»Einverstanden. Und wenn ich gewinne …«

»… schenke ich dir eine Schneekugel«, beende ich den Satz.

Inzwischen sind wir vor dem Hotel angekommen. »*Deal?*«

»*Deal.*« Feierlich schütteln wir uns die Hände.

Im Zimmer lasse ich Buttons herunter. Er springt sofort wieder aufs Bett und rollt sich zusammen. »Buttons, *down!*«, schimpfe ich. Das kleine Monster beachtet mich jedoch nicht.

»Ach, lass ihn doch«, meint Hanna, während sie ihre Jacke und Mütze aufhängt. Ihr Blick schweift zu den Sesseln. »Du kannst gern das Bett haben.«

»Kommt gar nicht infrage. Wenn meine Gran erfährt, dass ich mich nicht wie ein Gentleman verhalte, zieht sie mir die Ohren lang.« Ich schiebe die Sessel zusammen. »Willst du zuerst ins Bad?«

»Ja.« Sie schnappt sich etwas aus ihrem Koffer, und ich packe eine Bettdecke und ein Kissen auf die Sessel.

Wenig später taucht Hanna wieder auf – im Kapuzenpyjama. Auf dem ein Pinguin mit Weihnachtsmütze abgebildet ist.

»Nicht lachen«, sagt sie und verschwindet unter der Bettdecke. Buttons kuschelt sich an sie.

»Das kann ich nicht versprechen.« Ich lache so breit wie die Grinsekatze. »Hast du auch was nicht Weihnachtliches bei deinen Sachen?« Ich krame meinen Kulturbeutel aus dem Rucksack.

»Ja, klar«, erwidert sie. »Aber das spare ich mir fürs neue Jahr auf.«

»*Blimey*, du hast offiziell einen Weihnachtsknall«, stelle ich auf dem Weg zur Dusche fest. Sie wirft ein Kissen nach mir, dem ich geschickt ausweiche. Es prallt an der Badezimmertür ab.

Als ich aus dem Bad komme, ist Hanna schon eingeschlafen. Buttons hat sich wie ein Schal an ihre Halsbeuge geschmiegt, und ich bin erstaunt, wie schnell er Zutrauen zu ihr gefasst hat. Beide schnarchen leise, und ich lächele. Selbst im Schlaf ist Hanna so süß wie Kakao mit Sahne.

Ich versuche, es mir in den Sesseln bequem zu machen, was schwieriger ist als gedacht. Entweder presst sich die Lehne unangenehm in meine Beine oder mein Rücken hängt durch. Schließlich packe ich das Bettzeug auf den Boden. Der ist hart wie ein Brett. Buttons schnauft und springt zu mir herunter, um sich eng an meine Seite zu kuscheln.

Ich kraule ihn hinter den Ohren und starre an die Decke. Die Gedanken fahren Riesenrad in meinem Kopf. Es ist unwahrscheinlich, dass Dad Hanna eine zweite Chance geben wird. So, wie ich ihn kenne, wird er ihre Verspätung als mangelnden Einsatz auslegen. Genauso, wie sie es befürchtet hat. In einer anderen Gedankenkabine kreiselt das Versprechen, das ich meiner Mutter gegeben habe.

Aus einem Impuls heraus greife ich zu meinem Phone. *Nein, Hanna will es allein schaffen*, warnt mein Verstand. *Das ist ihr wichtig. Misch dich nicht ein.*

Unschlüssig blicke ich auf das Display. Mein Herz trommelt laut und ruft: *Wir sind Freunde! Freunde helfen einander. Sie muss es ja nicht erfahren.*

Bevor ich es mir anders überlegen kann, schreibe ich Dad eine Nachricht. Das Gefühl, dass mein Herz sich mehr wünscht, als mit Hanna befreundet zu sein, ignoriere ich geflissentlich.

Hanna

Good Morning Beautiful
oder:
Morgenmuffel zähmt man mit Kaffee

Das Piepen meines Handys reißt mich aus dem Schlaf. Müde reibe ich mir die Augen und schaue aufs Display. Halb acht. Wir haben noch eine Stunde Zeit, bis wir uns am Fähranleger mit Lina und Heiner treffen wollen. Die Nachricht ist von meiner Mutter.

Mams: Du hast dich Stern gar nicht gemeldet. Bist du huch angekommen?

Leise Panik beschleicht mich. Auf keinen Fall darf sie erfahren, dass ich noch in Calais feststecke. Dann würde sie sich nur Sorgen machen. Rasch schreibe ich ihr, dass ich nur zu müde gewesen sei, um noch mal anzurufen.

Mams: Schick mir bitte täglich ein Lebensmittel, damit ich weiß, dass es dir gut geht. Pass auf dich auf, und steig nur in die schwarzen Taxis. Und wenn du Heimweh hast, komm zurück.

Ich verdrehe die Augen. Dieser Kontrollzwang ist nervig, aber ich tu ihr den Gefallen und schicke ihr ein Keks-Emoji (Grundnahrungsmittel, harhar), was sie offenbar zufriedenstellt, denn sie schickt mir einen Kuss-Smiley zur Antwort und wünscht mir Haselnüsse. Ich vermute, dass die Autokorrektur aus ihrem HDL für »hab dich lieb« mal wieder ein eigenes Wort geschöpft hat. Ein Schmunzeln malt sich in mein Gesicht. Mütter. Unwillkürlich muss ich an Jareds Mutter denken. Ich fühle mich geehrt, dass er mir so großes Vertrauen geschenkt und mir von ihr erzählt hat. Kein Wunder, dass er Weihnachten nicht mag, wenn ihn alles an dieser Zeit an sie erinnert. Der Gedanke daran, wie schnell das Leben sich ändern kann, bestärkt mich darin, dass ich mit dieser Reise die richtige Entscheidung getroffen habe.

Meine Blase meldet sich, und ich beschließe aufzustehen.

Als ich aus dem Bett steigen will, wäre ich um ein Haar auf Jared getreten. Er liegt auf dem Boden auf dem Rücken, einen Arm unter dem Kopf, den anderen zur Seite ausgestreckt. Die Decke schlingt sich um seine Hüften, sein schwarzes Kurzarm-Shirt ist halb hochgerutscht und enthüllt einen schmalen Streifen Haut und Bauchmuskeln. Buttons liegt in seiner Halsbeuge und schaut auf. Wirklich süß. Rasch hole ich meinen Block aus dem Rucksack und skizziere die beiden mit ein paar schnellen Strichen. Selbst danach dauert es eine Weile, bis ich mich von dem Anblick losreißen kann. Ein Hauch von Schuldgefühlen steigt in mir auf. Der Boden muss echt hart sein.

Vorsichtig steige ich über Jared hinweg, schnappe mir meine Sachen und gehe ins Bad. Auf dem Klo tippe ich eine Nachricht an Jule und wünsche ihr einen schönen Tag. Ich hatte ihr gestern getextet, dass ich nach der Bus-Panne per Anhalter weiterreise und mit Santa in Calais festsitze. Was sie gefeiert hat. Prompt kommt ihre Antwort.

Jule: Wie war die Nacht? Ich will Details!

Hanna: Das Bett war ziemlich weich.

Jule: Argh, jetzt lass mich nicht so zappeln.

Hanna: Es ist nichts passiert.

Jule: Wie nichts? Rein gar nichts? Nicht mal ein Kuss?

Hanna: Nein. Und das ist gut so. Ich muss mich aufs Praktikum konzentrieren.

Jule: Aber du magst ihn doch, oder?

Hanna: Ja, wir sind Freunde.

Jule: Freunde, aha.

Hanna: Alles klar bei dir? Wie ist es mit Freddie in den Alpen?

Natürlich weiß ich, dass sie die Motive für meinen Themenwechsel durchschaut, aber ich möchte nicht weiter über Jared und die verwirrenden Gefühle, die er in mir auslöst, reden.

Jule: Seine Ex und ihre Familie sind hier, weil seine Eltern mit denen befreundet sind. Die Hütte ist zu klein für uns beide. Die Bitch flirtet unverschämt mit Freddie!

Hanna: Was für ein Mist! Soll ich sie für dich verfluchen?

Jule: Bisher habe ich noch alles im Griff, aber womöglich komme ich auf dein Angebot zurück.

Hanna: Zeig ihr, wer die Queen ist.

Jule: Und du schnapp dir Santa!

Ich schicke ihr einen Kuss-Smiley und mache mich fertig.

Das Rauschen der Dusche hat Jared wohl geweckt, denn als ich das Bad wieder verlasse, sitzt er mit total verstrubbelten Haaren im Sessel und reibt sich den Rücken. Sofort packen mich wieder Gewissensbisse.

»Guten Morgen. Tut mir leid«, sage ich automatisch.

»Was?« Er gähnt ausgiebig. »Dass ›Morgen‹ und ›gut‹ zwei Dinge sind, die ohne Kaffee nicht zusammenpassen?«

Ich lache. »Nein, dass du auf dem harten Boden schlafen musstest.«

»*Peanuts.*« Er schenkt mir ein schiefes Lächeln, das wieder dieses Schmetterlings-Kribbelgefühl in mir weckt. »Dein Schnarchen hat mich sowieso die halbe Nacht wachgehalten.«

»Das kann gar nicht sein«, erwidere ich empört. Scham kriecht mir den Nacken hinauf.

»Woher willst du das wissen, wenn du schläfst?«, widerspricht er mit messerscharfer Logik.

»Wegen meiner Einhorn-Gene.« Ich falte meinen Schlafanzug zusammen.

»Was erzählst du mir da vom Pferd, *Mylady?*« Er steht auf und fährt sich mit einer Hand durch die Haare, wodurch sie noch mehr verwuscheln.

»Na, die pupsen nur Kuchenduft, und ihr Schnarchen ist die schönste Melodie. Abgesehen davon hast du auch geschnarcht«, sage ich aus reiner Selbstverteidigung, obwohl ich gar nicht weiß, ob es stimmt.

»Oh, sorry.« Er schnappt sich seine Klamotten und läuft an mir vorbei zum Bad. Wie von selbst heftet sich mein Blick auf seine schwarzen Boxershorts. Okay, ich geb's zu, er hat einen echt knackigen Hintern.

»Zum Glück hat keiner von uns gepupst. Nicht mal Kuchenduft.« Er grinst unverschämt frech, und mir wird plötzlich saharaheiß. Unvermittelt bleibt er stehen, und ich senke rasch den Kopf, damit er mich nicht beim Starren erwischt. Sein Blick fällt auf meinen aufgeschlagenen Skizzenblock, den ich auf den Tisch gelegt habe. Verflixt!

»Du hast mich beim Schlafen gemalt? Das ist gruselig.« Eingehend betrachtet er das Bild. »Aber Buttons hast du wirklich gut getroffen.«

Ich springe auf, doch er ist schneller. Er schnappt sich den Block und blättert ihn durch.

»He, gib den wieder her! Das ist meiner.« Ich versuche, ihn mir zu greifen und mache kleine Hopser, doch er nutzt unverschämterweise seine Größe und hält ihn hoch. »Ich will nur sehen, ob es noch mehr Bilder von mir gibt.« Er wackelt mit den Augenbrauen. »Ah, da haben wir ja schon eins. Findest du nicht, du solltest mich vorher fragen, wenn du mich andauernd malst?«

Verdammt! Vermutlich hat er das Bild entdeckt, das ich aus dem Gedächtnis von ihm als Weihnachtsmann gezeichnet habe. Angriff ist die beste Verteidigung. »Erstens male ich dich nicht andauernd. Zweitens ist das eine Karikatur und drittens künstlerische Freiheit. Und viertens: Wer sagt dir, dass du das bist? Die Mundform und die Sprenkel in deinen Augen stimmen überhaupt nicht überein. Deine Lippen sind schmaler und die Mundwinkel weiter nach oben geschwungen.«

»Soso.« Auf seinem Gesicht erscheint dieses schiefe Grinsen, das ein Flattern in meinem Bauch verursacht. Unter seinem prüfenden Blick gerät mein Herz ins Stolpern. Ich schalte in den Verteidigungsmodus. »Was kann ich dafür, dass du so ein gutes Objekt abgibst.«

»Ich gebe also ein gutes Objekt ab? Sehr interessant.« Er blättert weiter durch meine Skizzen und bleibt an einem Bild von Lina und Heiner hängen. »Du bist echt gut.«

Ich versuche ein Ablenkungsmanöver. »Können wir uns bitte auf das Wesentliche konzentrieren? Wenn du dich nicht langsam fertig machst, verpassen wir noch die Fähre.«

»Das wäre natürlich fatal.« Er legt den Block weg. »Übrigens hab ich auch noch mal über unsere Wette nachgedacht und hab noch ein paar Bedingungen.«

»Hey, das war so nicht abgemacht«, erwidere ich.

»Wir haben noch gar nichts abgemacht.«

»Also gut, lass hören«, gebe ich nach.

»Ich werde nicht singen, auf keinen Fall Schlittschuh laufen, und Weihnachtsfilme sind ebenfalls tabu«, verkündet er. »Wenn du mich von der Weihnachtsmagie überzeugen willst, dann lass dir bitte etwas anderes einfallen.«

»Da bleibt ja kaum noch was übrig«, meckere ich. »Aber gut, ich nehme die Herausforderung an. Ich hab schon eine Idee.«

»Ach ja?« Mit dem Griff der Badtür in der Hand bleibt er stehen. »Und die wäre?«

»Erinnerungen schaffen. Positive. Damit du Weihnachten wieder mit schönen Dingen verbinden kannst. Du zeigst mir London, und wir sammeln auf unserer Tour die denkwürdigsten Momente und halten sie in Fotos fest. Glaub mir, ich bin wirklich spitze im Grimassenschneiden und Lustige-Schnappschüsse-Erstellen.« Zum Beweis verziehe ich den Mund und schiele, was ihm ein kleines Schmunzeln entlockt. »Aber man kann auch Bilder mit Stickern und Effekten aufpeppen. Aus den witzigsten Fotos bauen wir dir ein Erinnerungs-Adventskalender-Scrapbook. Digital. Das kannst du dir jederzeit auf dem Handy oder dem Lappi anschauen, wenn dich mal wieder der Weihnachtsblues überfällt und du Aufmunterung brauchst.«

Er runzelt die Stirn. »Du weißt aber schon, dass es nur noch sechs Tage bis Weihnachten sind.«

»Fünf«, erwidere ich ganz automatisch. »Einschließlich heute.«

»Nein, wir feiern am 25.«, erwidert er. »Und ich weiß nicht, wieso Erinnerungen etwas Gutes sein sollen. Sie machen einem bewusst, was man unwiederbringlich verloren hat. Wie soll das Freude bringen? Erinnerungen machen traurig.«

»Nein«, erkläre ich. »Höchstens wehmütig. Wir alle sind die Summe unserer Erinnerungen. Durch schöne Erinnerungen, die wir in unseren Herzen speichern, gewinnen wir Glücksmomente, die uns stärken und neue Kraft geben. Wabi-Sabi. Die Schönheit im Vergänglichen.«

»Puh, das ist mir zu philosophisch am frühen Morgen. Ich verschwinde unter der Dusche und spüle mir den Kitsch ab.«

»Hab ich schon erwähnt, dass mein Plan durch selbst gebackene Zimtsterne versüßt wird?«, rufe ich ihm nach. »Ich nenne es die Zimtstern-Weihnachts-Allergie-Therapie. Oder kurz Z.W.A.T.«

Er dreht sich um. »Zimtsterne? *Righto*, dann bin ich

dabei.« Er streckt den Daumen hoch. Dann fällt die Tür hinter ihm zu, gleich darauf rauscht Wasser.

Mit einem kleinen Schmunzeln auf den Lippen räume ich meine Sachen zusammen. Buttons springt dabei um mich herum. Ich bücke mich und kraule ihn zwischen den Ohren, was er sichtlich genießt. Schließlich greife ich nach meinem Block und vertreibe mir die Zeit mit Zeichnen. Auf dem Papier entsteht der Pier von gestern Abend mit einem stürmischen Meer. Unvermittelt schallt ein Brummen durchs Zimmer, das immer lauter wird. Es kommt aus Richtung des Tischs, auf dem Jareds Rucksack steht. Er ist offen und daneben liegt sein Handy, das sich vibrierend und surrend wie eine wütende Biene bedrohlich der Tischkante nähert. Bevor das Smartphone abstürzt, greife ich danach. Im selben Moment kommt Jared auch schon wieder aus dem Bad. Er ist komplett angezogen und hat das eine schwarze Shirt gegen ein anderes mit Knopfleiste ausgetauscht, seine Haare sind noch feucht. Als er mich mit seinem Telefon entdeckt, wird er bleich wie ein Gespenst.

»Verdammt! Was schnüffelst du in meinen Sachen rum?!« Er reißt mir das Handy aus der Hand, das unvermittelt verstummt.

»Ich hab nicht geschnüffelt, sondern dein Handy vorm Absturz bewahrt. Außerdem hast du auch in meinen Sachen geschnüffelt«, sage ich lahm.

Er stopft das alte Shirt in die Tasche. Kurz bevor er den Reißverschluss wieder schließt, erhasche ich einen Blick auf ein Glas … Gewürzgurken? Ein ungeöffneter Brief liegt daneben.

Warum reist er mit Gurken durch die Gegend, bitte?

Sein Handy brummt erneut los, doch er drückt den Anrufer weg. Dann baut er sich dicht vor mir auf. »Ein Tipp: Wenn du willst, dass wir Freunde bleiben, halt dich zukünftig von meiner Tasche und meinem Phone fern.« Sein Schoko-Blick wird kokosnusshart, jedes Lächeln ist daraus verschwunden.

»Ja, klar. Entschuldige.« Ich reiße mich zusammen. »Das gilt übrigens auch für dich. Hände weg von meinem Skizzenblock!«

»Dann sind wir ja quitt.« Er schlüpft in seine Jacke, wickelt seinen Schal um den Hals und zieht sich die Mütze über den Kopf. »Kommst du?« Er leint Buttons an und spaziert zur Tür.

Ich ziehe Jacke und Handschuhe an, setze mir meine Mütze auf und folge ihm. Die Rollen meines Koffers rattern so heftig wie mein Herz. Dass Jared glaubt, ich hätte seine Sachen durchwühlt, verursacht mir ein fieses Gefühl, so als ob ich in einen Abgrund falle. Gleichzeitig schäumen in mir Wut und Enttäuschung hoch wie überkochende Milch. Ich kann nicht fassen, dass er mir so etwas überhaupt zutraut.

Jared steckt sich Kopfhörer in die Ohren und hat den Blick auf sein Handy fixiert. Schweigend laufen wir nebeneinander her zum Hafen.

Hanna

Christmas at Sea
oder:
Futter für die Möwen

Lina und Heiner warten bereits auf uns, als wir am Pier ankommen. In der Nacht hat es geschneit; die Straße wirkt wie mit Puderzucker bestreut, und die dünne weiße Schneedecke glitzert im Schein der schwachen Sonnenstrahlen.

»Guten Morgen, bereit für die Überfahrt?« Heiner öffnet den Kofferraum des Bullis. »Ich hoffe, ihr seid alle seefest.«

»Jep«, antwortet Jared. Er drückt mir Buttons' Leine in die Hand und hilft Heiner, unsere Sachen im Auto zu verstauen. Buttons begrüßt Bruno mit herzlichem Kläffen.

»Komm, lass uns ein Stück gehen, damit die Hunde vor der Überfahrt noch ihr Geschäft erledigen können«, sagt Lina.

Ich folge ihr zu einer kleinen Wiese, und nach ein bisschen Geschnuppere wählen beide Hunde ihr Plätzchen aus.

»Hattet ihr einen schönen Abend?« Lina hakt sich bei mir unter.

»Ja, danke.« Sie hat ja nicht nach dem Morgen gefragt. Obwohl der auch schön war – bis zu dem Zwischenfall mit dem Handy. »Und ihr?«

»Oh ja.« Die kleinen Kringelfältchen um ihre Augen und Mundwinkel vertiefen sich, und ein schelmischer Ausdruck tritt in ihre Miene. »Es geht nichts über Zeit zu zweit, und lass dir gesagt sein: Alte Liebe rostet nicht.« Sie zwinkert mir zu.

»Äh, wie schön.« Hilfe! Zu viel Information. So genau will ich es dann doch nicht wissen. Mein Blick schweift zu Jared.

»Der Junge mag dich«, behauptet Lina. »Das merkt man.«

»Ja, wir sind inzwischen Freunde geworden«, bestätige ich.

»Oh, glaub mir, Liebes, da ist mehr.« Sie tätschelt mir die Hand. »Er kann es wohl nur nicht so gut zeigen. Ich habe den Eindruck, dass ihn irgendetwas bedrückt und es ihm schwerfällt zu vertrauen.«

Klar, er trauert um seine Mutter, aber so etwas Persönliches möchte ich vor Lina nicht preisgeben. »Ich würde ihm gern helfen, aber ich weiß nicht, ob er das zulassen würde.« Ich denke an unseren Streit, löse mich von Lina und schlinge die Arme um den Bauch. »Es ist echt kompliziert: Eben noch verstehen wir uns super, und im nächsten Moment … *wusch*«, ich deute mit den Händen eine Explosion an, »fährt er die Stacheln aus und benimmt sich wie ein Idiot.«

Sie ergreift meine Hand und drückt sie. Ihre wasserblauen Augen mustern mich forschend. »Manchen Menschen fällt es schwer, sich mitzuteilen, vor allem, wenn sie eine schwierige Zeit durchmachen. Dann kann man ihnen nur zu verstehen geben, dass man für sie da ist, wenn sie es wollen. Das allein hilft schon. Glaub mir. Hab Geduld und folge deinem Herzen, dann wird alles gut.«

Ich hab keine Ahnung, woher sie ihre Zuversicht nimmt, allerdings weiß sie auch nichts von unserer Auseinandersetzung. Ihre Bemerkung zu den wie Blütenblätter durcheinanderwirbelnden Gefühlen fällt mir ein. Genauso ist mir jetzt zumute.

Ich nehme die Tüte, die Lina mir reicht, und sammle die Hundehäufchen ein, um sie im nächsten Mülleimer zu entsorgen. Bäh!

Anschließend schlendern wir zurück und steigen ins Auto. Heiner reiht den Bulli in die Schlange vor der Fähre ein. Es dauert eine Weile, bis wir an die Reihe kommen, die Pässe kontrolliert sind und wir an Bord fahren können.

Nachdem wir unsere Parkposition erreicht haben, fordert uns der Ordner auf, das Auto zu verlassen. Die Hunde müssen im Wagen bleiben. Bruno und Buttons scheint das jedoch nichts auszumachen. Beide haben sich in Brunos riesiger Transportbox zusammengerollt und machen ein Nickerchen. Zum Glück dauert die Fahrt auch nur eineinhalb Stunden.

Lina und Heiner steuern sofort das Bordrestaurant an, um zu frühstücken.

Während uns Jared ein Frühstück an der Theke besorgt, schaue ich verstohlen auf mein Handy, um nachzusehen, ob schon eine Antwort von Kingston & Starkfield eingetroffen ist.

Nichts. Mein Panikradar vibriert leise, und ein unangenehmes Ameisen-Kribbeln breitet sich in mir aus.

Jared drückt mir einen Becher Kakao und ein Sandwich in die Hand. »Neuigkeiten von der Agentur?«, fragt er, als wäre nichts gewesen.

»Nein.« Ich seufze. »Vermutlich kann ich das Vorstellungsgespräch abschreiben.«

Jareds Miene wirkt undurchdringlich. »Die werden sich sicher noch melden.«

»Ja, um mir abzusagen.«

»Wer von uns beiden ist denn jetzt der pessimistische Grinch?«, scherzt er und entlockt mir damit ein kleines Lächeln.

Wir beschließen, unser Frühstück mit nach oben aufs Aussichtsdeck zu nehmen, um den Blick aufs Meer zu genießen. Na ja, soweit man den genießen kann. Wind peitscht die Wellen hoch, und das Schwanken löst ein ungutes Flattern in meinem Bauch aus. Rasch richte ich den Blick auf den Horizont. Die Umrisse der weißen Felsen von Dover sind nur verschwommen zu erkennen. Trotzdem ist der Anblick atemberaubend. Ein Schloss thront darauf, ganz in der Nähe erhebt sich ein weißer Leuchtturm. Alles ist in einen feinen Nebel gehüllt. Als trügen die Kreidefelsen einen Schal, um sich gegen die eisige Kälte zu schützen. Möwen kreisen auf der Suche nach Futter kreischend über dem Schiff, das erst am Sandstrand von Calais entlangfährt, bevor es im gefühlten Neunziggradwinkel nach England abbiegt.

Jared betrachtet nachdenklich sein Sandwich. »Wusstest du, dass es ganz in der Nähe von Dover eine Stadt gibt, die Sandwich heißt?« Er schwenkt den Blick zu mir.

»Angeblich hat der Earl dieser Stadt das Sandwich erfunden, damit er das Kartenspielen fürs Essen nicht unterbrechen musste.«

Warum erzählt er mir das? Soll das ein Friedensangebot sein?

»Wie spannend«, spöttele ich. »Man kann nie wissen, wann man so unnützes Wissen mal gebrauchen kann. Ich werde es bei der nächsten passenden oder auch unpassenden Gelegenheit einsetzen.« Ich lege mein Sandwich in den Schoß und die Hände um den Becher, doch die Wärme dringt nicht durch meine Handschuhe durch.

»Hör mal, wegen vorhin. Das tut mir leid«, sagt er. »Ich hätte dich nicht so anfahren sollen. Das muss der Kaffeemangel gewesen sein.«

»Okay.« Ich richte den Blick in die Ferne. Jared soll nicht bemerken, wie gut mir seine Entschuldigung tut. »Aber ich hab echt nicht geschnüffelt.«

»Das glaub ich dir. Und ich hätte deinen Skizzenblock nicht nehmen dürfen. Friede?« Er streckt mir die Hand hin.

»Friede.« Ich schüttele sie, und nun kann ich mir ein Lächeln doch nicht verkneifen.

»Ist dir kalt?« Jared mustert mich aufmerksam. »Deine Nase ist so rot wie die von Rudolph.«

Seine plötzliche Fürsorge ist wie eine Achterbahnfahrt für mich: von stachelschwein-kratzbürstig auf charmant-frech-aufmerksam im Turbotempo. Trotzdem bin ich froh, dass er nicht mehr sauer auf mich ist. »Aha!«, triumphiere ich. »Du kennst Rudi. Dann ist bei dir in Sachen Weihnachten noch nicht endgültig alles verloren.«

Jared schüttelt den Kopf. »Keine Filme, das hatten wir vereinbart. Sollen wir reingehen?«

»Puh, an deiner Weihnachtsfilm-Allergie sollten wir auch unbedingt arbeiten«, erwidere ich. »Und nein, noch einen Moment, bitte.«

»*Suit yourself.*« Jared seufzt. »Du riskierst damit allerdings eine Erkältung.«

»Das Risiko nehme ich in Kauf.« Ich nippe an meinem Kakao und beiße anschließend herzhaft in mein Sandwich.

»Sag hinterher aber nicht, ich hätte dich nicht gewarnt, wenn du ab morgen im Bett liegst.«

Die Sandwichtüte auf meinem Schoß flattert hoch. Bevor ich reagieren kann, hat Jared sie geschickt gefangen und steckt sie ein. Dann nimmt er seinen Schal ab und wickelt ihn mir über die Puschelbänder meiner Mütze um den Hals, sodass mein Gesicht dick eingemummelt ist. Anschließend schnappt er sich meine Hände und rubbelt sie zwischen seinen. Mir wird tatsächlich ein wenig wärmer, was allerdings nicht am Schal liegt.

»Die Weite des Ozeans ist so atemberaubend. Ich war noch nie am Meer.«

»Echt nicht?« In Jareds Miene steht Verwunderung. Seine Wangen sind von der Kälte gerötet.

»Nein. Meine Eltern sind Wanderfans. Auch Städtereisen finden sie albern, weil man da angeblich keine Erholung hat.« Ein Frösteln überfliegt mich.

»Wenn du nicht aufpasst, mutierst du noch zu Jack Frost«, warnt Jared.

Wir sitzen so dicht nebeneinander, dass ich seine Wärme spüre. Unser Atem verschmilzt in der Luft zu einer kleinen silbrigweißen Wolke. »Du kennst *Hüter des Lichts*?«

»Ja, klar. Hugh Jackman ist klasse als die Stimme vom *Easter Bunny*. Ich habe den Film als Kind oft zusammen mit meiner Mutter angeschaut.«

»Ich kenne nur die deutsche Fassung«, erkläre ich zwischen zwei Sandwichhappen.

»Dann müssen wir uns die englische irgendwann mal zusammen anschauen, damit du siehst, wie gut die ist.«

»Wie jetzt? Ich denke, Weihnachtsfilme sind tabu?« Ich mustere ihn von der Seite.

»Das ist doch kein Weihnachtsfilm, nur weil er im Winter spielt. Das ist ein Action-Abenteuer. Es geht nicht um Weihnachten, sondern um Träume und den Schutz vor Albträumen.«

»Quatsch«, widerspreche ich. »Es geht darum, den Glauben der Kinder an die Fantasie zu bewahren, auch an Weihnachten.«

»Du musst wohl immer das letzte Wort haben. Und meistens ist es Weihnachten.« Er nimmt einen Schluck von seinem Kaffee.

Apropos Film. Insgeheim habe ich auf einen Titanic-Moment gehofft, aber mein »Ich bin die Königin der Welt«-Augenblick muss leider ausfallen, weil mir die ganze Sache dann doch zu kalt ist. Und zu wackelig. Mein Magen scheint sich mit jeder Welle in die Kurve zu legen. Als mir dann auch noch eine Möwe auf die Jacke kackt, habe ich endgültig die Nase voll.

»Das bringt Glück.« Jared reicht mir schmunzelnd ein Papiertaschentuch.

»Wieso soll das denn Glück bringen?« Ich wische mir den eklig tropfenden Möwenschiss vom Ärmel.

»Na ja, weil es so selten ist, dass man von einer Möwe angekackt wird. Und sie hat dich nicht auf dem Kopf getroffen. Wenn das mal kein Weihnachtswunder ist.« Er grinst unverschämt, und seine Augen schimmern dabei so verwegen frech, dass ich lachen muss.

»Können wir bitte wieder reingehen. Ich will mein Glück nicht herausfordern.« Plötzlich ist mir ein wenig schwindelig. Ich ziehe mit einer Hand seinen Schal vom Hals und gebe ihn zurück. Er schlingt ihn sich lose über den Nacken.

Auf dem Weg zur Treppe befördere ich das verdreckte Taschentuch in einen Mülleimer. Gleichzeitig trifft eine monsterstarke Welle das Schiff. Ich gerate ins Schwanken und stolpere gegen Jared.

»Hoppla!« Er breitet die Arme aus und fängt mich auf. Sein warmer Atem streift über mein Ohr, und ich atme seinen zitronig-frischen Duft ein, der mich an Sommertage erinnert. Er hält mich fest, schaut mir tief in die Augen und beugt den Kopf. Gebannt heftet sich mein Blick auf seinen Mund, erfasst die kleine Narbe darunter, die sinnlich geschwungenen Lippen. Wie von unsichtbaren Fäden gezogen neige ich mich ihm entgegen. Dann trifft die nächste Welle auf das Schiff und die Woge der Übelkeit, die schon die ganze Zeit in mir lauert, schwappt nach oben.

»Entschuldige.« Die Hand vorm Mund wende ich mich rasch ab.

»Alles in Ordnung?« Jared mustert mich besorgt.

»Ja … mir ist nur übel.« Ich lockere die Bänder meiner Mütze, um mir mehr Luft zu verschaffen.

Ein heftiges Würgen schüttelt mich, und ich schlucke gegen das Sandwich an, das beharrlich nach oben drängt. Jared zupft die leere Tüte aus seiner Jackentasche und reicht sie mir wortlos. Dann bringt er mich rasch zur nächsten Toilette. Ohne auf die Blicke und Rufe der empörten Frauen zu achten, die sich vor dem Spiegel frisch machen, stürmt er mit mir in eine Kabine.

Mir ist die Situation so peinlich, dass ich mich am liebsten selbst im Klo runterspülen würde. Doch ich kann nichts dagegen tun. Vor der Schüssel kniend, würge ich Sandwich-Kakao-Pampe raus.

Jared hält mir die Haare zur Seite und streicht mir tröstend über den Kopf. Schließlich ist alles draußen, und ich lehne mich erschöpft an die Wand.

»Geht's wieder?«, fragt er.

Ich nicke matt.

Er verlässt die Kabine und kommt kurz darauf mit feuchten Tüchern zurück. »Hier, bitte.«

Ich wische mir den Mund ab und lege mir eins der Tücher auf die Stirn. »Danke.« Ich schlucke. »Den Rest schaffe ich schon allein. Könntest du vielleicht draußen warten?«

»Klar. Bis gleich.«

Er verschwindet, und ich sitze noch eine ganze Weile auf dem Toilettendeckel, bis ich es schaffe, mich zu rühren und am Waschbecken Hände und Gesicht zu waschen. Oh weia, kann etwas noch peinlicher sein?! Was muss Jared jetzt wohl von mir denken? Zum Glück habe ich ihn wenigstens nicht vollgespuckt. Oder doch?

In meiner Verzweiflung schreibe ich Jule eine Nachricht.

Hanna: Hab vor Santa gekotzt. Kurz bevor er mich küssen wollte.

Ihre Antwort kommt innerhalb weniger Sekunden mit einem erschrockenen Emoji.

Jule: Hast du nicht!!!!

Hanna: Leider doch. Seekrank. Was mach ich denn jetzt?

Jule: Du trägst es mit Würde. Kopf hoch, Augen zu und durch. Und immer dabei lächeln, dann fühlst du dich gleich besser. Das ist wissenschaftlich erwiesen.

Hanna: Er hat mir die Haare gehalten ...

Jule: Wie süß! 😍 Es besteht noch Hoffnung. Los, geh zu ihm und verkriech dich nicht länger im Klo.

Hanna: Woher weißt du, dass ich im Klo bin?

Die Frage bringt mir einen Augenverdreh-Smiley ein.

Jule: Wo sonst? Go, girl. Du schaffst das. Solche Kotzerfahrungen schweißen zusammen.

Hanna: Danke. HDL

Ich schicke ihr einen Kuss-Smiley und stecke das Handy ein. Nach einem letzten Blick in den Spiegel, wo mir mein gespenstisch blasses Gesicht entgegenblickt, reiße ich mich los, setze wie von Jule empfohlen ein Lächeln auf und verlasse die Toilette.

Jared lehnt an der Wand gegenüber, in einer Hand sein Handy, in der anderen eine Wasserflasche. Als er mich entdeckt, steckt er das Handy ein und stößt sich von der Wand ab. »Hier.« Er reicht mir die Wasserflasche. »Gegen den üblen Geschmack.«

»Danke!« Ich nehme die Flasche entgegen und trinke gierig einen Schluck. »Tut mir echt leid«, sage ich auf dem Weg zum Bordrestaurant, wo Lina und Heiner auf uns warten wollten. »Das war echt süß von dir, mir zu helfen. Ich hoffe, ich habe dich nicht vollge…«

»*Jeez*«, sagt er. »Mach das bloß nicht wieder.«

»Das habe ich nicht vor«, sage ich. »Erst mal ist alles raus.«

»Nein, das meine ich nicht«, erwidert er. »Nenn mich bloß nie wieder süß.« Er verdreht die Augen. »Sonst muss *ich* kotzen.«

»Alles klar. Versprochen.« Ich lächle leicht.

»Und jetzt Schwamm drüber«, sagt er und legt stützend einen Arm um meine Taille.

Lina tätschelt meine Hand, als wir uns zu den beiden an den Tisch setzen. »Kindchen, du bist ja ganz blass! Fühlst du dich nicht wohl?«

»Geht schon wieder. Jared hat mir geholfen.«

Ein Leuchten taucht in ihren Augen auf. »Ein echter Gentleman.« Sie wühlt in ihrer Tasche und holt ein kleines Fläschchen raus. »Hier, nimm. Das hilft.« Sie schüttet mir ein paar Kügelchen auf die Hand, die ich langsam auf der Zunge zergehen lasse. Und tatsächlich geht es mir schon besser, als wir mit dem Auto das Schiff in Dover verlassen. Was allerdings auch daran liegen könnte, dass nun nichts mehr schwankt und wir endlich wieder festen Boden unter den Füßen – oder besser gesagt Rädern – haben. Und an der Nachricht, die ich von Kingston & Starkfield erhalte.

Dear Miss Martensen!

Wir bedauern, dass Sie aufgehalten wurden. Gerne können wir Ihnen einen Ersatztermin anbieten. Bitte finden Sie sich am 24.12. um 11 Uhr in unserer Agenturzentrale am Empfang ein. Ein früherer Termin ist leider nicht möglich. Wir bitten um baldige Bestätigung.

Yours sincerely,
Kendra Miller
Personal Assistant at Kingston & Starkfield

Rasch tippe ich meine Antwort ein und atme erleichtert auf.

Jared

Baby, it's cold outside
oder:
Ritter wider Willen

Der Abschied von Lina und Heiner ist herzlich, und Hanna verdrückt ein paar Tränchen. Bevor die beiden zu ihrer Familie in Kent aufbrechen, tauscht sie mit Lina noch Telefonnummern aus. Ich bin froh, dass sie sich von ihrer Seekrankheit inzwischen wieder erholt hat. Was auf dem Schiff beinahe zwischen uns passiert wäre, verursacht mir allerdings ein mulmiges Gefühl.

Dover wirkt heruntergekommen. Viele Häuser stehen leer, und von den Fassaden bröckelt der Putz. Der historische Hafenbahnhof hat inzwischen nur noch die Funktion eines Parkhauses. Ich drohe, in trübe Gedanken zu versinken, da holt Hanna mich zurück in die Realität.

»Du glaubst ja gar nicht, wie froh ich bin, wieder festen Boden unter den Füßen zu haben.« Sie fällt auf die Knie und tut so, als ob sie den Asphalt küsst, und ich muss lachen.

»Du hast dich echt tapfer gehalten«, lobe ich. »Und auf

dem Rückweg wird es sicher besser. Da bekommst du vorher Tabletten gegen Reiseübelkeit.«

»Hilfe, erinnere mich bloß nicht daran, dass mir das noch mal bevorsteht.« Das Rattern ihrer Kofferräder begleitet uns auf dem Weg zum Bahnhof.

»Wusstest du, dass in Dover mehrere Filme gedreht wurden?«, sage ich, mehr um mich selbst abzulenken.

»Ach ja?« Hanna bleibt stehen und dreht sich langsam im Kreis. »Aber keine Weihnachtsfilme?«

»Nein, *Marvel's Avengers Age of Ultron.* Der steht auf der Top-Ten-Liste meiner Lieblingsfilme. Das Castle diente als Kulisse. Willst du rauf?«

Hanna zieht kurz die Nase kraus, dann schüttelt sie den Kopf. »Ein anderes Mal vielleicht. Mit Koffer ist eine Besichtigungstour nicht ganz so prickelnd.«

Ich nicke, denn auch ich habe eigentlich keine Lust, obwohl man vom Castle einen wirklich tollen Blick übers Meer hat. Meine Gedanken gehen erneut auf Wanderschaft. Ich sollte Hanna beichten, wer mein Dad ist. Dass ich ihm wegen ihr getextet habe. Und vor allem, was ich ihm über sie erzählt habe. Heute Morgen wäre ich beinahe aufgeflogen, als er angerufen und sie mein Phone in die Finger bekommen hat. Allerdings ist es mir lieber, wenn sie es nicht erfährt. Ich kann nicht einschätzen, wie sie darauf reagieren würde, und will lieber kein Risiko eingehen.

Vom einzigen anderen Bahnhof in Dover bringt uns der Zug in zwei Stunden nach London. Dort erwartet uns das volle Kontrastprogramm. Statt rauschendem Ozean ein Meer aus Autos, Bussen und Menschen, statt trister

Fassaden weihnachtlich glitzernde Straßen und bunte Lichter.

Hanna schaut sich mit großen Augen um. Sie strahlt übers ganze Gesicht. »Okay, bis morgen um zehn Uhr am Piccadilly Circus.«

»Wo musst du hin?« Ich will nur sichergehen, dass sie gut zu ihrem Hotel kommt. Zumindest rede ich mir das ein.

Sie kramt in ihrem Rucksack und holt einen Zettel hervor. »Zum Norfolk Square.«

»*All right*, dann fahren wir am besten zur Paddington Station.«

Hanna nickt. »Danke. Aber du musst mich nicht begleiten, deine Oma wartet doch sicher auf dich. Ich komme schon zurecht.«

»Eine halbe Stunde früher oder später macht jetzt auch nichts mehr aus. Kommst du?« Entschlossen laufe ich los. Seit wir in der Stadt sind, hat sich die bleierne Schwere, die mich niederdrückt, verstärkt, und ich bin froh, dass ich den Moment, in dem ich Gran gegenüberstehe, noch ein wenig hinauszögern kann.

Wenig später steigen wir aus der *Tube* und laufen das kurze Stück zu Hannas Bed & Breakfast. Die Frau am Empfang blickt Hanna bedauernd an, als sie ihr Anliegen vorträgt, und mir schwant Übles.

»*I'm awfully sorry*. Sie sind nicht gekommen. Deshalb haben wir Ihr Zimmer längst weiter vermietet.«

»Verflixt«, schimpft Hanna. »Wie kann man nur so blöd sein.«

»Gibt es Schwierigkeiten?«, mische ich mich ein.

»Mein Zimmer ist weg«, sagt sie. »Es war für gestern

gebucht, weil ich angenommen habe, dass wir gegen zehn Uhr abends in London sein würden. Ich hab total vergessen, Bescheid zu geben, dass ich später komme.«

Eine sonderbare Mischung aus Mitgefühl und Beschützerinstinkt durchflutet mich. »Haben Sie ein anderes Zimmer?«, frage ich nach.

»Nein, leider. Es ist alles ausgebucht.« Die Frau lächelt, und es sieht eindeutig so aus, als ob es ihr kein bisschen leidtut.

»Auch kein Doppelzimmer oder eine Familiensuite«, lasse ich nicht locker.

»Ich kann wirklich nichts für Sie tun.« Sie zuckt mit einer Schulter.

»Könnten Sie nicht mal rumfragen, ob irgendwo in einem anderen B and B noch was frei ist? Sie haben das doch sicher in Ihrem System oder der Touristeninfo.« Ich lasse meinen ganzen Charme spielen.

»Entschuldigen Sie«, erwidert die Frau nicht mehr ganz so freundlich. »Ich bin kein Reisebüro. Ich fürchte aber, die werden auch belegt sein. Es ist Weihnachten und die Stadt voller Touristen.«

»Okay. Danke.« Hanna schnappt sich ihren Rollkoffer und verlässt das Hotel.

»Wohin willst du denn jetzt?« Rasch laufe ich ihr hinterher.

»Keine Ahnung.« Ohne sich umzudrehen, stapft sie weiter durch den Nieselregen. Die Räder ihres Rollkoffers begleiten ihre Schritte mit trotzigem Rattern. »Erst mal in ein Café und dann durchforste ich das Netz, ob ich irgendwo noch ein Zimmer bekomme.«

Ich halte sie an der Schulter fest, und als ich sie zu mir

umdrehe, bemerke ich, dass ihre Augen verräterisch feucht glitzern. Kein Wunder. Ihre Reise ist bisher nicht gerade glatt verlaufen. »Tut mir leid, an das Zimmer habe ich auch nicht gedacht.«

»Warum solltest du? Aber sich aufzuregen nützt nichts. Meine Oma sagt immer: Jammere nicht, mach. Und wenn du nichts machen kannst, dann atme tief durch. Wenn eine Tür zuschlägt, geht ein Fenster auf.« Ihr Blick wandert zu meiner Hand, und erst da stelle ich fest, dass sie noch auf ihrer Schulter liegt. Rasch ziehe ich sie weg.

»Ist deine Oma Glückskeks-Autorin?«, versuche ich zu scherzen. »*Never mind*, dann werde ich mal dein Fenster sein.« Sie schaut mich verständnislos an, und ich glaube selbst nicht, was ich tue. Aber ich habe kein gutes Gefühl dabei, sie in einer fremden Stadt einfach ihrem Schicksal zu überlassen. »Du kannst mit zu meiner Gran kommen.«

»Jared, das musst du nicht tun. Wer weiß, ob das deiner Oma überhaupt recht wäre.«

»*Rubbish.* Gran hat bestimmt nichts dagegen. Und ich möchte nicht dran schuld sein, dass du unter einer Themsebrücke schlafen musst.« Ich laufe weiter. »Kommst du jetzt, oder willst du da Wurzeln schlagen?«

»Oh danke, danke, danke. Das ist ja noch ein Weihnachtswunder.« Sie fällt mir um den Hals.

Als hätten sie einen eigenen Willen, schlingen sich meine Arme um sie. Hannas ureigener Duft nach Mandarine und Vanille zieht mich an wie eine Blume die Biene, und ich atme ihn tief ein. Einen Moment schwelge ich darin, bevor ich wieder zu Verstand komme. Rasch schiebe ich sie ein Stück fort. »Wir wollen es mal nicht übertreiben.«

Sorge kehrt in Hannas Gesicht zurück. »Bist du sicher, dass deine Oma nichts dagegen hat?«

»Bestimmt nicht. Sie freut sich immer über Besuch. Und ihr werdet euch sicher gut verstehen. Du erinnerst mich ein wenig an sie. Ihr habt die gleiche Vorliebe für schräge Weihnachts-Sweater.«

»Vielen Dank. Es ist der romantische Traum einer jeden Frau, mit einer älteren Dame verglichen zu werden.« Hanna lächelt schief, und die Sommersprossen auf ihrer Nase hüpfen dabei.

»So habe ich das doch nicht gemeint.« Ich stecke die Hände in die Taschen. »Allerdings legt Gran Wert auf gute Manieren. Also benimm dich und spar dir Bemerkungen über die englische Küche oder andere Vorurteile, Lizzy Bennet.«

»Ja ja, schon gut. Ich bin doch kein Kleinkind, das mit dem Löffel in den Teller patscht und mit allem herausplatzt, was ihm gerade durch den Kopf geht.«

»Bist du sicher?« Ich weiche aus, als sie mir einen Knuff verpassen will, aber insgeheim freue ich mich, dass mein Plan gelungen ist. Sie wirkt schon wieder munterer.

Wir fahren noch mal gut eine Viertelstunde, bis wir im Stadtteil Chelsea ankommen, wo Gran lebt. Nach ein paar weiteren Gehminuten sind wir in der Bywater Street.

Hanna ist hin und weg von den bunten Fassaden. »Oh, hier sieht es ja aus wie im Film *Notting Hill.* Ich hätte nicht gedacht, dass es das in echt gibt.«

»Du meinst wohl die Portobello Road. Notting Hill ist an der anderen Ecke von London. Und ganz so idyllisch, wie es aussieht, ist es nicht«, dämpfe ich ihren Enthusiasmus. »Gran kann sich das Haus nur leisten, weil sie schon seit Jahrzehnten hier wohnt und Eigentümerin ist.«

Ich steuere auf Grans Haus zu und klingele. Ein grüner Kranz mit roter Schleife hängt an der Tür. Die Fenster sind mit Lichterketten geschmückt, und im Blumenkasten auf der Fensterbank steht ein leuchtendes Rentier neben dem Father-Christmas-Gartenzwerg, den ich ihr mal geschenkt habe. Hanna versteckt sich leicht hinter mir, als die Tür auffliegt.

»Jared! *It's about time.* Ich hab ja damit gerechnet, dass du später kommst, aber ein ganzer Tag Verspätung ist auch für dich neuer Rekord. *Happy birthday, hun.* Mensch, bist du groß geworden.« Gran stellt sich auf die Zehenspitzen und schmatzt mir Küsschen rechts und links auf die Wange. Dann drückt sie mich so fest, dass mir die Luft wegbleibt. Ihr vertrauter Duft nach Apfelshampoo steigt mir in die Nase und erinnert mich an die Apfelstückchen, die es früher bei unseren gemeinsamen Spieleabenden gab.

»Zerquetsch mich nicht«, warne ich lachend und halte sie auf Armeslänge von mir fern. »Außerdem glaube ich nicht, dass ich im letzten Jahr noch mal gewachsen bin. Vermutlich bist du geschrumpft.« Sie scheint wirklich kleiner geworden zu sein, denn sie reicht mir nur noch bis knapp zur Brust. Aber ihr faltiges Gesicht blickt genauso freundlich wie immer. Ihre grauen Löckchen sind zu einem Dutt aufgesteckt. Die Geschmacksverirrung, die sie als Sweater trägt, zeigt einen Schneemann im schillernd roten Weihnachtsmannkostüm, der Schlitten fährt. In ihren Augen schimmert ein verräterischer Glanz. Ich weiß sofort, an was sie denkt. Mum. Daher nehme ich sie noch mal in den Arm und kann mich selbst nicht verstehen, warum ich den Besuch so lange hinausgezögert habe. »Ich hab dich vermisst, Gran. Wie geht's dir?« Buttons tänzelt aufgeregt um uns herum und wickelt dabei die Leine um meine Beine.

Gran bückt sich, um ihn zu kraulen. »Wunderbar, jetzt wo du da bist.« Ihr Blick wandert an mir vorbei und fällt auf Hanna, die stumm unser Begrüßungsspektakel beobachtet hat. »Wen hast du denn da mitgebracht? Deine Freundin?«

»Nein, Gran. Wir sind nicht ...«

Gran lässt mich nicht ausreden. »Oh, wie schön! Jared hat noch nie ein Mädchen mit nach Hause gebracht.« Sie drückt Hanna an sich.

»Hallo Mrs ...«

»Taylor, aber sag Hetty zu mir, *luv*«, meint Gran. »Ich freue mich so, dass ihr da seid. Bist du aus Deutschland?«, fragt sie auf Deutsch.

»Ja. Ich hoffe, ich mache Ihnen keine Umstände. Mein Zimmer war weg, und Jared hat mich eingeladen. Ist das in Ordnung?«

»Aber natürlich. Und wir sind hier per Du.« Sie macht einen Schritt zur Seite. »Kommt rein, kommt rein. Du bist herzlich willkommen, Weihnachten mit uns zu verbringen. Ich freue mich darauf, endlich mal wieder meine Muttersprache zu sprechen.« Gran scheucht uns ins Haus. Auf dem Weg durch den Flur erklärt sie Hanna, dass sie der Liebe wegen nach England gezogen ist. Grampa ist allerdings schon seit über zwanzig Jahren tot. Ich hab ihn nie kennengelernt.

»Wie geht es eigentlich deinem Fuß, Gran?«, frage ich auf dem Weg ins Wohnzimmer.

»Das war doch nur eine Verstauchung. Hab ich dir das nicht geschrieben?« Wie aufs Stichwort fängt sie an zu humpeln.

»Nein, hast du nicht.«

»Dann muss ich das wohl vergessen haben. Allmählich werde ich wohl doch alt.« Sie klopft sich an die Stirn, und ihre karamellbraunen Augen blitzen dabei so klug wie immer.

Ich habe den leisen Verdacht, dass sie mich hereingelegt hat. Eigentlich hätte ich mir gleich denken können, dass sie etwas im Schilde führt, als sie meine erste Absage so widerspruchslos akzeptiert hat.

Ich beobachte Gran und Hanna, die sich über Grans Royals-Sammlung unterhalten, und eine wohlige Wärme durchflutet mich. Ich bin froh, dass es Gran gut geht und ich jetzt hier bin. Niemand sollte an Weihnachten allein sein.

Hanna lacht über eine Tasse, auf der Willow, der letzte Corgi aus der Zucht der Queen, mit einer Krone abgebildet ist, und ich sehe, wie ein Leuchten in Grans Augen auftaucht. Sie wirft mir einen Blick zu und nickt mit einem wohlwollenden Lächeln.

Oh-oh. Diese Miene kenne ich. Der Verkuppelungs-Blick. Am besten stelle ich schleunigst richtig, dass Hanna und ich nur Freunde sind, bevor Gran auf dumme Gedanken kommt.

Hanna

Bring Me Love
oder:
Abwasch für Anfänger

Himmel, ist das peinlich. Erst als Jareds Großmutter mich begrüßt hat, ist mir aufgefallen, dass ich nicht mal seinen Nachnamen kenne.

»Wow!« Ich sehe mich in dem gemütlich eingerichteten Wohnzimmer um. Es ist nicht besonders groß und ziemlich vollgestellt. Und von überall blicken mich Royals an. Auf Tassen, Tellern, Bildern, Löffeln, Kissen. Hetty ist offensichtlich ein großer Fan der königlichen Familie. Die Queen scheint es ihr am meisten angetan zu haben. Vorsichtig nehme ich eine Tasse mit dem Bild eines Hundes hoch. »Der ist ja süß. Ist der auch königlich?«

»Oh ja.« Hetty nimmt mir die Tasse aus der Hand. »Vielleicht solltet ihr euch erst mal frisch machen. Jared, dein Zimmer ist schon bereit.« Sie zwinkert ihm zu. »Ich hab nichts dagegen, wenn ihr es euch teilt. Schließlich bin ich eine moderne Gran.«

Hu! Vor Verlegenheit möchte ich am liebsten im Erdboden versinken. »Hetty, Sie …«

»Du, *luv*, du.« Sie tätschelt mir die Wange.

Jared ist energischer als ich. »Gran, wir sind kein Paar! Wir sind nur Freunde.« Mit einem entschuldigenden Lächeln nimmt er mir meine Jacke und Mütze ab und hängt sie neben seine an die Garderobe. Seine Worte verursachen mir unerwartet einen Stich. *Wir sind nur Freunde. Nur.*

Natürlich hat er recht. Zwischen uns läuft nichts, und offenbar will er auch nicht, dass aus Freundschaft mehr wird. Besser, ich bekomme meine Hormone schnell in den Griff und finde mich damit ab.

»Wir kennen uns von der Weihnachtsagentur, in der wir beide einen Aushilfsjob hatten«, klärt Jared seine Oma auf.

Hetty runzelt die Stirn. »Oh, nun ja. In dem Fall wirst du dich mit dem Sofa im Bügelzimmer arrangieren müssen, Jared.«

»*No worries.* Hanna kann mein Zimmer haben.«

»Gut. Am besten richtet ihr euch ein, und ich setze inzwischen eine schöne Tasse Tee auf. Vom Geburtstagskuchen haben die Mädchen allerdings nicht viel übriggelassen. Wir haben eine Überraschungsparty geplant, und da du nicht kamst, mussten wir uns mit dem Kuchen trösten.« In Hettys braunen Augen steht ein verschmitzter Blick.

»Komm, ich bring dich hoch.« Jared bedeutet mir, ihm zu folgen. Ich schnappe mir meinen Rollkoffer und stiefele ihm hinterher zur Treppe.

»Jared!«, hält Hetty ihn auf. Sie blickt vielsagend auf

meinen Koffer, dann auf ihn und dann wieder auf den Koffer. »Sei ein Gentleman.«

Jared hebt die Augenbrauen und schnappt sich wortlos meinen Koffer, um ihn die schmale Treppe hinaufzutragen. Als wir außer Sichtweite sind, sage ich: »Lass nur, ich kann meine Sachen selbst tragen.«

»Das weiß ich, aber ich hab dir ja gesagt, dass Gran etwas altmodisch ist. Ihr Haus, ihre Regeln.«

»Von welchen Mädchen hat deine Oma denn geredet?«, frage ich, während ich ihm die Treppe hinauf folge. Eigentlich geht es mich ja nichts an, aber wissen will ich es trotzdem.

»Ihre Bingo-Ladys. Alle zwischen alt und steinalt, aber eine lustige Truppe. Zum Glück sind mir die Damen gestern erspart geblieben. Sonst würden meine Wangen vermutlich heute knallrot wie Ampeln leuchten vor lauter Zwicken.«

Die Fessel, die mein Herz zugeschnürt hat beim Gedanken, dass auf Jared hier in London womöglich eine Freundin wartet, löst sich wieder, und ich muss grinsen. Ich verstehe, dass er bei den alten Damen einen Stein im Brett hat.

Wir betreten einen Flur, von dem vier Türen abgehen.

»Macht es dir wirklich nichts aus, dass ich dir schon wieder das Bett klaue? Ich kann auch auf dem Sofa schlafen.«

»Nein, das ist schon in Ordnung. Außerdem will ich nicht, dass mich Grans Zorn trifft. Der ist traditionell schrecklich. Allerdings weiß ich noch nicht, wie ich heute Nacht ohne dein Geschnorchel einschlafen soll.« Er gibt ein Schnarchgrunzen von sich und grinst unverschämt frech. »Aber womöglich höre ich es ja durch die Wand, wenn du dir ein wenig Mühe gibst.«

Ich versetze ihm einen Knuff. »Ich schnarche nicht«, betone ich. »Und falls doch, dann höchstens ganz leise und melodisch.«

»Jaja, ich weiß. Die Einhorn-Gene.« Er stößt eine Tür auf und geht voran ins Zimmer. »Hier, bitte. Fühl dich wie zu Hause. Du weißt ja, der Geist der Weihnacht. Nächstenliebe und so.«

Ich bleibe im Türrahmen stehen. »Hey, du machst Fortschritte. Du hast zum ersten Mal Weihnachten ohne diese grimmige Grimasse ausgesprochen, die du sonst immer ziehst. Der erste Immunisierungsschritt in der Behandlung deiner Weihnachtsallergie ist geschafft.«

»Wenn du meinst. Das muss an deiner Zimtstern-Cookie-Therapie liegen.« Er lacht mich frech an, ein Funkeln blitzt in seinen Augen. »Da fällt mir ein: Ich hab meine heutige Dosis noch gar nicht bekommen.«

»Und was ist mit den Plätzchen, die du im Zug nach London aufgefuttert hast, Krümelmonster?«, erwidere ich. »Das waren die letzten.«

»Stimmt. Aber die zählen nicht als Therapie-Cookies. Das waren keine Zimtsterne, nur Creme-Kekse. Außerdem ist das schon ewig her.« Er stellt den Koffer vorm Bett ab und will das Zimmer verlassen, doch ich stehe immer noch im Türrahmen. Einen Herzschlag lang sind wir uns ganz nah. Seine Wärme umhüllt mich wie eine Decke. Wir schauen uns in die Augen, und die Zeit scheint stillzustehen. Mein Puls rast, und ich spüre, wie Hitze in mir aufsteigt.

Jared reißt sich als Erster los. »Das Bad ist dort drüben.

Das Bügelzimmer hier, und Gran schläft dort.« Nacheinander zeigt er auf drei Türen. »Ich seh dich unten.«

Ich nicke nur, denn ich traue meiner Stimme nicht über den Weg. Als sei er auf der Flucht, läuft Jared die Treppe hinunter. Schnell streife ich meine schwitzigen Hände an meiner Hose ab, dann schaue ich mich im Zimmer um.

Der Raum ist nicht besonders groß. Jedes Fleckchen ist genutzt. Unter dem antik wirkenden Himmelbett befindet sich ein Schubkasten und an einer Wand eine Kommode mit Spiegel. Daneben ein Regal. Vor dem Fenster steht ein Schreibtisch. Die andere Seite wird von einem Schrank eingenommen. Zögernd öffne ich die Türen und komme mir dabei wie ein Eindringling vor. Zu meiner Überraschung ist der Schrank jedoch leer, bis auf einen Kleidersack, eine Decke, Handtücher und Bettwäsche.

Ich räume meine Sachen aus dem Koffer ein und stelle den Kulturbeutel auf den Nachttisch. Dort steht bereits ein Bild. Eine Frau mit langen braunen Haaren hat einen Arm um einen Teenager gelegt. An der Narbe und dem Muttermal am Hals erkenne ich Jared. Die beiden sehen sich so ähnlich, weshalb ich sofort weiß, dass die Frau seine Mutter sein muss. Irgendwie kommt es mir falsch vor, dass das Bild neben dem Bett steht, in dem ich schlafen werde. Daher räume ich es auf die Kommode.

Kurz checke ich noch das Regal. Statt Büchern finde ich darin eine DVD-Sammlung. Neugierig ziehe ich ein paar der Hüllen heraus. *Mary Poppins, Die Chroniken von Narnia, Hüter des Lichts, The Spiderwick Chronicles, Chihiros Reise ins Zauberland, Marvel's Avengers, Iron Man, Ist das Leben nicht schön.* Eine bunte Mischung. Als ich

Florence Foster Jenkins und *Der Hofnarr* entdecke, muss ich schmunzeln.

Mein Handy piept und ich stelle die Filme zurück.

Mams: Wie war dein Termite?

Argh, verflixt! Kurz hadere ich mit mir, dann entschließe ich mich für die Wahrheit.

Hanna: Wurde verschoben auf den 24.

Mams: Wieso?

Und jetzt? Auf keinen Fall will ich, dass sie sich Sorgen macht. Bleibt nur: Raus mit der Sprache.

Hanna: Der Bus hatte Verspätung, deshalb habe ich um eine Verschiebung gebeten. Ich wohne auch nicht in einem Hotel, sondern bei einem Freund.

Schweigen. Ich sehe förmlich vor mir, wie meine Mutter die Informationen mit gerunzelter Stirn verarbeitet.

Mams: Ist er nett? Kennen wir ihn?

Ich verdrehe die Augen. Wäre ich hier, wenn er nicht nett wäre? So können nur Mütter fragen.

> **Hanna:** Ja und nein. Wir haben in der Weihnachtsagentur zusammengearbeitet. Seine Oma Hetty hat mich eingeladen. Es ist ihr Haus.

Dass ich Hetty erwähne, ist ein kluger Schachzug, denn meine Mutter knickt erwartungsgemäß ein. Die Anwesenheit einer dritten, noch dazu »erwachsenen« Person nimmt ihr jegliche Bedenken. Und ich weiß, dass sie Jared sicher auch eingeladen hätte, wäre er in meiner Lage gewesen.

> **Mams:** Das ist sehr freundlichen. Frag trotzdem, ob du ihr für die Unter Gruft etwas bezahlen sollst.

> **Hanna:** Ja, Mams, mach ich.

Ich hänge einen Augenverdreh-Smiley an, worauf sie mit einer Karotte antwortet. Keine Ahnung, was das bedeuten soll.

> **Hanna:** Ich muss los. Hetty lädt zum Tee, und ich will nicht unhöflich sein.

Das wiederum wird mit einem Daumen-hoch-Symbol belohnt.

Ich stecke das Handy weg und gehe, nach einem kurzen Umweg über die Toilette, wieder nach unten.

Hettys und Jareds Stimmen dringen auf den Flur, und ich schnappe Gesprächsfetzen auf.

»Er wollte mit mir nichts mehr zu tun haben, nicht umgekehrt.« Jared klingt ziemlich sauer.

Abrupt bleibe ich auf der letzten Stufe der Treppe stehen.

»Mit deiner Wut auf ihn machst du dich nur selbst unglücklich«, erwidert Hetty. »Lass los. Versuch, ihm zu verzeihen. Tu es für dich. Lass dich nicht von der Wut auffressen.«

»Pah! Ich hab's ja versucht. Aber immer, wenn ich einen Schritt auf ihn zugehe, kommt er mit neuen Forderungen.«

»Er ist immerhin dein Vater. Ich finde, es ist nicht zu viel verlangt, wenn du ihn besuchst. Vor allem nach dem Gefallen, den er dir getan hat. Deine Mutter hätte es sich gewünscht.« Hetty klingt traurig. »Du solltest es ihr sagen. Nimm sie mit.«

»Auf keinen Fall! Ohne dich gehe ich da nicht hin.«

Unschlüssig verharre ich auf der letzten Stufe. Das Gespräch ist eindeutig privat und löst eine Menge Fragen in mir aus. Aber wenn ich jetzt in die Küche gehe, sieht es so aus, als hätte ich gelauscht. Geschirr klappert und kurz darauf tritt Jared mit einem Tablett aus der Küche in den Flur. »Oh, hey!«

Ich tue so, als sei ich gerade die Treppe heruntergekommen und hoffe, dass er mir das abkauft. »Kann ich helfen?«

»Nein, geht schon.« Er schenkt mir ein Lächeln, das seine Augen jedoch nicht erreicht.

Hetty tritt mit einer Etagere aus der Küche, auf der sich kleine runde Scones und Sandwiches stapeln. Zwei Schälchen mit Marmelade und Clotted Cream stehen ebenfalls darauf. »Nanu? Was steht ihr hier herum? Ab ins Wohnzimmer mit euch.« Sie läuft voraus und stellt die Etagere auf den Tisch.

Buttons liegt in seinem Körbchen vor dem Kamin. Als er mich entdeckt, kommt er angetrippelt und legt mir einen quietschenden Gummi-Lebkuchenmann vor die Füße. Auffordernd senkt er die Vorderpfoten und streckt sein Hinterteil in die Höhe. Ich werfe das Spielzeug in den Flur, und er flitzt hinterher. Hetty hat sich inzwischen hingesetzt und bricht die Scones mit der Hand auf, um sie mit Butter, Marmelade und Clotted Cream zu bestreichen. Jared verteilt Tassen, Teller und Servietten.

Angespanntes Schweigen breitet sich aus, und ich versuche, die unangenehme Situation zu überspielen. »Vielen Dank, dass ich hierbleiben darf, Hetty. Ich verspreche, ich schaue mich gleich morgen nach einem Zimmer um, damit ich Ihnen nicht zur Last falle.«

»Du fällst mir doch nicht zur Last, Kindchen. Und wir waren schon beim Du. Setz dich doch.« Hetty klopft auf den Stuhl neben sich. »Wie lange willst du in London bleiben?«

»Bis Silvester. Vielleicht auch länger. Das hängt davon ab, wie mein Vorstellungsgespräch verläuft.«

Jared mustert mich mit seltsam verschlossener Miene. »Dann hat das mit dem Verschieben geklappt?«

»Ja, zum Glück.« Ich schenke ihm ein Lächeln. »Am 24. habe ich einen neuen Termin. Hoffentlich klappt es mit dem Job.«

»Oh, das wird schon, Herzchen.« Hettys Blick wandert von mir zu Jared und wieder zurück zu mir. »Du kannst auf jeden Fall so lange bleiben, wie du möchtest.«

»Oder bis der Wind sich dreht«, zitiert Jared ominös aus *Mary Poppins.* Ein Teekessel pfeift, und er springt auf. »Ich seh mal nach dem Wasser.« Buttons, der es sich mit seinem Spielzeug unter dem Tisch gemütlich gemacht hat, läuft ihm nach.

Hettys Blick folgt den beiden. »Offenbar tust du meinem Enkel gut.« Sie tätschelt mir die Hand, als ich sie verständnislos anblicke. »Er hat mir von eurer Wette erzählt. Ich finde es schön, dass du ihm die Weihnachtsfreude wiederbringen willst. Er wirkt auch schon sehr viel unbekümmerter als bei unserem Telefongespräch vor ein paar Tagen.«

Nun bin ich noch verwirrter. Unbekümmert ist wirklich das letzte Wort, das mir zu Jared einfällt. Zurückhaltend. Witzig. Misstrauisch. Aber bestimmt nicht unbekümmert.

Jared kommt mit einer Teekanne zurück und stellt sie auf den Tisch. Mit einer knappen Geste schickt er Buttons in sein Körbchen. Brav trippelt der Kleine zum Kamin.

»Heute können wir ja mal auf die Etikette verzichten und die Gänge vermischen.« Hetty schenkt uns ein und verteilt Sandwiches und Scones.

Ratlos schaue ich sie an, bis Jared sich zu einer Erklärung herablässt. Er deutet auf die Etagere. »Eigentlich isst man von unten nach oben: Erst die Sandwiches, dann die Scones. Danach Gebäck.«

»Ja, aber wir sind ja nicht bei Hofe. Und Jared ist sowieso ein Schleckermäulchen.« In Hettys Miene steht ein liebevolles Leuchten. »Also nehmt euch einfach, was ihr wollt.«

Ohne Zögern greift sich Jared den Scone und hat ihn mit zwei raschen Bissen verschlungen. Ich beäuge meinen kritisch. Er ist wirklich dick bestrichen und damit tückisch. Wie Spaghetti. Oder ein Hamburger. Wenn ich vorne reinbeiße, quillt hinten garantiert Sahne und Creme raus. Das könnte peinlich werden.

»Wie ich höre, will Jared dir die Stadt zeigen.« Hetty nimmt sich ein Gurkensandwich.

»Ja, ich habe mir überlegt, einen Erinnerungs-Adventskalender zu erstellen«, erkläre ich. »Ein digitales Scrapbook, in dem wir die Magie von Weihnachten einfangen.« Ich beiße vorsichtig in meinen Scone. Mhm, das schmeckt himmlisch gut. Und die Füllung bleibt zum Glück brav am Platz.

»Was für eine wundervolle Idee.« Hetty nippt an ihrem Tee. »London ist zu Weihnachten wirklich zauberhaft. Jared, ihr müsst unbedingt das Winter Wonderland besuchen.«

»Nicht, wenn ich es verhindern kann«, brummt der Grinch und holt sich Scone-Nachschub.

Ich wische mir mit der Serviette den Mund ab. »Ich brauche auf jeden Fall eine Schneekugel als Andenken«, werfe ich ein.

»Sammelst du *snow globes?*«, will Hetty wissen. Sie mustert mich über den Rand ihrer Tasse hinweg.

»Ja. Meine Oma sagt, Schneekugeln sind kleines Glück im Glas. Und Glück kann man nie genug haben.«

Hetty lacht. »Das ist wohl wahr.«

Nach dem Tee übernehmen Jared und ich den Abwasch; Hetty hat es sich mit ihrem Strickzeug in ihrem Sessel gemütlich gemacht.

Während ich Wasser einlasse und Jared sich ein Geschirrtuch schnappt, platze ich mit der Frage heraus, die mir schon länger im Kopf herumspukt. »Woher stammt eigentlich deine Narbe? Die hattest du schon als Kind, oder?«

»Woher weißt du das?« Er hebt die Augenbrauen. »Ah, das Foto in meinem Zimmer. Du bist ganz schön neugierig.«

»Das stand offen herum. Abgesehen davon: Ist es denn ein Geheimnis?« Ein Schaumfetzen fliegt auf, als ich den nächsten Teller abwische, und ich wedele ihn weg.

»Nein, natürlich nicht. Nur ziemlich peinlich.« Er nimmt mir den Teller ab, wobei sich unsere Finger streifen. Ein Kribbeln durchzuckt mich.

»Das wird ja immer interessanter.« Ich reiche ihm den nächsten Teller und verharre, bis er anfängt zu erzählen.

»Also gut. Ich war ungefähr fünf und liebte meine Schaukel. Ich wollte so hoch fliegen wie die Vögel. Tja, und an der höchsten Stelle bin ich dann volle Kanne abgestürzt.«

»Als Kind war er ein kleiner Tollpatsch!«, ruft Hetty aus dem Wohnzimmer. »Im Urlaub ist er mal von einer Mauer gefallen. Danach hatte er wochenlang ein hübsches Veilchen und sah aus wie ein zu kurz geratener Rocky Balboa.«

»Gran! Willst du mich völlig lächerlich machen?«, entrüstet sich Jared, und ich pruste los.

»Ach, du findest das witzig?« Er kesselt mich am Spülbecken ein und bewirft mich mit Schaum.

»He!« Ich spritze zurück, worauf er meinen Arm festhält und anfängt, mich zu kitzeln. Ich winde mich lachend und tauche unter seinem Arm durch. Nun ist er der Eingekesselte.

»Du hast da was«, sagt er und tupft mir Schaum auf die Nase.

Unvermittelt schlingen sich seine Arme um mich, und er drückt mich an sich. Ich beuge mich wie magnetisch angezogen zu ihm und kann den Blick nicht von seinen Augen abwenden. Kurz bevor sich unsere Lippen berühren, spüre ich jedoch etwas Warmes, Flauschiges an meinem Bein. Erschrocken fahre ich herum und verpasse dabei Jared versehentlich mit dem Arm einen Schlag ans Kinn.

»Autsch!« Jared zuckt zurück, die Hand im Gesicht.

Buttons springt an uns hoch, doch wir beachten ihn beide nicht.

»Das tut mir so leid. Bitte entschuldige. Soll ich dir was zum Kühlen holen?«

»Nein, schon gut. Es ist nichts passiert.« Jared dreht sich um und spült weiter.

»Buttons, *come here!*«, höre ich Hetty rufen. »Wo steckst du denn, du kleiner Racker?«

Meine Wangen brennen vor Scham. Jareds kühle Reaktion auf meine Entschuldigung ist wie ein Schlag in die Magengrube. Allerdings kann ich ihm das nach dem fiesen Haken, den ich ihm verpasst habe, nicht verübeln. Und dennoch … Für einen Augenblick hatte ich den Eindruck, dass er mich küssen wollte. Oder habe ich mir das nur eingebildet? So wie auf dem Schiff? Bereits in Calais hat er mir durch die Blume zu verstehen gegeben, dass wir nur Freunde sind. Mehr nicht. Und das ist auch besser so, solange sein Verhalten der Sprunghaftigkeit eines Flummis ähnelt und er Ping-Pong mit meinen Gefühlen spielt. Immer wieder schottet er sich aus heiterem Himmel vor mir ab und schließt mich aus. Außerdem muss ich mich auf mich und meine Zukunft konzentrieren. Das muss ich jetzt nur noch meinem Herz klarmachen.

Jared reicht mir den Teller, und ich reiße mich zusammen.

Schweigend erledigen wir den restlichen Abwasch.

Anschließend gehe ich zu Hetty ins Wohnzimmer. »Wir sind fertig. Können wir sonst noch was für dich tun?«, frage ich. Hetty sitzt im Sessel und strickt an irgendetwas Undefinierbarem, die Nadeln klackern eifrig. Buttons liegt zu ihren Füßen und schnarcht.

»Oh ja. Eine Sache wäre da noch«, antwortet sie. »Ihr könntet den Weihnachtsbaum besorgen.«

»Du willst wirklich einen Weihnachtsbaum aufstellen?« Jared taucht hinter mir auf und macht eine ausholende Geste zum vollgestellten Wohnzimmer. »Wo soll der denn hin? Hier ist doch gar kein Platz.«

»*Fiddlesticks*«, meint Hetty unbekümmert. »Früher ging das ja auch. Und die alten Kugeln habe ich im Keller.«

Jared bleibt reglos stehen.

»Jared, *just to please me*«, sagt Hetty, und ich habe ein Dinner-for-One-Déjà-vu.

Jared stöhnt. »Also schön, von mir aus.«

»Gut, ich gehe so lange nach oben und leg mich ein bisschen hin«, sage ich. Alles, um seiner Nähe zu entfliehen.

»Ach, Hanna, Herzchen«, sagt Hetty. »Würdest du Jared begleiten? Allein kann er den Baum nicht tragen.«

»Das schaffe ich schon«, brummt Jared.

Hetty schüttelt den Kopf. »Ich weiß nicht. Ich vertraue Hanna ein wenig mehr, was die Auswahl des Baums angeht. Außerdem könntest du ihr dabei gleich ein wenig von der Stadt zeigen.« Sie schaut mich lächelnd an. »Für das digitale Scrapbook. Die Weihnachtsbeleuchtung auf dem Sloane Square ist wirklich sehenswert.«

Hetty schaut so lieb, dass ich ihr die Bitte nicht abschlagen kann. Schon gar nicht, wenn sie mich kostenlos bei sich wohnen lässt.

Zufrieden lehnt sich Hetty in ihrem Sessel zurück, als wir in unsere Jacken schlüpfen. Jared hat den Türgriff schon in der Hand, als sie ruft: »Vergesst die Mistelzweige nicht!«

Eine Hitzewelle durchströmt mich. Dieser alte Brauch ist mir aus Filmen vertraut. Jared hat mir allerdings gerade bewiesen, dass er alles lieber tun würde, als mit mir unter einem Mistelzweig zu stehen.

Jared

Rocking Around the Christmas Tree
oder:
Unverhofft kommt oft

Verdammt! Was war da eben in der Küche mit mir los? Wie kommt es, dass sich bei Hanna ständig mein Verstand verabschiedet? Das ist nicht gut. Gar nicht gut. Zum Glück hat Buttons rechtzeitig dazwischengefunkt und mich vor Dummheiten bewahrt. Und Hannas Kinnhaken hat den Rest erledigt und mir wieder einen klaren Kopf verschafft.

Ich will keine Beziehung, erst recht keine Fernbeziehung, aber Hanna ist kein Mädchen für einen One-Night-Stand. Ich will ihr keine falschen Hoffnungen machen. Das habe ich Shinji bereits auf der Fähre erklärt, worauf mein bester Freund und Hobbypsychologe behauptete, ich würde unter Verlustangst leiden und mir deshalb einreden, sie vor mir schützen zu wollen, um sie auf Abstand zu halten. Was natürlich Blödsinn ist!

Schweigend laufen wir zum Sloane Square; die Stille drückt, und ich entschließe mich zu einem Ablenkungsmanöver. »Wusstest du, dass es sich lohnt, in London auch mal nach oben zu schauen?«

»Wegen der Pub-Schilder?« Hanna mustert mich von der Seite.

»Nein. Wegen der Nasen und Ohren.« Nun habe ich ihre Aufmerksamkeit. »In Soho sind sieben Nasen des Künstlers Rick Buckley an Hauswänden verteilt, und rund um die Floral Street in Covent Garden die Ohren von Tim Fishlock.«

»Cool!« Sie dreht sich zu mir. »Vielleicht können wir davon Bilder machen. Das wäre bestimmt toll für das Erinnerungs-Scrapbook.« Das Lächeln ist in ihr Gesicht zurückgekehrt, und mein Herz macht einen Satz. Aus einem Impuls heraus entscheide ich, eine Erinnerung mit ihr zu teilen. »Mum hat mir jedes Jahr an Weihnachten eine Gurke geschenkt.«

»Ist das die britische Version des Kohleklumpens für die bösen Kinder?« Ein amüsiertes Schimmern steht in ihren Augen. »Dabei siehst du gar nicht wie ein *Bad Boy* aus.«

»Ich weiß nicht, ob das jetzt ein Kompliment oder eine Beleidigung war.« Ich zwinkere ihr zu. »Aber mal im Ernst: Kennst du die Geschichte von der Weihnachtsgurke nicht? Angeblich ist das eine deutsche Tradition.«

»Weihnachtsgurken?« Hanna kichert. Ihr Lachen macht mir sofort gute Laune.

»Meine Mum hat diese Tradition von Gran übernommen. Man hängt eine grüne Glasgurke in den Baum, und wer sie zuerst findet, bekommt ein Extra-Geschenk. Oder hat einen Wunsch frei. Früher hat man wohl Essiggurken genommen, aber das ist schon irgendwie eklig.«

»Das ist ein schöner Brauch«, sagt Hanna.

»Komm mit, ich zeig dir was.« Ich ergreife ihre Hand und bringe sie zur Sloane Square Tube Station. Unten auf dem Gleis deute ich auf den Eisenkasten über uns. »Darin fließt der River Westbourne. Die Gleise wurden unterhalb des Flusses gebaut.«

»Du meinst, die unterirdischen Flüsse gibt es wirklich?« Hanna legt den Kopf in den Nacken.

»Ja, eine ganze Menge sogar. Der Westbourne gehört zu den *Big Three.* Er mündet an der Chelsea Bridge in die Themse.«

»Das heißt, wir befinden uns unter einem Fluss?«, stellt Hanna fest. Sie holt ihr Phone heraus und macht ein Foto. »Wie genial. Danke, dass du mir das gezeigt hast. Auch wenn das Rohr extrem hässlich ist.«

»Schönheit liegt im Auge des Betrachters«, sinniere ich und verliere mich für einen Moment in ihren graublauen Augen.

Eine U-Bahn fährt mit laut quietschenden Bremsen ein, und die Menschen drängen zum Bahnsteig und keilen uns ein. Hanna schrickt zusammen, ihre Augen weiten sich, und sie atmet schwer. Schützend lege ich einen Arm um sie und ziehe sie aus dem Getümmel. »Alles gut?«

»Äh, ja. Geht schon wieder.« Hanna räuspert sich. »Weihnachtsbaum?«

Wir lassen uns vom Strom der Passagiere zum Sloane Square treiben, der ganz in Weihnachtsglanz getaucht ist. Glitzernde blaue und weiße Sterne hängen in den Bäumen. Gleich darauf entdecke ich den Grund, warum uns Gran hierhergeschickt hat. Und als Hannas Augen aufleuchten, weiß ich, dass sie voll ins Schwarze getroffen hat.

»Wow! Eine riesige Schneekugel!« Wie von einem Magnet angezogen läuft Hanna auf die Kugel zu, die den Venusbrunnen einhüllt. Die Lichtersterne in den Bäumen tauchen alles in einen silbrigen Schein. »Komm, wir machen ein Selfie.« Ich lasse mich von ihr mitziehen und schmunzele, als sie »Käsekuchen« sagt und uns fotografiert. Anschließend schickt sie mir das Bild und nimmt den Schneekugelbrunnen noch mal von allen Seiten auf, ehe wir durch die geschmückten Straßen zum *Garden Centre* weitergehen. Die Fülle von Weihnachtsbäumen, die es dort in allen Variationen, Farben und Größen gibt, überwältigt mich.

Hanna spaziert auf der Fläche herum. »Wenn man lange Freude haben will, ist es wichtig, dass man sich Zeit bei der Auswahl lässt und alle Faktoren berücksichtigt.«

»Welche Faktoren?« Ich bleibe neben einem Baum stehen. »Reicht es nicht, wenn er gut aussieht?«

»Gutes Aussehen ist im Leben nie genug«, meint sie mit einem Zwinkern. »Er muss auch Charakter haben.«

Ich bin mir nicht sicher, ob wir immer noch über Bäume sprechen. Ich räuspere mich und deute auf ein hüfthohes Exemplar. »Wie wäre es mit dem?«

Hanna schüttelt den Kopf. »Das ist eine Kiefer.«

»Was ist falsch an einer Kiefer? Ich finde, die hat Charakter und sieht gut aus.«

»Nein, Kiefern werden nur von Anfängern gekauft. Zugegeben, der Baum ist beeindruckend und hübsch. Und er bleibt lange frisch.« Sie zieht die Handschuhe aus und streift mit einem Finger über einen Ast. »Die Nadeln sind allerdings viel zu weich und lang. Dadurch kann man den

Baum schlecht schmücken. Außerdem ist die Kiefer harzig. Sie riecht aber gut.«

»Aha.« Ich gehe weiter zum nächsten Baum. »Und der?«

»Eine Nordmanntanne. Der Angeber unter den Weihnachtsbäumen. Wird gerne gekauft, und man kann damit sicher nichts falsch machen. Aber für deine Gran? Auf gar keinen Fall.« Sie bückt sich und begutachtet den Stamm. »Die Schnittfläche ist bei dem hier auch schon zu grau. Das heißt, er ist nicht mehr der Frischeste.«

»Meinst du nicht, dass du die Sache ein wenig zu ernst nimmst?«, frage ich. »Das Grünzeug wird nach Weihnachten sowieso weggeworfen. Ich finde es Mist, dass man den Bäumen an Weihnachten beim langsamen Sterben zuschauen soll.«

Sie deutet auf ein Schild. »Rent-a-tree«. »Wir können auch einen im Topf kaufen. Oder mieten, wenn du dich damit wohler fühlst. Den können wir danach auspflanzen.«

Ich gehe zum nächsten Baum. »Ich bin für den.«

Hanna umrundet das Exemplar kritisch. »Auf den ersten Blick keine schlechte Wahl, aber das ist eine Rotfichte. Die Nadeln sind sehr spitz und pieksig. Und die Spitze ist schon trocken. Der nadelt nach ein paar Tagen wie verrückt.«

Ich mustere sie verblüfft. »Hast du heimlich eine Försterausbildung gemacht, *Brainy Smurf*? Woher weißt du so viel über Bäume?«

Sie grinst. »Jahrelange Baumkauf-Erfahrung. Das summiert sich eben.« Sie lässt den Blick schweifen und schießt plötzlich zielstrebig auf einen kleinen Baum im Topf zu, der hinter den anderen halb versteckt ist. »Der hier ist es. Den sollten wir nehmen.«

Ich begutachte ihre Auswahl. Kein Wunder, dass der nicht in vorderster Reihe steht. »Der ist total schief und krumm. *Well* … Zumindest von der Größe könnte es passen.«

»Lass dich nicht täuschen und schau genauer hin.« Hanna wandert um den Baum herum. »Dann erkennst du seine innere Schönheit.« Sie schenkt mir einen verschwörerischen Blick. »Diese arme kleine Korktanne ist total frisch, aber sie wird bestimmt von niemandem gekauft, weil sie auf den ersten Blick unattraktiv wirkt. Mit Kugeln, bunten Lichtern und einer Prise Liebe wird sie jedoch der Star unter den Bäumen sein.«

»Wabi-Sabi«, sage ich, in Erinnerung an unser Gespräch auf dem Weihnachtsmarkt.

»Ja, genau.« Sie strahlt mich an. »Oder gilt deine Nächstenliebe nicht für Bäume? Willst du ernsthaft verantworten, dass dieser arme kleine Baum Weihnachten ungeliebt, einsam und allein verbringt?«

Ich fasse mir theatralisch an die Brust. »*No bloody way.* Das bringe ich nicht übers Herz.«

»Jared?«, fragt plötzlich eine Stimme hinter uns.

Darn it! Die Wahrscheinlichkeit, bei mehreren Millionen Einwohnern in London ausgerechnet die eine Person zu treffen, die man nicht sehen will, ist verschwindend gering. Murphy's Law erhöht die Rate allerdings auf 99,9 Prozent. Nicht verwunderlich, wenn man bedenkt, dass sie in der Nachbarschaft wohnt. Widerwillig drehe ich mich zu Tamsyn um. Sie ist in Begleitung eines Kerls, den ich nicht kenne.

»Hi, ich wusste gar nicht, dass du wieder in London bist.« Sie umarmt mich und haucht mir Küsschen auf die Wangen, was mir ziemlich unangenehm ist. Nervös fliegt mein Blick zu Hanna, und ich sehe aus dem Augenwinkel, dass sie etwas verunsichert mit ihrer Kette spielt.

»Jetzt weißt du es.« Ich stecke die Hände in die Taschen.

Tamsyn dreht sich zu Hanna. »Hi, ich bin Tamsyn. Eine Freundin von Jared. Schön, dich kennenzulernen.« Sie deutet auf den Lackaffen an ihrer Seite, der wie ich einen Weihnachtsbaum im Schlepptau hat. »Das ist Colin.«

»Hallo, ich bin Hanna.« Sie lächelt, doch ihre Stimme klingt ungewohnt zurückhaltend.

»Seit wann bist du wieder in der Stadt?«, fragt Tamsyn.

»Erst seit heute. Und nur über Weihnachten«, erkläre ich. »Wir sind vor ein paar Stunden angekommen. Hanna ist bei Gran und mir zu Besuch. Aus Deutschland«, schiebe ich nach.

»Ah, wie nett.« Sie lehnt sich zu Hanna und meint im Bühnenflüsterton: »Wenn du dich mal bei einer Tasse Tee über Jareds Macken austauschen willst, wende dich vertrauensvoll an mich. Glaub mir, ich kenne sie alle. Vom nervigen Anstandsrest in der Flasche über die nicht zusammenpassenden Socken, die er trägt, bis zur Zahnpasta im Waschbecken. Ich kläre dich gerne auf.«

»Äh, danke?«, sagt Hanna unsicher, und ihr Blick schweift unwillkürlich zu meinen Füßen.

»Echt jetzt?« Ich stöhne genervt auf, was Tamsyn zum Grinsen bringt.

»Apropos Macken.« Ihre Aufmerksamkeit heftet sich

erneut auf mich. Oder besser gesagt, auf unser Bäumchen. »Willst du den kaufen? Der ist hässlich wie die Hölle.«

»Ja, aber er hat Charakter«, sage ich. »Und er ist mir empfohlen worden. Von einer Weihnachtsbaum-Fachfrau.« Mein Blick schwenkt zu Hanna, deren Miene inzwischen ziemlich versteinert wirkt. Ich ahne, dass sie und Tamsyn nicht die besten Freundinnen werden.

»Oh, na ja. Zum Glück sind Geschmäcker verschieden.« Tamsyn zieht einen Flunsch. Sie konnte es noch nie leiden, wenn ich ihr widersprochen habe. Ich komme mir inzwischen vor, als würde ich mitten in einem Gewitter stehen, allerdings in einem stillen Sturm, der zwischen Hanna und Tamsyn zu toben scheint. Die beiden mustern sich abschätzend wie Duellantinnen vor einem Kampf. Fast bin ich erleichtert, als der Kerl sich ins Gespräch einmischt. »Tamsyn, Babe, wir müssen los.«

»Oh ja.« Tamsyn schenkt mir ein zuckersüßes Lächeln. »Komm doch auch zu meiner Party am Boxing Day. Alle werden da sein. Wie in alten Zeiten.« Sie berührt kurz vertraulich meinen Arm.

»Mal sehen«, weiche ich aus. Wieder fliegt mein Blick zu Hanna, die erneut die Nase kraus zieht.

»Du bist natürlich auch eingeladen, Hanna«, schiebt Tamsyn nach, ehe sie sich mit einem Queen-Winken verabschiedet.

»Wow, Mr Frost«, sagt Hanna. »Fast hättest du sie zum Eisblock gefroren. Unfreundlicher ging es nicht?«

Ich zucke mit den Schultern. »Doch, aber ich bin ja höflich.«

»O-kay«, sagt sie. »Ich wittere Probleme.«

»Kein Problem mehr«, erwidere ich und schleppe den

Weihnachtsbaum in Richtung Kasse. »Es heißt ja aus gutem Grund Ex-Freundin.«

»Ist sie dein Last-Christmas-Girl? Hat sie dir das Herz gebrochen? Wegen Colin?« In ihrer Stimme schwingt ein seltsamer Unterton, den ich nicht einordnen kann.

»Kein Kommentar.« Ich schnappe mir den vorderen Teil des Baums, und Hanna packt das Ende.

»Also hab ich recht«, murmelt sie auf dem Weg zum Verkäufer. Sie mustert mich nachdenklich, als der Mann unser Charakterbäumchen durch die Röhre in ein Netz zwängt und ich bezahle. Im letzten Moment denke ich noch an die Mistelzweige und stopfe sie mir in die Tasche.

Ich vorne, Hanna hinten, treten wir den Heimweg an. Wie erwartet kann es Miss Neugier nicht lassen. Sie bohrt weiter. Ein Teil von mir hat darauf gewartet, und insgeheim vielleicht auch darauf gehofft. Hannas Gefühle kann man an ihrer Miene ablesen. Und ich sehe ihr an der Nasenspitze an, dass sie die Begegnung mit Tamsyn immer noch beschäftigt.

»Hast du Schluss gemacht oder sie?«

Ich schaue über die Schulter zu ihr. »Nicht dass es eine Rolle spielt und dich etwas angeht, aber das ging von ihr aus.« Das Eingeständnis hinterlässt einen bitteren Geschmack in meinem Mund. »Und es lag bestimmt nicht daran, dass meine Socken nicht zusammenpassen. Das tun sie nämlich.«

Hanna nickt. »Das dachte ich mir fast.« Ob sie damit die Socken meint oder dass Tamsyn mich abgesägt hat, bleibt ihr Geheimnis. Nach kurzem Schweigen fragt sie: »Hängst du noch an ihr?«

»Nein.« Ich halte den Blick stur geradeaus. »Ja.« Hanna

schweigt, und ich gebe mich geschlagen. »Keine Ahnung. Wir waren knapp über ein Jahr zusammen, kannten uns aber schon vorher. Wir haben denselben Freundeskreis. Nach Mums Tod bin ich wegen des Studiums nach Deutschland gezogen, und ein paar Monate später haben wir uns getrennt. Der Kontakt ist danach ziemlich schnell abgebrochen. Fernbeziehungen funktionieren eben nicht.« Warum ich den letzten Teil so betone, ist mir ein Rätsel.

»Mhm«, brummt sie, als ob sie mir nicht glaubt. Was nicht verwunderlich ist, denn ich weiß selbst nicht so genau, was ich fühle. Bis vor Kurzem herrschte noch eine tiefe Leere in mir, und nun tobt ein Sturm, der alles durcheinanderwirbelt und auf den Kopf stellt.

»Und wirst du zu dieser Party gehen? Oder meidest du Weihnachtsfeiern generell?« Hannas Stimme durchbricht meine Gedanken.

»Wieso generell?«

»Die Agenturfeier. Ich hatte gehofft, dass du auch kommst. Shinji und ich haben uns beim Karaoke mit *Let it snow* ziemlich blamiert. Womöglich hättest du uns retten können.«

»Oh Mann, ich will es mir gar nicht vorstellen.« Ich verziehe das Gesicht. »Abgesehen davon singe ich ungefähr so gut wie eine Feuerwehrsirene. Das hätte euch also auch nichts genutzt. Und nein, ich gehe nicht zu dieser Party.«

»Okay«, sagt Hanna, und ich frage mich, ob ich einen Hauch Erleichterung in ihrer Stimme wahrnehme oder mir das nur einbilde. »Übrigens, falls es dich tröstet: Du musst dich nicht mehr dafür rächen, dass sie dich abserviert hat. Das erledigt sich von selbst.« Hanna macht eine kleine Pause. »Sie hat den falschen Baum gekauft. Vermutlich wird sie sich bis zum Sommer pieksige Fichtennadeln aus den Socken ziehen. Die Spitze war zu trocken.«

Ein Lachen sprudelt aus mir heraus. »Du bist echt schräg.«

»Danke. Ich gebe mir Mühe.« Sie klingt etwas außer Atem. »Können wir mal einen Moment Pause machen? Tannfred ist doch schwerer als gedacht.«

»Tannfred? Du hast dem Baum einen Namen gegeben?«

»Klar. Das ist gute deutsche Tradition«, behauptet sie.

Ich schwenke in eine schmale Seitengasse und stelle den Baum an einen Zaun. Hannas Gesicht ist gerötet, und eine Haarsträhne ist ihr in die Stirn gefallen. Wie von selbst bewegt sich meine Hand, streicht sie ihr hinters Ohr und verweilt dort. »Ich kann uns ein Taxi rufen«, sage ich leise. Mit meinem Körper schütze ich Hanna vor den vorbeihastenden Menschen. Alle scheinen es eilig zu haben. Kein Wunder, so kurz vor Weihnachten. Doch ich habe das Gefühl, als ob die Zeit stillstehen würde.

»Geht schon wieder«, haucht sie.

»Sicher?« Besorgt streichele ich mit dem Daumen über ihre kalte Wange und beuge mich näher, bis unsere Nasenspitzen sich fast berühren.

»Du verwirrst mich gerade ziemlich.« Ihre Stimme bebt leicht.

»Ist das gut oder schlecht?«, erwidere ich und verschränke meine Hände mit ihren.

»Ich weiß nicht.« Sie klingt nervös. »Bist du sicher, dass du das hier willst?«

»Was ist mit dir? Willst du es denn, oder wirst du mir gleich wieder einen Schlag verpassen?«

Leicht schüttelt sie den Kopf. »Das war keine Absicht.«

»Dann ist es ja gut.« Ich lege meine Stirn an ihre und warte auf ein Zeichen. Als sie die Finger in meine Jacke krallt und mich zu sich zieht, passiert es. Ich ignoriere die innere warnende Stimme, die mir laut *Stopp!* zuruft. Dann bedeckt ihr Mund meinen, und ich habe das Gefühl zu schweben. Hanna schmeckt süß wie Kakao. Ich koste das Gefühl ganz aus und genieße den leichten Druck ihres Mundes, als sie den Kuss vertieft, das Spiel unserer Zungen. Sanft streiche ich mit den Daumen über ihren Nacken und vergrabe die Hände in ihren seidig weichen Haaren. Mein Herz wummert heftig in meiner Brust, und ich habe das Gefühl, als ob es funkelt, so als wäre es nach langer Zeit aus einem tiefen Dornröschenschlaf erwacht. Plötzlich spüre ich jedoch, wie Hannas Hände den Druck auf meiner Brust verstärken. Widerstrebend löse ich mich von ihr.

»Danke«, sagt sie.

»Wofür?«

»Für diesen unvergesslichen Moment. Und das, wo du nicht mal mein Typ bist. Und ich nicht deiner.« Sie schiebt mich von sich. »Und genau das ist auch der Punkt. Ich will nicht dein Übergangsmädchen sein.«

»Mein was?« Ich ziehe die Augenbrauen hoch.

»Deine Lückenfüllerin. Die Frau, mit der du deinen Liebeskummer verarbeitest und die du dann fallen lässt, sobald dein Selbstvertrauen und dein Stolz wiederhergestellt sind.«

Am liebsten würde ich lachen, doch ihre Miene ist todernst. »Es ist ganz klar«, fährt sie fort, »dass die Begegnung mit Tamsyn dich durcheinandergebracht hat. Ich will keine Beziehung mit bereits feststehendem Verfallsdatum.«

»Tamsyn und ich haben uns schon vor einem Jahr getrennt«, sage ich genervt. Was soll das jetzt? Eben noch haben zwischen uns die Funken gesprüht, dass wir damit locker die Tanne zu unseren Füßen hätten abfackeln können. Die Erwähnung von Tamsyn ist so, als hätte sie mir einen Eimer Eiswasser übergekippt.

»Und hattest du seitdem eine andere Freundin?«, fragt Hanna.

»Nein«, gebe ich zu. »Womöglich ist mir einfach noch nicht die Richtige begegnet.«

»Siehst du. Wer sagt dir, dass ich die Richtige bin?« Sie hebt den Baum wieder hoch. »Du kennst mich doch eigentlich gar nicht. Und ich werde einfach nicht schlau aus dir. Erst gestern hast du zu mir und vorhin zu deiner Oma gesagt, dass wir nur Freunde sind. Der Kuss war schön, aber lass uns lieber nichts riskieren und es bei einer Freundschaft belassen. Einverstanden?«

Ich will einwenden, dass ich das Gefühl habe, sie schon ein Leben lang zu kennen und mir mit meinen Empfindungen für sie sicher bin, aber das wäre gelogen. In Wahrheit weiß ich gar nichts mehr. Daher nicke ich nur leicht. »Bekomme ich als dein Freund denn wenigstens weiterhin die Zimtstern-Therapie?«, frage ich scherzend, um die Abfuhr auszublenden.

»Klar«, antwortet sie. »Wir haben doch einen Deal, und ich halte mein Wort.«

»Ich meines auch«, versichere ich und umfasse den

Baum. Die Emotionen wirbeln in mir wild durcheinander; ich kann nicht ausschließen, dass Hanna recht hat und ich einfach nur die Erinnerungen betäuben wollte, die mir ins Herz schneiden. Erinnerungen an glückliche Zeiten. Mit Tamsyn. Damals, als Mum noch lebte. Außerdem ist da die Sache mit Hannas Praktikum. Wenn Dad ihr den Job gibt, wird sie hierbleiben. Dass Fernbeziehungen nicht funktionieren, hat mir Tamsyn allerdings bereits bewiesen.

Ich hab keine Ahnung, was zwischen Hanna und mir läuft. Sind wir nur Freunde oder will ich mehr? Kann ich es riskieren, mein vernarbtes Herz noch einmal der Gefahr auszusetzen, einen Menschen, den ich mag, zu verlieren? Oder sollte ich es lieber vor diesen seltsamen Achterbahngefühlen schützen, die Hanna in mir auslöst, damit es nicht endgültig zu Bruch geht?

Bis ich eine Antwort auf all diese Fragen habe, sollte ich besser auf Abstand gehen.

Oder es zumindest versuchen.

Jared

Winter Things
oder:
Süßer die Plätzchen nie schmecken

»Was habt ihr heute vor?«, fragt Gran beim Frühstück. Sie rührt Zucker in ihren Tee. Buttons sitzt auf ihrem Schoß und genießt die Streicheleinheiten, die sie großzügig verschenkt.

»Oh, ich will unbedingt noch ins Winter Wonderland und zur Tate Gallery und zum Sky Garden …«

»*Jeez, have mercy!*«, stöhne ich. »Wenn du dieses Marathon-Programm noch mal durchziehen willst, brauche ich neue Füße. Sie sind von gestern schon so platt wie die einer Ente. Von meinem Muskelkater ganz zu schweigen.«

»Kann gar nicht sein, Miesmuffel. Die meiste Zeit sind wir mit dem Bus gefahren«, widerspricht Hanna.

»Ignoriere ihn einfach«, meint Gran. »Vor der ersten Tasse Kaffee am Morgen ist er immer ungenießbar.«

»Das ist mir auch schon aufgefallen.« Die beiden tauschen ein verschwörerisches Lächeln. »Man darf nicht auf das blendende Grün seines Shirts reinfallen.«

»Ja, obwohl es eine nette Abwechslung zum Einheits-Pechschwarz ist«, stimmt Gran zu.

»Haha, ich schmeiß mich weg.« Ich gebe ein gequältes Lachen von mir. »Aber schön, dass es euch aufgefallen ist.« Ich sage es zu beiden, doch mein Blick ruht auf Hanna, und ich hoffe, dass sie die Botschaft des Shirts versteht. Nach dem Kuss war die Stimmung gestern auf unserer Tour erst ein wenig angespannt. Hannas unbekümmerte Art und ihr Spaß an Neuem haben jedoch bald wieder die alte Lockerheit zurückgebracht. In stiller Übereinkunft haben wir beide das Thema seitdem nicht mehr erwähnt, obwohl es wie ein dicker großer Elefant zwischen uns steht. Meine Emotionen fahren wieder mal Achterbahn. Glücks- und Schuldgefühle wechseln in einem stetigen Auf und Ab, und ich hab eine Scheißangst davor, mir die Wahrheit einzugestehen. Insgeheim bin ich froh, dass Hanna mir die Entscheidung abgenommen hat. Es ist sicher besser, wenn wir nur Freunde bleiben.

Grans scharfsichtige Augen schweifen zwischen ihr und mir hin und her wie bei einem Ping-Pong-Spiel. Ich räuspere mich. »Apropos wegwerfen: Schluss damit!« Ich schnappe mir den dicken Reiseführer, den Hanna auf den Tisch gelegt hat, und stehe auf. Mehrere bunte Klebe-Lesezeichen stecken darin. Gestern haben wir bereits die Hälfte der Sticker abgearbeitet, und es war die Hölle. Die Touri-Tour, wie sie im Buche steht. Mit dem Hop-on-Hop-off-Bus haben wir die üblichen Verdächtigen auf ihrer Liste abgehakt: Buckingham Palace, Big Ben, Madame Tussaud's, Tower, The Shard, Piccadilly Circus, Oxford Street. Und zu meinem Erstaunen auch das Sherlock-Holmes-Museum. Natürlich hat Hanna uns vorab den

London Pass mitsamt Oyster Card und *Fast Track Entry* besorgt, was die Anstehzeit deutlich verkürzt hat. Peinlicherweise musste ich zugeben, viele der Sights bisher immer nur von außen besichtigt zu haben. Für mich sind sie im Lauf der Zeit so selbstverständlich geworden, dass ich sie kaum mehr wahrgenommen habe. Nun aber habe ich sie durch Hannas Augen gesehen, und ihre Begeisterung ist ansteckend. Der Lichterglanz der weihnachtlich geschmückten Straßen hat sich in ihrer Miene gespiegelt, und dieses Leuchten hat seltsame Sachen mit mir angestellt. Wieder hatte ich das Gefühl, als ob mein Herz in ihrer Nähe funkelt. Entschlossen werfe ich den Reiseführer in den Müll.

»Hey!«, protestiert sie. »Der gehört mir.«

»Auf keinen Fall mache ich diese Tortur noch mal mit. Wie du dich vor aller Welt und dem Guard als Klischee-Touristin geoutet hast, war wirklich peinlich. Ich wäre am liebsten im Erdboden versunken.«

»Wieso?«, fragt Gran.

»Sie hat allen Ernstes Grimassen gezogen, um ihn zum Lachen zu bringen.« Ich verdrehe die Augen.

Gran lacht. »Gutes Kind. Hätte ich auch gemacht. Die erinnern immer ein wenig an Zinnsoldaten.«

Entgeistert schaue ich sie an. »Auf wessen Seite stehst du eigentlich?«

»Auf gar keiner«, meint Gran mit Unschuldsmiene. »Ich sitze.«

Hanna lacht. Verdammt. Sie bringt mich immer wieder aus dem Konzept. »Wenn du willst, zeige ich dir heute die Stadt, wie sie wirklich ist.«

»Heißt das, du gehst mit mir Schlittschuh laufen?« Sie klimpert mit den Wimpern.

»Träum weiter!«, erwidere ich und verziehe gequält das Gesicht. »Wir hatten uns geeinigt: keine Movies, kein Singen, keine Schlittschuhe.«

»Wieso hast du so eine Abneigung gegen das Schlittschuhlaufen?«, bohrt sie.

»Staatsgeheimnis«, antworte ich. »Das ist *top secret.*«

»Weil er es nicht kann«, fällt mir Gran erneut in den Rücken. »Er ist auf dem Eis so geschickt wie die berüchtigte Kuh.«

»Echt?« Hannas Blick gleitet so langsam über mich, dass mich eine Gänsehaut überläuft. »Dabei siehst du so sportlich aus.«

»Ist er auch, nur nicht auf dem Eis«, behauptet Gran. »Kindheitstrauma. Hat mit seinem …«

Ich falle ihr ins Wort. »Dafür kann ich dir für jede überfüllte Location in deinem Reiseführer eine zeigen, die mindestens genauso schön und nicht so überlaufen ist. Quasi die geheime Insider-Special-Tour.«

»Klingt spannend.« Da ist es wieder, dieses honigwarme Herzfunkel-Lächeln, das meinen Puls beschleunigt. »Bist du sicher, dass deine Füße das aushalten?«

Ich zwinkere ihr zu. »Nenn mich *Braveheart.*«

»Gut, aber du weißt, ich muss unbedingt noch ins Winter Wonderland.«

»Du willst nicht wirklich in diesen Weihnachtsrummel-Albtraumpark?« Ich stöhne auf. Allein bei dem Gedanken wird mir übel. Zu viele Erinnerungen sind mit dem Wonderland verknüpft, die ich lieber vergessen will.

»Doch. Angeblich ist das ein *Must-See,* und damit kann

ich auch gleich den Hyde Park abhaken.« Sie legt den Kopf schräg. »Wenn du nicht willst, kann ich auch allein gehen.«

Gran rührt klimpernd in ihrer Teetasse, ihr tadelnder Blick ruht auf mir. »Nun tu ihr schon den Gefallen.«

»Ich überlege es mir. Wenn ich nicht Schlittschuh laufen muss«, weiche ich aus. »Morgen. Bis dahin kann ich mich seelisch darauf vorbereiten.«

»Prima.« Hanna grinst verschmitzt. »Und wann geht die Special-Insider-Tour los?«

»Ich bin bereit, wenn du es bist.« Allerdings bin ich mir nicht sicher, ob das stimmt.

Hanna

Under the Mistletoe
oder:
Mistelzweigmagie

Rasch packe ich ein paar Sachen in meinen Rucksack. Ich bin froh, dass zwischen Jared und mir wieder alles fast normal ist. Gestern bei unserer Tour war die Stimmung erst ziemlich verhalten. Wir wussten beide nicht, wie wir miteinander umgehen sollten, und ich habe gespürt, dass ihm die Sache mit dem Kuss peinlich ist. Erneut hat er sich bei mir entschuldigt. »Es tut mir leid. Ich wollte unsere Freundschaft nicht gefährden. Ist zwischen uns alles gut?« Ich habe ihm versichert, dass wir immer noch Freunde sind, aber ehrlich gesagt, wirbeln die Gefühle wie Blätter bei Windstufe zehn in mir herum.

Der Kuss war wunderschön, und mein Herz sehnt sich nach mehr. Dennoch weiß ich, dass meine Entscheidung, Jared einen Korb zu geben, richtig gewesen ist. Ich muss mein Herz schützen. Auch wenn Jared sich dessen offenbar nicht bewusst ist, hat er die Macht, es zu zerbrechen, und ich fürchte, danach wird es nie wieder richtig heilen.

Womöglich will er es sich nicht eingestehen, aber ich habe den Eindruck, dass die Sache mit Tamsyn für ihn noch nicht abgeschlossen ist. Auch die Trauer um seine Mutter hängt wie eine dunkle Wolke über ihm. Es kommt mir so vor, als hätte er eine meterdicke Mauer um sein Herz gezogen, um niemanden an sich ranzulassen. Solange diese Mauer besteht, habe ich keine Chance. Ich will aber auch nicht nur der gute Kumpel sein, mit dem man Spaß haben kann.

Energisch ziehe ich den Reißverschluss des Rucksacks zu und beschließe, den heutigen Tag zu genießen und mir nicht länger Gedanken über unsere seltsame Beziehung zu machen.

Als ich den Kopf ins Wohnzimmer stecke, erwartet mich ein idyllisches Bild. Hetty sitzt auf dem Sofa und strickt, Buttons schläft zu ihren Füßen. Jared hat sich in einen Sessel geflätzt und scrollt durch sein Handy. Unwillkürlich mache ich eine Gedankenskizze und versuche, mir jedes Detail genau einzuprägen. Es dauert einen Moment, bis Jared mich entdeckt. Seine Augen leuchten auf, und auf seinem Gesicht erscheint dieses schiefe Grinsen, das mir Glückskribbelgefühle verursacht. Er steckt das Handy weg und schlendert zu mir herüber. »Bist du bereit für die ganz andere Besichtigungstour?«

»Jederzeit.« Ich schenke ihm ein Lächeln.

Buttons trippelt um uns herum. »Nein, Kleiner, du kannst nicht mit. Das wird zu anstrengend für dich.« Jared schickt ihn zurück in sein Körbchen und wendet sich zum Gehen.

»Stopp!« Hettys Stimme hält uns auf. »Mistelzweig!«

Sie deutet nach oben zum Türrahmen und grinst verschmitzt.

»Gran, wirklich. Das ist doch albern.« Jared greift nach meiner Hand und will mich weiterziehen.

»Das ist Tradition.« Hetty baut sich vor uns auf. »Und ihr steht beide drunter. Jetzt geniert euch nicht so.«

Da ich sie nicht verärgern möchte, stelle ich mich auf die Zehenspitzen, um Jared auf die Wange zu küssen. Im selben Moment dreht er den Kopf und unsere Lippen berühren sich. Federleicht nur, wie ein Hauch, aber unglaublich zärtlich. Er legt die Hände um mein Gesicht und vertieft den Kuss. Unwillkürlich lege ich meine Hände auf seine Brust. Als er mich gleich darauf loslässt, habe ich einen Moment lang das Gefühl, den Boden unter den Füßen zu verlieren.

»Na, also.« Hettys Stimme holt mich auf den Boden der Tatsachen zurück. Sehnsucht und Verlegenheit durchfluten mich so heiß, als wäre ich in der Wüste gelandet. Der Kuss war kurz, einer Sternschnuppe gleich, die am Himmel verglüht, doch er hat mir klar gemacht, was ich mir zu Weihnachten am meisten wünsche. Genau das. Jared.

Hetty betrachtet uns schmunzelnd. »Ihr habt gerade einer alten Frau ein sehr schönes Weihnachtsgeschenk gemacht.« Sie winkt uns nach, als wir uns verabschieden. »Habt Spaß und macht nichts, was ich nicht auch tun würde.«

Die Sonne strahlt vom Himmel, als wir uns auf den Weg machen. Unser erstes Ziel ist das Natural History Museum, wo wir während unserer Besichtigungstour Stein-Affen zählen und in der prachtvollen Hintze Hall die Blumen an der Decke bestaunen. Danach schlendern wir weiter zum Victorian Pet Cemetery im Hyde Park. Mit leichtem Gruselgefühl gehe ich an den niedrigen Grabsteinen verstorbener Lieblingshaustiere vorbei.

»Ich komme mir vor wie auf dem Friedhof der Kuscheltiere«, sage ich. »Und meine Füße fühlen sich jetzt schon total platt an.« Wie zur Bestätigung knurrt mein Magen vernehmlich. Ich hole die Zimtsterne aus meinem Rucksack, die ich gestern Abend mit Hetty gebacken habe, um mein Versprechen von der Raststätte einzulösen, und biete sie Jared an, ehe ich mir selbst einen nehme.

»*Gotcha*, den Wink mit dem Zaunpfahl verstehe ich.« Jared grinst und verdrückt seinen Keks mit einem Happs. »Zeit für eine kleine Erfrischung.«

Er hält ein Taxi an, und meine Füße seufzen vor Wonne auf. Der Fahrer hat das Radio angestellt, aus dem gerade *You make it feel like Christmas* schallt, und ich summe leise mit. Der Song macht mir immer sofort gute Laune. Ich versuche, Jared zum Mitsingen zu bewegen, doch er weigert sich hartnäckig. Stattdessen knufft er mich in die Seite, und ich vergesse prompt den Text.

Wenig später halten wir vor einem kleinen schnuckeligen Café mit weißer Fassade. Galant hält Jared mir die Taxitür auf. »Tea and Scones für Mylady.« Er hakt mich unter. »Das mach ich nur für dich, denn da drin bekommt man einen Zuckerschock. Und damit meine ich nicht nur den Magen.«

»Klingt gut.« Gespannt folge ich ihm ins Innere, und tatsächlich kann man die Einrichtung nur als pastellbunt beschreiben. Rosa Hundebettchen stehen verteilt im

Raum, und ich bedaure, dass wir Buttons nicht mitgenommen haben.

Jared bestellt Tea, Scones und einen Unicorn Latte.

Als die Bedienung unsere Bestellung bringt, hüpft mein Herz wie ein Flummi. Törtchen und Getränke sind genauso bunt wie die Einrichtung. Marshmallows schwimmen in meinem Kakao, und ein Einhorn-Keks lacht mich von einem Tellerchen aus an.

»Ein Einhorn-Latte für die Frau mit den Einhorn-Genen.« Jared zwinkert mir zu.

»Oh, genial.« Ich beiße in den Keks und schließe genießerisch die Augen. »Mhm, das ist so gut.«

»Einhornmäßig gut?«

»Aber so was von.« Ich strahle ihn an. »Du hast genau meinen Geschmack getroffen.«

»Apropos Geschmack: Wie steht es mit deinem Last-Christmas-Boy?«

»Wie kommst du denn jetzt auf so was?« Ich fische ein Marshmallow aus dem Kakao und schiebe es mir in den Mund.

»Na ja, du weißt von Tamsyn, da erscheint es mir nur fair, wenn ich auch mehr über deine Verflossenen erfahre.«

»Ich hab keinen Last-Christmas-Boy«, behaupte ich. Höchstens einen New-Year's-Boy, aber über den will ich nicht reden.

»Kann ich mir gar nicht vorstellen«, meint Jared prompt. »Was ist mit diesem Typen vom Weihnachtsmarkt, mit dem du ein Date hattest? Als deine Freundin dich abholen wollte.«

»Du meinst Piet?« Ich breche in Lachen aus. »Nein, wir waren nicht zusammen.« Der Gedanke daran jagt mir einen Schauer über den Rücken. »Er war nur ein Blind Date, bei dem es nicht gefunkt hat. In meinem Leben gibt es keinen Mr Right.« Was nicht ganz stimmt. Jared ist mir in viel zu kurzer Zeit viel zu wichtig geworden. »Genau genommen habe ich in letzter Zeit nur einen Kerl öfter gesehen und geküsst, und das bist du. Und das hat mir gefallen«, rutscht es mir heraus. Vor Schreck über das Eingeständnis nippe ich an meinem Kakao, um meine Verlegenheit zu überspielen.

Jared sieht mich mit einem Blick an, den ich nicht deuten kann, und ich tue so, als müsste ich etwas aus meinem Rucksack holen. Doch als ich wieder aufschaue, bemerke ich, dass er grinst.

»Mir hat's auch gefallen«, sagt er, und das Geständnis bereitet mir eine krasse Gänsehaut. Eine innere Stimme ruft jedoch laut in mir, dass ich vorsichtig sein muss.

»Aber wir sind nur Freunde«, sage ich deshalb, doch ich merke selbst, wie halbherzig es klingt. »Oder?«

Ein leichtes Lächeln umspielt Jareds Lippen und stellt komische Dinge mit mir an. »Vielleicht sollten wir einfach sehen, was passiert. Wie es läuft? Keine Verpflichtungen. Keine Erwartungen.«

Auch wenn ich mir Sorgen mache, dass es ein Fehler sein könnte, kann ich ihm nicht widerstehen. »Okay. Aber wir sollten uns auch noch besser kennenlernen.«

»*Deal.*« Er beugt sich vor, unsere Knie stoßen aneinander, und ich spüre seine Wärme. »Verrate mir mehr über dich«, raunt er. »Für den Anfang reichen mir Lieblingsfarbe, Lieblingsessen, Lieblingstier, Lieblingssuperheld und peinlichstes Geheimnis.«

»Gelb, Grießbrei mit Zimt, Katze, Mera aus *Aquaman*, Silvesterangst. Und du?«

»Schwarz, Hash Browns, Buttons, Iron Man, kennst du schon.« Er tippt auf die Narbe unter seinem Mund.

»Warum gerade Iron Man?«, will ich wissen.

»Warum Mera?«, kontert er mal wieder mit einer Gegenfrage.

»Weil sie die Ozeane schützen will. Außerdem kann sie das Wasser formen, und sie ist total mutig. Das ist cool!«, erkläre ich. »Also, rück raus mit der Sprache. Warum Iron Man?«

»Weil er ein ganz normaler Mensch ist, der sich mit Technik Superkräfte verschafft. *Das* ist cool!« Er zwinkert mir zu. »Bist du bereit für meine Top-Three-Geheimspots, oder sollen wir für heute Schluss machen?«

»Klar will ich deine geheimen Geheimspots sehen.« Ich nehme einen großen Schluck von meinem Kakao.

»*It will be my pleasure.*« Er schenkt mir ein freches Grinsen und wackelt mit den Augenbrauen. Erst da wird mir die Doppeldeutigkeit meiner Bemerkung bewusst, und Hitze schießt mir in die Wangen.

Vom Café fahren wir mit der *Tube* zum Neil's Yard, der mich mit seinen kunterbunt gelben, roten und blauen Fassaden, seinem Flair und den farbenprächtigen Pflanzentonnen bezaubert. Danach geht es weiter zum Trafalgar Square, wo Jared mir die kleinste Polizeistation Londons zeigt, die ich zuerst gar nicht erkenne, weil sie aussieht wie eine Litfaßsäule. Direkt neben der U-Bahn-Station Charing Cross und der Statue eines Sir Henry Havelock steht das schmale Häuschen mit der Laterne obendrauf. Einen Bobby finde ich darin jedoch nicht mehr, als ich durch die

Scheiben luge, nur Reinigungszeugs. Nachdem wir gebührend den norwegischen Weihnachtsbaum auf dem Square bewundert haben, den ich spontan Olaf taufe, besuchen wir den Leadenhall Market. Die imposante viktorianische Kuppeldecke, die mit riesigen Christbaumkugeln geschmückt ist, zieht mich sofort in ihren Bann. Jared zeigt mir auch den Gedenkstein für »Old Tom«. Angeblich ist die Gans ihrer Schlachtung mehrmals entkommen und wurde achtunddreißig Jahre alt.

»Ha, nun kenne ich ein weiteres deiner peinlichen Geheimnisse. Du hast ein Faible für viktorianische Grabsteine«, stelle ich fest.

»Möglich.« Er legt den Kopf schräg. »Du bist dran: Welche peinlichen Geheimnisse hast du noch?«

»Gar keine. Du kennst sie bereits alle.«

»Ah, *come on.* Deine Abneigung gegen Silvester kann doch nicht das einzige sein. Du hängst einem Geheimnis nach. Was ist mit unserem Projekt, uns besser kennenzulernen?« Er verschränkt die Arme vor der Brust. »Ich bleibe hier so lange stehen, bis du irgendeine Peinlichkeit ausplauderst.«

Ich ziehe und zerre an ihm, doch er verharrt wirklich wie ein Fels in der Brandung. Um ihn herum strömen Menschen und müssen ihm ausweichen, aber das scheint ihm egal zu sein.

»Also gut«, gebe ich schließlich nach und überlege.

»Denk dran, es muss mindestens so peinlich sein wie meins mit der Narbe«, fordert er.

Ich seufze abgrundtief, denn die Blamage wird wirklich groß. »Ich war und bin eine Niete im Weitwurf. Meine Balltechnik, auf die ich insgeheim unheimlich stolz war, hat mein Sportlehrer in der Schule damit kommentiert, dass ich nicht herumtänzeln soll wie der sterbende Schwan. Bei den Bundesjugendspielen hab ich ihm dann versehentlich einen Ball gegen den Kopf geknallt.« Ich merke, wie mir die heiße Röte bis in die Haarspitzen steigt. »Er fiel um wie ein gefällter Baum. Alle fanden das megalustig, bis auf ihn natürlich. Er hat wochenlang ein Veilchen gehabt, und ich hab hinterher einen Riesenärger bekommen. Niemand hat mir geglaubt, dass es keine Absicht war und ich tatsächlich nur drei Meter weit werfen kann. Vom Zielen ganz zu schweigen.«

»Nicht dein Ernst, Elfchen.« Er fängt an zu lachen und hört gar nicht mehr auf.

»Hey, ich habe auch nicht über deine makabren Vorlieben gelacht, Santa.« Lachend knuffe ich ihn in die Seite.

Er zieht mich weiter durch die Halle. Überall glitzert und blinkt Weihnachtsschmuck, und ein mit bunten Kugeln geschmückter Baum steht in der Mitte. »Der sieht aus wie ein Harry«, stelle ich fest.

Jared legt den Kopf schräg. »Harry? Gute Wahl. Hier sind die Aufnahmen der Winkelgasse für die Harry-Potter-Filme entstanden. Möchtest du mal wirklich beeindruckt werden?«

»Klar«, sage ich und bin gespannt, was er vorhat.

Er verschwindet in einem Laden und kommt mit einer Seifenblasendose wieder. »Ich kann auch zaubern. Pass auf!«

Ich folge ihm auf die Straße, wo er eine Seifenblase pustet. »Ich hoffe, es funktioniert«, meint er. »Dazu muss es kalt genug sein.«

»Also ich finde, es ist gefühlt antarktiskalt.«

»Stimmt, du hast wieder die leuchtend rote Rudolph-Nase«, bestätigt er. Vorsichtig setzt er die schillernde Seifenblase auf den Boden.

»Ich glaube an dich, großer Dumbledore«, erkläre ich.

»Danke, ich hab schon immer davon geträumt, mit einem steinalten Zauberer verglichen zu werden.«

Die Bemerkung ist spöttisch, doch sein schiefes Lächeln macht mir weiche Knie. Falls er vorhat, mich mit seinem Charme um den Finger zu wickeln, funktioniert es. Meine leisen Zweifel verblassen, denn er scheint bereit zu sein, in der Mauer, die er um sein Herz errichtet hat, eine Tür für mich zu öffnen.

Auf der Seifenblase kristallisieren Eismuster. »Oh, das ist so hübsch, Jack Frost«, schwärme ich. Rasch fische ich mein Handy aus der Tasche und fotografiere die Blase, ehe sie zerplatzt.

»Bereit für den Höhepunkt des Tages?«, fragt Jared. »Der allergeheimste Geheimspot überhaupt. Die *Number One* auf meiner Geheimspot-Liste?«

»Das war noch nicht der Höhepunkt? Du bist ja eine wahre Wundertüte an Überraschungen.« Gespannt folge ich ihm durch die Stadt.

Nach einem weiteren minutenlangen Fußmarsch – so viel zu platten Füßen – stehen wir vor einer wie verwunschen wirkenden Kirchenruine.

»Tadaa!« Jared breitet theatralisch die Arme aus. »St. Dunstan-in-the-East. Mein Lieblingsplatz in der Stadt.« Unvermittelt fühle ich mich wie in ein Märchen versetzt, in ein anderes Jahrhundert, wie aus der Zeit gefallen. Eine Oase der Ruhe in einer lärmenden, hektischen Metropole. Ranken ziehen sich an den verfallenen Mauern entlang, die einen kleinen Garten verbergen. Bäume spenden im Sommer Schatten. Riesige Spitzbogenfenster ohne Scheiben ragen zum Himmel auf. Über ihnen thront ein Kirchturm. In einem gepflasterten Kreis, in dem sich ein kleiner Brunnen befindet, reihen sich Bänke aneinander und laden zum Verweilen ein. Der Brunnen ist recht modern und bildet einen merkwürdigen Kontrast zu den nostalgischen Ruinen, fast so, als hätte man hier ein Portal in die Gegenwart verankert.

»Das ist traumhaft schön«, schwärme ich und bin froh, dass ich meinen Skizzenblock mitgenommen habe. »Als ob die Vergangenheit auf die Gegenwart trifft.« Ich mache ein paar Fotos, dann setze ich mich auf die Bank und skizziere eine besonders schöne Stelle.

»Genau deshalb mag ich den Ort so gern«, erklärt Jared. »Er ist ein Zusammentreffen krasser Gegensätze. Modern und alt, Stille und Hektik, Vergangenheit und Zukunft nah beieinander. Hier scheint alles möglich zu sein.« Er sitzt neben mir und beobachtet mich. Gewöhnlich werde ich nervös, wenn mir Leute beim Zeichnen über die Schulter schauen. Bei Jared macht es mir jedoch nichts aus.

»Unglaublich, wie rasch du die Stimmung dieses Ortes einfängst«, lobt er.

Seine Stimme jagt mir einen wohligen Schauer über den Rücken. »Danke.«

»Hast du dir das alles selbst beigebracht?« Den linken Arm hat er lässig über die Lehne der Bank gelegt, sodass es fast ein wenig so ist, als ob er mich umarmt.

»Kunst-AG«, erkläre ich. »YouTube-Videos und ein paar Bücher. Und natürlich Übung.«

»Ich kann nicht verstehen, dass deine Eltern dein Talent nicht unterstützen. Du bist genial.«

»Meine Eltern unterstützen mich bei Sachen, die sie für sinnvoll erachten. Deshalb ist mir diese Reise auch so wichtig. Endlich kann ich zeigen, dass ich auch mal etwas allein schaffen kann. Das Praktikum und alles … Ich hab bis jetzt nicht wirklich etwas zustande gebracht. Wenn ich das mit dem Job jetzt auch noch vermassele …«

Seine Miene verschließt sich, und ein undeutbarer Ausdruck huscht über sein Gesicht. »Ich finde, du hast ziemlich viel geschafft. Dieses Bild zum Beispiel. Ganz zu schweigen von deinen Einhorn-Genen …«

Ich lache. »Was ist mit deinen Eltern?«, lenke ich ab. »Mit deinem Vater? Haben sie dich unterstützt?«

»Mum, ja. Dad …« Seine Stimme klingt rau. »Tatsächlich habe ich meinen Vater in den vergangenen Jahren kaum gesehen. Er hat schon lange eine neue Familie.«

»Oh.« Ich schaue auf. »Entschuldige. Ich wollte nicht neugierig sein.«

»Das ist ja ganz was Neues.« Er zwinkert mir zu. »Wollen wir weiter? Es gibt noch mehr, was ich dir zeigen möchte.« Er zieht ein Glas aus seiner Tasche. Ich erkenne die Gurken, die ich in Calais entdeckt habe. Jetzt erst sehe ich, dass sie mit Aufhängern versehen sind. Er lehnt sich zur Seite und hängt eine der Gurken an einen Strauch neben der Bank.

»Was machst du da?«, frage ich, während ich meine Sachen einpacke.

»Ich lasse einen Weihnachtswunsch da«, antwortet er. »Das war auch Mums Lieblingsort.« Er lehnt sich auf der Bank zurück.

»Danke, dass du mir diesen Platz gezeigt hast.« Ich drücke seine Hand. »Es muss schwer sein, jemanden zu verlieren. Ich habe bisher nur eine Katze begraben, und das war schon schlimm genug. Ich kann mir nicht vorstellen, wie es ist, einen Elternteil zu verlieren.« Ich schlucke schwer bei dem Gedanken. So sehr mich meine Familie manchmal auch nervt, bin ich doch froh, dass ich sie habe.

»Anfangs ist es so, als wäre man in Watte gepackt. Man nimmt alles nur verschwommen wahr, als wäre man betäubt.« Jared schluckt schwer, und in seinen Schoko-Augen steht ein trauriger Blick. »Alle Welt erwartet, dass man mit der Zeit zur Normalität zurückfinden muss, dass es leichter wird«, sagt er und schaut gedankenverloren aufs Pflaster. »Aber das stimmt nicht. Es wird nur anders. Als sei die Trauer wie Milch, die im Verborgenen vor sich hin köchelt und dann ganz plötzlich bei einer Bemerkung, einem Foto, einer Erinnerung oder irgendeiner anderen alltäglichen Gelegenheit hochbrodelt. Mein Vater versteht das nicht. Ebenso wenig wie Tamsyn. Das war wohl der eigentliche Grund für unsere Trennung. Die Entfernung war nur ein Vorwand. Das Leben geht weiter und so.« Er holt tief Luft. »Das habe ich aber nicht gepackt. Für mich war eben nichts normal. Ich konnte auf Partys nicht mit den anderen lachen. Das erschien mir so, als würde ich meine Mutter verraten. Wie konnte ich fröhlich sein und feiern, wenn meine Mutter nicht mehr da ist? Es kam mir so vor, als hätte jemand mein Herz herausgerissen und wäre darauf herumgetrampelt.«

Tröstend streiche ich über seinen Arm. Ich weiß nicht, was ich sagen soll, daher schweige ich einfach.

Jared versenkt die Finger in meinen Haaren und spielt

damit. »Das Schlimme ist, dass ich ihr Gesicht inzwischen kaum noch vor meinem inneren Auge sehen kann. Ihre Stimme verblasst in meinen Ohren. Ich brauche Bilder, um mich zu erinnern. Ich will mich erinnern. Und gleichzeitig würde ich am liebsten alles vergessen, weil die Erinnerung so wehtut.«

Ich nicke, gerührt über sein Vertrauen, und nehme ihn fest in den Arm. »Dein Herz ist verletzt. Es muss erst heilen. Aber ich bin mir sicher, keine Mutter will, dass ihr Kind traurig ist. Es sei denn, es handelt sich um Aschenbrödels Stiefmutter. War deine Mutter Aschenbrödels Stiefmutter?«, versuche ich, die Situation leichter zu machen.

»Nicht dass ich wüsste.« Jared legt die Arme auf meine Schultern.

»Was ist deine schönste Erinnerung an deine Mum?«, will ich wissen.

Sein Blick schweift in die Ferne. »Weihnachten. Das erste Fest ohne meinen Vater. Wir haben im Wohnzimmer gecampt und Marshmallows im Kamin geröstet. Sie sind völlig verbrannt.« Er lacht leise. »Ich hab heimlich Fäden mit Glöckchen gespannt, um Father Christmas eine Falle zu stellen. Damals wollte ich noch zu gern an ihn glauben, auch wenn ich insgeheim wusste, dass es ihn nicht gibt. Also hab ich mich mit Mum auf die Lauer gelegt. In der Nacht bin ich wach geworden und hab sie dabei erwischt, wie sie die Cookies von dem Teller gefuttert hat. Sie hat behauptet, er sei gerade durch den Kamin verschwunden und hätte ihr gesagt, er sei auf Diät.«

»Deine Mum klingt witzig.«

»Ja, das war sie.« Seine Augen schimmern feucht.

»Meine Mutter hat mir einen Brief geschrieben. Ich habe ihn noch nicht gelesen.«

»Warum nicht?«

Er runzelt die Stirn. »Ich glaube, ich habe Angst vor dem, was drinsteht. Das sind ihre letzten Worte. Damit wird ihr Tod real und endgültig.« Er sieht mich an. »Das hab ich noch nie jemandem erzählt.«

»Oh, Jared.« Ich ziehe ihn an mich und küsse ihn sanft. Zärtlich verschmelzen unsere Lippen miteinander, und ich höre ihn leise an meinem Mund seufzen, ehe er sich von mir löst.

Versonnen blickt er mich an. »Du bist wirklich …«

»Ja, was? Unübertrefflich, ungewöhnlich, unvergleichlich, un-fucking-fassbar?«, scherze ich.

»Also ich dachte eher an faszinierend. Aber da du offenbar auf diese widersprüchlichen Un-Wörter stehst, schenke ich dir eines. Du bist unglaublich. Selbst aus einem Scherbenhaufen baust du noch ein Kaleidoskop.« Er schaut mir tief in die Augen. »Du bringst mich zum Lachen. Du stellst meine Welt auf den Kopf.« Er holt tief Luft, und ich versinke in seinem Blick. »Ich mag dich wirklich sehr, Elfchen. Und du bist bestimmt keine Lückenfüllerin für mich.«

Seine Worte sind wie Kakao, der mich von innen wärmt. »Obwohl ich mit Tamsyn nicht mithalten kann und überhaupt nicht dein Typ bin?« Der Gedanke an seine Ex ist wie eine kalte Dusche, und ich fröstele leicht.

»Wer ist Tamsyn?«, fragt er, und ich muss lachen. »Und du bist genau mein Typ, Elfchen.« Er zieht mich hoch. »Komm mit, bevor du mir noch zur Schneefrau gefrierst.«

Arm in Arm schlendern wir zur nächsten U-Bahn-Station, um zurück zu seiner Gran zu fahren. »Wenn du den Brief irgendwann doch liest und drüber reden willst, bin ich für dich da«, sage ich.

»Danke.« Er drückt mir einen Kuss auf die Haare.

»Du.« Ich stupse ihn an. »Was hast du dir eigentlich gewünscht?«

Er gibt mir einen Nasenstüber. »Verrate ich nicht. Jeder weiß doch, dass Weihnachtsmagie verfliegt, sobald man den Wunsch ausspricht.«

Ich nicke wissend. »Gut. Aber sagst du mir, wenn sich der Wunsch erfüllt hat?«

»Du erfährst es als Erste«, verspricht er.

Hanna

Fallin'
oder:
Ein Cookie a day keeps the Weihnachtsstress away

Der Duft von frisch gebackenen Plätzchen holt mich aus meinen Träumen. Allein wenn ich an den gestrigen Tag und Jareds Küsse denke, wird mir schwummerig. Ich richte mich auf. Autsch! Die Touren der letzten beiden Tage haben ihre Muskelkater-Spuren hinterlassen, und meine Sehnsucht nach einer warmen Dusche wächst.

Ich schnappe mir ein Handtuch aus dem Schrank und strecke den Kopf aus der Tür. Von unten dringt Geschirrklappern herauf, aber es ist niemand zu sehen. Ich husche über den Flur zum Bad. Kaum habe ich die Hand auf den Griff gelegt, öffnet sich die Tür.

Jared steht vor mir, mit feuchten verstrubbelten Haaren und oberkörperfrei. Ein grünes Handtuch liegt über seinen Schultern. Offenbar hat er sich jedoch nicht die Zeit genommen, sich gründlich abzutrocknen, denn auf seinen Armen und seiner Brust glitzern immer noch Wassertropfen. Mein Blick verselbständigt sich und folgt einem davon über seine muskulöse Brust südwärts über seinen flachen Bauch hinunter zu seiner tief auf den Hüften sitzenden Jogginghose.

»Guten Morgen, Einhornprinzessin.« Er schnipst mit den Fingern vor meiner Nase herum, und ich schaue auf. In seinen Augen steht das verwegen-freche Schimmern, das mich immer ganz kribbelig macht, als hätte ich zu viel Brausepulver genascht.

»Äh, guten Morgen.« Ich räuspere mich.

»Hübsch hässlicher Schlafanzug.« Sein Blick streift mein kuscheliges Rentier-Outfit. »So ausgefallen.«

»Danke. Du hast auch ein schickes … Handtuch.« Ich spüre, wie ich rot werde. »So … tannenbaumgrün.«

»Ja, nicht wahr?« Er dreht sich vor mir wie ein Model. »Die Dusche ist frei, du kannst rein.« Sanft umfasst er mein Kinn und lässt die Finger über meine Wange wandern. Eine wohlige Gänsehaut überläuft mich. Dann hält er mir seine Fingerspitze unter die Nase. Eine Wimper liegt darauf. »Hier, du hast einen Wunsch frei. Einmal wegpusten, bitte.«

Ich puste leicht darauf, und das Härchen schwebt davon.

»Vielleicht haben wir uns ja dasselbe gewünscht«, meint er rätselhaft und schlendert davon.

Wie angewurzelt bleibe ich stehen und schaue ihm nach, den Blick auf seinen Rücken gerichtet. Die Tür fällt hinter ihm zu und geht kurz darauf wieder auf.

»Ich hab noch was vergessen.« Nach zwei Schritten steht er erneut vor mir. Seine Lippen senken sich auf meine, und der Muskelkater in meinen Beinen ist vergessen. Ich schlinge die Arme um seinen Nacken und erwidere den Kuss, der viel zu schnell endet. Die Arme auf meine Hüften gelegt, raunt er an meinem Mund: »Bis gleich.«

Das Zuschlagen der Tür reißt mich aus meiner Trance. Ich verschwinde im Bad und dusche ungewohnt kalt, um wieder einen klaren Kopf zu bekommen.

Nach dem Frühstück schmücken wir den Weihnachtsbaum mit Schneemann- und Rentierkugeln. Es gibt sogar eine Kugel mit der Queen und ihren Corgis. Buttons beschnuppert den Baum von allen Seiten. Zum Schluss hängt Hetty Strümpfe an den Kamin und einen sich abseilenden Weihnachtsmann daneben. »Habt ihr auch einen besonderen Brauch?«, fragt sie mich.

Da muss ich nicht lange überlegen. »Vanillekipferl, Zimtsterne, Marzipankartoffeln, ein Schmetterling im Weihnachtsbaum«, sage ich. »Und die Elfentür.«

Jared grinst. »Ist klar, Elfchen. Was anderes hätte ich auch nicht von dir erwartet. Stellst du auch einen Teller mit Cookies und Milch für Father Christmas vor den Kamin?«

»Wir haben zwar keinen Kamin, aber ja.« Ich wackele mit den Augenbrauen. »Ich weiß ja, dass Santa sie mag. Vor allem Zimtsterne.« Bilde ich mir das nur ein, oder sieht jetzt Jared zur Abwechslung mal aus wie Rudolph das Rentier? Eine leichte Röte hat sich auf seinen Wangen breitgemacht. »Du meinst Father Christmas?«, erwidert er.

»Ja, natürlich. Wen sonst?« Mit leisem Triumphgefühl hole ich meine Zeichensachen und male eine Tür, die wir neben dem Kamin anbringen. »So, fertig.«

»Noch nicht ganz«, erwidert Hetty und hält eine Wunschgurke hoch. »Na los, raus mit euch. Macht einen

Spaziergang. Ihr dürft sie nicht sehen. Wer die Gurke am *Christmas Day* zuerst entdeckt, hat einen Wunsch frei.«

»Wie wär's mit einer Bootsfahrt zum Royal Greenwich Observatory?«, schlägt Jared vor. »Dort kann man den Nullmeridian bestaunen.«

»Nein. So schnell betrete ich kein Boot mehr. Die Überfahrt mit der Fähre hat mir fürs Erste gereicht. Außerdem wollten wir doch ins Winter Wonderland.«

»Da ist es jetzt bestimmt total voll«, versucht er abzublocken, worauf Hetty ihn mit ihrem Blick durchbohrt.

»Man überwindet Ängste, indem man sich ihnen stellt«, sagt sie ominös.

»Wo hast du denn den Kaffeetassenspruch gelesen?«, grummelt Jared. Kurz zögert er, dann gibt er sich geschlagen und bietet mir seinen Arm. »Bereit für ein Bad in den Menschenmassen, Mylady?«

»Mit dir immer, Mylord.«

Jared

Winter Wonderland
oder:
Wer zuerst fällt, verliert

Vor dem riesigen Eingangstor zum Winter Wonderland im Hyde Park überkommt mich ein beklemmendes Gefühl, das durch die Menschenmenge noch verstärkt wird. Wie nach Halt suchend greife ich nach Hannas Hand.

Wir lassen uns mit dem Strom treiben, und Hanna schaut sich mit staunenden Augen um. Überall blinkt und glitzert es. Die unterschiedlichsten Essensdüfte mischen sich zu einer Wolke und eine Kakophonie aus Musik schallt über das Gelände. Hanna entdeckt den singenden Elch, der lauthals *Winter Wonderland* grölt, und ihr Lachen schenkt auch mir ein wenig Leichtigkeit zurück.

»Das ist echt mehr Kirmes als Weihnachtsmarkt«, gibt Hanna zu. »Ziemlich deutsch«, meint sie mit Blick zum Bavarian Village.

»Hab ich doch gesagt.« Ich lege einen Arm um sie, um sie vor dem Gedränge zu schützen. Die Wege sind zwar breit, aber auch ziemlich belebt. »Geht es dir gut?«

»Ja, danke!« Ein Lächeln schimmert in ihren graublauen Augen. »Hier böllert ja nichts. Es ist die Kombi aus Lärm und Enge, die mir zu schaffen macht.«

»Das muss schlimm sein. Woher kommt das?«

Sie zuckt mit den Schultern. »Bei einer Feier mit Freunden ist ein Böller fehlgestartet und ganz in meiner Nähe explodiert. Ich hab Glück gehabt, dass mir nichts passiert ist. Das war übrigens am selben Abend, an dem ich meinen Freund mit einer anderen erwischt habe. Seitdem ist mein Verhältnis zu Feuerwerk, Partys und Menschenmengen gespalten. Bei plötzlichen lauten Geräuschen und Gedränge schlägt mein Panikradar manchmal aus. Ich rede nicht gern darüber. Es kommt mir so albern vor.«

Mir fällt die einfahrende *Tube* am Sloane Square ein, und mir wird einiges klar. »Das ist überhaupt nicht albern. Angst ist real, und sie hat ja auch einen Grund. Und deine sogar einen verständlichen Auslöser.«

Sie kraust die Nase. »Ich glaube, deine Gran hat recht. Man sollte sich seinen Ängsten stellen. Nur so kann man sie überwinden.«

»Ja, mag sein«, antworte ich nachdenklich. »Aber das muss man ja nicht unbedingt allein tun.«

Sie schlingt einen Arm um meine Hüfte. »Du hast recht. Mit einem Freund an der Seite ist es leichter.«

Die Bemerkung weckt zwiespältige Gefühle in mir. Wenn Hannas Wunsch mit der Ausbildung in Erfüllung geht, steht unsere Freundschaft – oder was auch immer wir miteinander haben – unter keinem guten Stern, denn Fernbeziehungen funktionieren nicht. Erst recht nicht, wenn Hanna für meinen Vater arbeitet, der mich schon jetzt subtil durch seine Assistentin wissen lässt, dass er für den Gefallen eine Gegenleistung erwartet. Daher bleibt mir wohl nichts anderes übrig, als die wenigen Tage, die uns bis zu meiner Abreise bleiben, zu genießen, bevor sie wieder aus meinem Leben verschwindet.

Wir fahren Achterbahn, Riesenrad und Kettenkarussell, und allmählich fängt es an, mir Spaß zu machen. Die dunkle Wolke, die für mich über dem Gelände hing, löst sich auf. Gran hat tatsächlich recht behalten.

Irgendwann treibt es uns zu den Ständen. Hanna kauft eine Schneekugel, und da ihr Blick immer wieder zu einer anderen gleitet, kaufe ich sie für Weihnachten unter dem Vorwand, es sei mein Geschenk für Gran. Schließlich landen wir natürlich auch am *Ice Rink*, auf dem kleine und große Kinder in blauen Schlittschuhen ihre Kreise ziehen.

»Na, wie wär's? Oder traust du dich etwa nicht?«, fordert sie mich heraus.

»Muss das sein?« Unschöne Erinnerungen kämpfen sich erneut in mein Bewusstsein, und ich dränge sie nur mit Mühe zurück.

»Nein, wenn du wirklich nicht willst …« Ihrem wehmütigen Blick kann ich jedoch nicht lange widerstehen.

Das Eis ist allerdings rutschiger als gedacht. Kaum dass ich auf der weißen Fläche stehe, lege ich mich auch schon lang.

»Wow, du kannst es tatsächlich nicht«, staunt Hanna. Sie hingegen ist die Anmut in Person. Sie gleitet so sicher, als wäre sie mit dem Eis verklebt. »Halt dich an mir fest. Oder möchtest du einen der Pinguine für die Kinder?« Sie deutet zu den Gleitern, die am Rand stehen.

»Nein, danke. Ich hab ja meinen persönlichen Pinguin.« Ich zupfe an ihrer Mütze mit dem Pinguingesicht.

Sie gibt mir Halt, wieder einmal, und eng umschlungen bewegen wir uns vorwärts.

»Geh ein bisschen in die Knie«, rät sie. »Und wenn du fällst, fall bloß nicht auf mich.«

»Sehr freundlich. Danke«, erwidere ich, während wir am Rand der riesigen Eisfläche entlanggleiten, um niemanden zu stören. Allmählich werde ich sicherer. »Übrigens habe ich recherchiert. Du könntest auch ohne Abitur Kunst studieren.«

»Ach, ich weiß nicht.« Hanna reagiert verblüffend zurückhaltend. »Ich glaube, ich bin für das Studieren nicht gemacht. Ich möchte lieber Praxiserfahrungen sammeln.« Sie schiebt mich ein Stück zur Seite, um einer entgegenkommenden Gruppe auszuweichen. »Und ich hoffe immer noch auf das Praktikum.«

»*Right.*« Meine Stimmung verdüstert sich. »Wann ist noch mal das Vorstellungsgespräch?«

»Morgen um elf. Wenn es klappt, bleibe ich drei Monate hier und bekomme danach hoffentlich den Ausbildungsplatz in der Agentur, damit Paps mich nicht doch noch für seine Firma als Azubi rekrutiert.« Sie lächelt. »Das war der Kompromiss, den wir eingegangen sind.«

Das Ziehen ist wieder da. Eigentlich müsste ich ihr endlich beichten, wer mein Dad ist. Der Gedanke daran bereitet mir Bauchschmerzen. »Und wenn es mit dem Praktikum und Ausbildungsplatz nicht klappt?«

»Dann bin ich verdammt dazu, mit Zahlen zu jonglieren.« Sie lächelt gequält. »Wünsch mir also Glück.«

Das würde ich gern, aber es fällt mir schwer. Daher brumme ich nur etwas Unverständliches.

»Woher rührt eigentlich deine Abneigung gegenüber dem Winter Wonderland?«, will Hanna wissen.

Die Frage kommt wie aus dem Nichts, und ich lande prompt erneut auf dem Hintern. »Verflixt! Hier müsste mal gestreut werden«, versuche ich zu scherzen. Hanna lässt sich jedoch nicht so leicht ablenken.

Sie zieht mich hoch und begutachtet meine Hose, in der ein kleiner Riss zu sehen ist. »Bist du verletzt?«

»Nein, nur mein Stolz«, antworte ich.

»Oje, soll ich pusten?«

»Ja. Hier.« Ich ziehe meine Handschuhe aus, und sie haucht einen federleichten Kuss auf meine Finger. »Und hier?« Ich zeige ihr meine Wange, was wieder mit einem Kuss belohnt wird. »Und hier.« Ich deute auf meinen Mund, und zu meiner Freude lässt sie sich auf das Spiel ein. Eine wohlige Wärme sprudelt in mir hoch, breitet sich wie ein Lauffeuer in mir aus und beschleunigt meinen Puls. Doch so leicht lässt sie mich nicht vom Haken. »Jetzt wo dein Stolz wiederhergestellt ist, was ist mit der Antwort auf meine Frage?«

Ich seufze. »Setzen wir uns irgendwohin. Mir tun die Füße weh, und ich bin total durchweicht.« Das stimmt sogar.

Wir geben die Schlittschuhe ab und laufen weiter in Richtung Ausgang und zum Serpentine-See. Dort setzen wir uns auf eine Bank, und Hanna holt Cookies und eine Thermoskanne aus ihrer magischen Mary-Poppins-Tasche.

»Dein Vorrat ist wohl unerschöpflich?« Dankbar nehme

ich den Thermobecher, den sie mit Kakao gefüllt hat, und knabbere an einem Keks. Schokolade und Zimtgeschmack fluten meinen Mund.

Hanna leckt sich Zucker von den Lippen, und mein Blick folgt fasziniert ihrer Zunge. »Da ist noch was«, sage ich und wische mit dem Daumen über ihre Mundwinkel. Ich kann einfach nicht aufhören, sie anzufassen.

»Ist dir kalt?« Hanna begutachtet meine nassen Jeans. »Du kannst gern meine Mütze haben.«

»Welche? Den Pinguin oder die Katze?«, frage ich schmunzelnd.

»Oh, du hast mein Rentier noch nicht gesehen.« Sie kramt wieder in ihrer Tasche und zaubert tatsächlich eine weitere Mütze hervor. Sie hat Öhrchen, eine rote Nase und zwei lange Schnüre, die in Bommeln enden. Ohne viel Federlesen setzt sie mir das alberne Teil auf. Ich lasse sie gewähren.

»Deine Vorliebe für Rentiere wird allmählich besorgniserregend«, sage ich. »Schlafanzug, Mütze, Sweater …« Mein Blick fällt auf ihren roten Sweater, von dem mich ein lachender Rudolph anblickt. »Demnächst verwandelst du dich noch in eins.«

»Keine Sorge, das verhindern die Einhorn-Gene, und du bist mir immer noch eine Antwort schuldig. Also, woher kommt deine Abneigung gegen das Winter Wonderland?« Sie nimmt einen Schluck vom Kakao und schaut mich so niedlich und erwartungsvoll an, dass ich nachgebe. Kurz und knapp erzähle ich ihr die Geschichte von der Scheidung meiner Eltern, die mir im Winter Wonderland verkündet wurde. Und von dem weitaus enttäuschenderen Erlebnis. »Als ich das letzte Mal mit meiner Mutter hier war, ich war dreizehn oder vierzehn, da hab ich beobachtet, wie mein Vater seiner neuen kleinen Tochter das Schlittschuhlaufen beigebracht hat.« Mein Blick schweift zu den Enten und Schwänen auf dem See. »Um es mir beizubringen, hatte er nie Zeit. Ebenso wenig wie für Weihnachts- oder Geburtstagsbesuche. Das hat damals fies wehgetan.«

»Das klingt wirklich ziemlich grässlich«, sagt Hanna mitfühlend. »Kein Wunder, dass du eine Weihnachten-Schlittschuh-Winter-Wonderland-Allergie hast.«

»Ich bin drüber weg.« Mit einem Arm drücke ich sie an mich. »Dank dir und deiner Zimtstern-Kakao-Therapie ist die Allergie geheilt, Elfchen.« Dass das stimmt, merke ich, als ich ihr einen Kuss auf die Wange drücke.

»Nein, so nicht.« Sie zieht mich an den Rentierbommeln zu sich. Kurz schaut sie mir in die Augen, dann küsst sie mich.

Als wir uns voneinander lösen, beschließe ich, dass ich ihr die ganze Wahrheit über meinen Vater sagen muss, ehe es zu spät ist. Ich nehme all meinen Mut zusammen und setze an: »Übrigens, ich muss dir etwas beichten. Mein Vater ist …«

»Jared?«

Speaking of the devil …

Wie in Zeitlupe drehe ich mich um. Und da steht er. In voller Größe. Mitsamt seiner neuen Familie. Und strahlt Friede, Freude, Eierpunschglückseligkeit aus.

»Hey, Dad!«

Hanna

Let it snow
oder:
Frostige Zeiten

Aufgrund von Jareds Beschreibung habe ich mir seinen Vater ganz anders vorgestellt. Ein bisschen wie Lord Voldemort und Ebenezer Scrooge in einer Person. Der Mann, der in Jeans und dunklem, halblangen Mantel vor uns steht, sieht freundlich und attraktiv aus. Zwei ungefähr achtjährige Jungen hängen an seinen Händen. Ein etwa elf- oder zwölfjähriges Mädchen steht neben der eleganten Frau, die ihn begleitet.

»Ich hab versucht, dich zu erreichen«, sagt Jareds Dad. Sein Blick fällt – missbilligend, wie mir scheint – auf die Rentiermütze. »Du hast mich weggedrückt.« Keine Umarmung, kein »Wie geht's?«. Nicht die netteste Art, ein Gespräch mit dem eigenen Sohn zu beginnen. Obwohl meine Eltern sauer auf mich waren, haben sie mich wenigstens zum Abschied umarmt.

»Es war … gerade ungünstig.« Jared hat die Hände in

die Taschen gesteckt und weicht dem Blick seines Vaters aus.

»Nun, wenn du einen Gefallen von mir willst, solltest du wenigstens die Freundlichkeit haben, meine Anrufe auch anzunehmen.« Sein Blick schwenkt zu mir. »Willst du mir deine Freundin nicht vorstellen?«

»Ja, Sir.« Jareds Gesicht ist an dem zuckenden Muskel deutlich abzulesen, dass die Antwort nicht dem entspricht, was er denkt. »Hanna, das ist mein Vater. Dad, Hanna.«

Ich strecke die Hand aus, um mich richtig vorzustellen. »Hallo, ich bin Hanna Martensen. Aus Deutschland.«

Jareds Vater ergreift meine Hand. »Theo Starkfield. Schön, Sie kennenzulernen«, sagt er auf Deutsch.

Jared zieht die Mütze vom Kopf und steckt sie in die Tasche.

»Äh … freut mich sehr«, stammele ich. »Starkfield wie in Kingston & Starkfield?« Ich drehe mich zu Jared, der meinem Blick jedoch geflissentlich ausweicht und den Boden fixiert.

»Ja, genau.« Mr Starkfield mustert mich eingehend. »Dann sind Sie die junge Dame, die sich bei uns um ein Praktikum beworben hat? Jared hat mir gemailt und mich gebeten …«

»Dad, das ist doch jetzt unwichtig«, unterbricht Jared.

Mr Starkfields kühle graue Augen durchbohren seinen Sohn. Die Spannung zwischen den beiden ist so greifbar wie ein Strommast. »Das sehe ich anders. Wenn du mir eher Bescheid gegeben hättest, hätte ich die Bewerbung deiner Freundin natürlich gleich bevorzugt behandelt.«

Ich habe das Gefühl, die Gedanken in meinem Kopf fahren Achterbahn, und ich schaue zwischen Jared und seinem Vater hin und her. Seinem Vater, der Chef der Agentur ist, bei der ich mich beworben habe. Und den er offensichtlich gebeten hat, meinen Vorstellungstermin zu verschieben? Ein ziemlich fieses Felsbrocken-Gefühl macht sich in mir breit. Mr Starkfield muss glauben, ich sei eine Schmarotzerin, die seinen Sohn benutzt, um einen Job zu bekommen. Scham und Wut steigen in mir auf. »Als ich mich beworben habe, kannten wir uns noch nicht«, presse ich hervor.

»Ah, nun. Das erklärt einiges.« Die Härte weicht ein wenig aus Mr Starkfields Blick. »Erst wollte ich der Termin-Verschiebung nicht zustimmen, aber Jared hat mir geschrieben, dass er der Grund für Ihre Verspätung ist … was mich nicht überrascht hat. Pünktlichkeit gehört nicht zu seinen Stärken.« Er lächelt süffisant. »Nun ja, jedenfalls ist das Vorstellungsgespräch nun sicher nur noch eine Formsache, Hanna. Selbstverständlich steht euch das Firmenapartment zur Verfügung. Dann müsst ihr nicht ins Hotel.«

Ich verstehe nur Bahnhof. Das sind gerade zu viele Neuigkeiten auf einmal, und ich kann nur mechanisch nicken.

»Spar dir die Geste, wir wohnen bei Gran«, sagt Jared.

»Wie geht es meiner Ex-Schwiegermutter?«, fragt sein Vater. Seine Miene ist versteinert.

»Gut. Noch besser ginge es ihr, wenn sie auch zu deinem Weihnachtsdinner eingeladen wäre.«

»Ist sie das nicht?« Mr Starkfield runzelt die Stirn.

»Nein, wie jedes Jahr hat Mrs Starkfield«, er betont jede Silbe und vernichtet die Frau neben seinem Vater mit seinem Blick, »wohl wieder mal vergessen, sie auf die Gästeliste zu setzen.« Seine Wut ist greifbar, und ich sehe aus dem Augenwinkel, wie er die Hände zu Fäusten ballt.

»Ach ja? Das muss ein Versehen sein.« Jareds Vater wirft seiner Frau einen Blick zu, die kurz blinzelt, aber Haltung bewahrt.

»Sie ist weder Verwandtschaft noch ein Geschäftskontakt«, sagt sie nachdrücklich. »Außerdem wäre sie ohnehin nicht gekommen. Du weißt doch, dass sie mich nicht leiden kann.«

»Warum wohl?« Jared schnaubt wie ein stinkwütender Drache.

»Wie dem auch sei«, meint Jareds Dad. »Hast du deine Zusage schon an Kendra geschickt? Selbstverständlich kannst du deine Freundin gerne mitbringen.« Er lächelt mir zu.

»Eher esse ich den Rest meines Lebens Erbsensuppe«, brummt Jared.

»Überleg dir gut, ob du wirklich absagen willst«, erwidert Mr Starkfield schroff. »Es wird höchste Zeit, dass du dich nicht mehr wie ein trotziges Kind aufführst. Und es wäre sicher auch für andere von Vorteil.« Er zwinkert mir zu, und mir wird vor Scham so warm, dass ich fürchte, gleich zu schmelzen. »Wir sehen uns morgen zum Probearbeiten, Hanna.«

»Vielen Dank, Mr Starkfield«, erwidere ich dumpf.

Mrs Starkfield ruft die Kinder, die zum See gelaufen sind, und er schlendert mit seiner Familie weiter in Richtung Winter Wonderland.

Verletzt laufe ich los. Ich weiß nicht, wohin ich will, nur weg von hier.

»Hanna, bitte warte!«, ruft Jared mir hinterher, und kurz darauf greift er nach meinem Arm.

Die Wut steigt immer höher in mir, wie ein Ballon, und platzt aus mir heraus. Ich fahre zu ihm herum. »Warum hast du mir nicht erzählt, dass dein Vater Theo Starkfield von Kingston & Starkfield ist?«, fauche ich. »Und dass du ihn wegen mir angeschrieben hast?«

Jared fährt sich nervös durch die Haare. »Ich wollte es ja, aber es gab keine passende Gelegenheit.«

»Ach so, es gab keine passende Gelegenheit.« Ich stemme die Hände in die Hüften. »Wie wäre es mit dem Abend in Calais gewesen, als ich dir erzählt habe, dass ich dort ein Praktikum machen will?« Ich laufe fassungslos vor ihm hin und her. »Oder irgendwann in den letzten Tagen?«

»Ich wusste ja gar nicht, ob er sich darauf einlassen würde, und wollte dir keine falschen Hoffnungen machen«, versucht er zu erklären. »Außerdem weiß ich, wie wichtig es dir ist, das allein zu schaffen, und ich wollte nicht, dass du denkst, ich mische mich ein.«

»Aber das hast du«, stelle ich bitter fest. »Mir wäre es allerdings lieber gewesen, du hättest mich vorher gefragt.«

»Ich wusste, dass du sauer wirst. Genau deshalb hab ich so lange nichts gesagt. Aber ich weiß auch, dass das falsch war. Deshalb wollte ich reinen Tisch machen. Gerade eben, auf der Bank. Aber er ist mir zuvorgekommen.« Er reibt sich über den Nacken.

»Ja, das ist echt dumm gelaufen für dich. Das ändert aber nichts daran, dass du mir so eine wichtige Sache verschwiegen hast.« Ich laufe wieder los, weg vom Winter

Wonderland, obwohl ich keine Ahnung habe, ob es die richtige Richtung ist.

Jared schließt zu mir auf und legt eine Hand auf meinen Arm. »Hanna, jetzt bleib doch bitte mal stehen.«

Gereizt werfe ich ihm einen Seitenblick zu und drehe mich um. Die Arme vor der Brust verschränkt fixiere ich ihn mit Eiswürfelmiene. »Wieso hast du behauptet, dass ich mich wegen dir verspätet habe? Das stimmt doch gar nicht.«

Er seufzt. »Du kennst meinen Vater nicht. Er hasst Unpünktlichkeit. Das ist für ihn mangelndes Engagement. Er hätte dir niemals eine zweite Chance gegeben. Er hätte einfach gesagt: Pech, hättest du eben früher losfahren müssen.« Er senkt den Blick. »Ich wusste aber, wenn er glaubt, du bist wegen mir zu spät, wird sich seine Meinung ändern. Vielleicht hab ich, um sicherzugehen, unsere Freundschaft auch ein wenig ausgeschmückt.«

»Verdammt, Jared.« Ich befürchte gleich zu explodieren. »Was glaubst du denn, wie ich bei deinem Vater dastehe? Er denkt doch jetzt erst recht, dass ich nichts allein hinbekomme. Aber das Schlimmste daran ist«, ich schlucke die Tränen herunter, die sich aus meinen Augen herauskämpfen wollen, »du hast mich angelogen.«

»Nein, Hanna, ich wollte …«

»Doch, hast du. Du hast mich angelogen. Und deinen Vater auch. Und jetzt muss ich ihm sagen, wie es wirklich war.«

»Das spielt doch gar keine Rolle mehr! Außerdem verscherzt du dir damit womöglich die Chance auf das Praktikum.« Sein Blick wirkt flehend.

»Das kannst du nicht wissen. Außerdem will ich keinen

Job, den ich mir nur erschlichen habe.« Verzweifelt sehe ich Jared an. »Keine Erwartungen. Keine Verpflichtungen. Darauf hatten wir uns geeinigt. Aber was machst du daraus? Ich stehe in deiner Schuld, weil du hinter meinem Rücken bei deinem Vater ein gutes Wort für mich eingelegt hast. Noch dazu mit einer Lüge! Du hast gar nicht erst gefragt, was ich will. Das fühlt sich scheiße an.«

»Wieso? In diesem Business läuft viel über die richtigen Connections. Mein Vater steht auf Networking, und genau das habe ich gemacht. Abgesehen davon ist doch inzwischen wirklich mehr zwischen uns, oder nicht? Also habe ich eigentlich gar nicht gelogen.«

Seine Worte schneiden sich wie ein Messer in meine Brust. Ja, da ist mehr zwischen uns. Und dennoch fühle ich mich hintergangen. Ausgerechnet von dem Menschen, von dem ich es am wenigsten erwartet hätte. Dem ich blind vertraut habe.

»Hanna?«

Ich räuspere mich. »Ja, mag sein … vielleicht. Aber ich will wegen meiner Leistung eingestellt werden, nicht wegen meiner Beziehungen. Warum hast du mir nicht die Wahrheit gesagt? Wieso hast du mir nicht vertraut? Ich hatte gar keine Chance.«

»Hör zu, Hanna, es tut mir leid. Ich hätte dir gleich an diesem Abend in Calais sagen sollen, wer mein Vater ist.«

»Ja, das hättest du.«

»Du bist sauer, das verstehe ich.« Jared ergreift meine Hand, als könnte er spüren, dass ich am liebsten weglaufen will.

»Vor allem bin ich enttäuscht«, erkläre ich. *Enttäuscht, weil du mir ausgerechnet diese Sache nicht anvertraut hast.*

Und durcheinander, weil du für mich gelogen und dich für mich eingesetzt hast. »Mir ist kalt, lass uns einfach nach Hause gehen«, sage ich und befreie meine Hand aus seinem Griff. Diese Nähe ertrage ich gerade nicht.

Mit einem verletzten Blick nickt Jared, und wir gehen schweigend Richtung U-Bahn.

Jared

When You Believe
oder:
Wenn das Leben dir Zitronen schenkt, mach Lemon Curd draus

Gran fällt die miese Stimmung natürlich sofort auf, als wir nach Hause kommen. Was kein Wunder ist, denn zwischen Hanna und mir herrscht immer noch antarktisgleiches Schweigen. Auf der Liste der Tage, die super anfangen und extrem mies enden, nimmt dieser garantiert einen der vorderen Plätze ein.

»Ihr kommt genau richtig«, sagt Gran. »Ich habe gerade Tee aufgesetzt.«

»Bitte entschuldige, Hetty, ich habe Kopfschmerzen. Ich lege mich ein wenig hin.« Hanna macht eine zerknirschte Miene und geht zur Treppe.

Buttons, der ihr freudig sein Spielzeug vor die Füße gelegt hat, bleibt unschlüssig im Flur stehen und schaut ihr nach. Auch Gran sieht ihr nach, dann schwenkt ihr Blick zu mir, und sie mustert mich mit tiefgezogenen Augenbrauen.

»Was ist?«, frage ich ziemlich schroff. Im selben Moment klingelt eine Eieruhr.

Gran hastet an mir vorbei in die Küche. Ich will mich in mein Zimmer verziehen, doch so leicht entkomme ich ihr nicht. »Jared, könntest du mir kurz helfen?«, fragt sie zuckersüß, und ich weiß, dass mir ein Verhör bevorsteht.

Meine Vorahnung bestätigt sich, als ich mit Buttons im Schlepptau in die Küche komme.

»Also, spuck es schon aus: Welche Laus ist euch über die Leber gelaufen?« Gran öffnet den Backofen und holt eine dampfende Kuchenform heraus, die sie auf einen Untersetzer stellt. Ein würziger Lebkuchenduft weht zu mir herüber.

Ich lasse mich auf einen Stuhl plumpsen. »Die Laus heißt Dad. Wir haben ihn getroffen«, erkläre ich. »Und ich fühle mich total beschissen. Wegen Hanna, nicht wegen Dad«, stelle ich klar. »Hanna ist stinksauer auf mich, weil ich ihr nicht früher gesagt habe, wer mein Vater ist. Und dass ich ihn wegen der Terminverschiebung angemailt habe, fand sie auch nicht gut.«

Gran setzt sich zu mir an den Tisch. »Nun, das war zu erwarten. Ich sag jetzt nicht, ich habe dich gewarnt.«

»Danke für den Hinweis«, schnaube ich genervt. »Ja, ich weiß, ich hab einen Fehler gemacht.« Ich hebe abwehrend beide Hände. »Ich hätte es ihr gleich sagen sollen. So, und jetzt zieh mir die Ohren lang.«

»Wozu? Du quälst dich doch schon selbst genug.« Gran steht auf und schenkt mir eine Tasse Tee ein. Das ist ihr Rezept in allen Lebenslagen. Darauf schwört sie. Ihrer Meinung nach hebt Tee die Laune und hilft gegen Krankheiten genauso gut wie bei Seelenschmerz. In meinem Leben hat sie mir gefühlt schon Hunderte Liter Tee eingeflößt. »Also, was hast du jetzt vor?«

Ratlos zucke ich mit den Schultern. »Keine Ahnung. Ich lasse Hanna erst mal in Ruhe?«

»Das halte ich für unklug«, erwidert Gran. »Solche Sachen muss man klären. Möglichst schnell. Damit keine Missverständnisse aufkommen.«

»Sie behauptet, ich hätte sie angelogen. Dabei habe ich ihr nur nicht die ganze Wahrheit gesagt.« Ich nehme einen Schluck Tee. Pfefferminzgeschmack breitet sich in meinem Mund aus. Igitt! Angewidert stelle ich die Tasse wieder hin. »Und ja, ich weiß. Sie hat recht. Etwas zu verschweigen ist wie lügen, das hast du mir oft genug gepredigt.«

Gran runzelt die Stirn. »Gut, dass du es einsiehst. Das ist der erste Weg auf dem Schritt zur Versöhnung. Erklär ihr doch einfach, warum du das getan hast.«

»Das sagt sich so leicht.« Frustriert raufe ich mir die Haare. »Ich weiß ja selbst nicht so genau, warum ich das getan habe«, murre ich. Oder doch: Eigentlich weiß ich es ziemlich genau. Hanna ist mir wichtig. Ich will, dass sie sich ihren Traum erfüllen kann. »Ich muss nachdenken«, sage ich. Der Stuhl schabt über den Boden, als ich aufstehe.

»Tu das«, meint Gran lächelnd. »Aber denk nicht zu viel und zu lange nach.« Sie geht zur Spüle und füllt ein Glas mit Wasser, in das sie ein Pulver rührt. »Und bring ihr das.«

Ich gehe die Treppe hinauf und den Flur entlang. Kurz verharre ich vor Hannas Tür. Meine Hand schwebt schon in der Luft, um anzuklopfen, doch dann verlässt mich der

Mut. Niedergeschlagen laufe ich weiter zu meinem Zimmer. Ich stelle das Wasserglas aufs Bügelbrett und haue mich aufs Sofa. Blicklos starre ich zur Decke und suche nach den richtigen Worten für eine Entschuldigung, die Hanna akzeptieren kann. Innerlich fühlt es sich jedoch so an, als wäre etwas in mir zersprungen. Und mein Verstand ist immer noch wie eingefroren von der Antarktiskälte, die Hanna ausgestrahlt hat.

Mein Handy vibriert, und ich ziehe es heraus.

Shinji: Mir ist todsterbenslangweilig. Mein Opa hat mich im Backgammon schon fünfmal abgezockt, Mum macht ein Riesentheater, weil Dad vergessen hat, für den zweiten Feiertag einen Tisch im Restaurant zu reservieren. Und meine Schwestern, diese Hühner, treiben mich mit ihrem albernen Gekicher noch in den Wahnsinn. Sie schwärmen übrigens alle für dich und vergleichen dich mit irgendeinem K-Pop-Typen. Ich soll dich von ihnen fragen, ob du nicht bald mal zu Besuch kommen willst. Wie läuft's bei dir so?

Rasch tippe ich meine Antwort.

Jared: Lief schon besser. Aber der Baum ist geschmückt und verbreitet Weihnachtsglitzerfreude. Grüß deine Schwestern von mir.

Shinji: Was ist los, Mann?

Kurz erkläre ich ihm in einer Sprachnachricht das ganze

Drama, das ich angerichtet habe. »Und nun spricht Hanna nicht mehr mit mir«, jammere ich.

Shinji: Dann sprich du doch mit ihr.

Jared: Haha, dein Ernst? Als hätte ich das nicht schon probiert.

Shinji: Ja, aber hast du es auch ernsthaft versucht? Oder dich gleich nach dem ersten erfolglosen Anlauf wie ein getretener Hund in eine Ecke verkrümelt?

Jared: Ich habe mich entschuldigt, und sie hat es nicht akzeptiert. Sie will mit mir nichts mehr zu tun haben. Sie geht mir aus dem Weg.

Shinji: Oder du suchst nur nach einer bequemen Ausrede, warum du dich wieder in dein Schneckenhaus zurückziehen kannst.

Jared: Hey, was soll das denn jetzt? Wie kommst du darauf?

Shinji: Weil ich dich zu gut kenne, Mann! Ich weiß, wie du tickst. Und weil du in deinem Zimmer sitzt, anstatt mit Hanna zu reden.

Jared: Ach, ist das so? Willst du jetzt den Hauen-wir-doch-alle-mal-auf-Jared-rum-Staffelstab von Gran übernehmen?

Shinji: Ich will nicht auf dir rumhacken, du Lauch, ich bin auf deiner Seite.

Jared: Bist du sicher? Das fühlt sich gerade nicht so an. Hast du auch einen konkreten Vorschlag oder nur nicht wirklich aufmunternde Worte?

Shinji: Also gut. Großzügig wie ich bin, helfe ich deinem Hirn mal auf die Sprünge. So wie ich das sehe, ist dir endlich jemand begegnet, den du wirklich willst, aber da du dir deiner Gefühle bei eurer Reise nach London noch nicht klar warst, hast du die Wahrheit verschwiegen. Dir und auch ihr. Was verständlich ist. Jetzt bist du dir klar darüber, aber jetzt ist Hanna sauer auf dich, weil du gelogen hast. Hab ich recht oder hab ich recht?

Jared: Richtig, du Blitzmerker. So weit waren wir schon.

Shinji: Sie denkt vermutlich, dass sie dir nicht trauen kann, weil du in dieser einen – und ich sag das echt ungern – eigentlich ziemlich banalen Sache gelogen hast.

Jared: Ich hab nicht gelogen. Ich habe nur einen Fakt verschwiegen.

Shinji: Nenn es, wie du willst. Es kommt auf dasselbe heraus. Und da kommt dann Tamsyn ins Spiel. Woher soll Hanna wissen, dass sie dir glauben kann, wenn du sagst, du bist wirklich nicht mehr an deiner Ex interessiert, wenn du schon bei Nebensächlichkeiten schwindelst? Vermutlich fragt sie sich gerade genau das, und du lieferst ihr keine Antwort und bestätigst sie damit noch in ihren Zweifeln, du Vollpfosten.

Oh Mann, von der Seite habe ich die Sache noch gar nicht betrachtet. Shinji ist zwar mein bester Freund, aber manchmal geht er mir gehörig auf die Nerven. Vor allem, wenn er recht hat.

Jared: Okay, du Frauenversteher. Hast du einen Beziehungsratgeber gefrühstückt, oder woher weißt du das so genau?

Shinji: Ich hab drei Schwestern und bilde mich durch Movies weiter. Herzschmerz-Liebeskummer-Dramen sind meine Spezialität. Nenn mich Dr. Love.

Jared: Also schön. Und was mach ich jetzt, Dr. Love?

Shinji: Liegt dir denn etwas an ihr? Und denk gut darüber nach. Denn wenn das nicht so ist, dann kannst du dir weitere Zurückgewinnungsversuche schenken. Das verkürzt den Schmerz.

Darüber muss ich nicht lange nachdenken. Klar mag ich Hanna. Sehr sogar. So sehr, dass es jetzt ziemlich fies wehtut, als hätte jemand einen Schraubstock um meine Brust gespannt.

Jared: Hanna ist so …

Verdammt, ich weiß nicht, wie ich es beschreiben soll. Die ganzen Un-Wörter von unserem Ausflug kommen mir in den Sinn: unübertrefflich, ungewöhnlich, unvergleichlich, un-fucking-fassbar.

Jared: Bei ihr fühle ich mich wohl. Und sie riecht echt unglaublich lecker nach Mandarine und Vanille. Ich glaub, ich bin süchtig nach ihrem Duft und ihrem Lachen. Und nach ihrer Nähe.

Shinji: Oh Mann, dich hat es ja heftig erwischt. Und ja, sie ist wirklich niedlich. Wenn sie dich endgültig abserviert, gib mir Bescheid.

Jared: Träum weiter. Also, was mache ich jetzt?

Shinji: Du gibst euch eine Chance. Eine echte. Du packst die Wahrheit gnadenlos auf den Tisch. Alles. Räum ihre Zweifel aus und mach irgendwas, womit sie nicht rechnet. Das wird dich schon nicht gleich umbringen, wenn's keine Ananas-Pizza ist.

Jared: Haha. Danke, mate. Wenn du in der nächsten Stunde nichts mehr von mir hörst, hat sie mich gekillt, weil ich deinen Ratschlag befolgt habe ...

Shinji: Du wirst mir noch dankbar sein, mate.

Das kann ich nur hoffen.

Eine halbe Stunde später stehe ich vor Hannas Tür, das Wasserglas mit der Schmerztablette in der Hand. Entschlossen klopfe ich an. »Hanna, können wir reden?«

»Nein, ich schlafe schon«, kommt es dumpf zurück.

»Ja, klar. Und du redest im Schlaf«, erwidere ich sarkastisch.

»Hmpf, nein, aber ich hab Kopfschmerzen.«

»Ich habe eine Schmerztablette für dich. Nimm sie bitte, dann können wir reden, sobald sie wirkt. Das ist mir wirklich wichtig. Bitte!«

Schweigen. Ich lausche. Nichts. Keine Antwort.

Ich klopfe erneut. »Ernsthaft, ich gehe hier nicht weg, und dann wirst du Gran erklären müssen, warum ich wie ein Felsblock vor deiner Zimmertür sitze.«

Ich lege mein Ohr an die Tür und höre, wie sie leise

flucht. Dann raschelt etwas, kurz darauf Schritte, und dann fliegt die Tür so ruckartig auf, dass ich fast ins Zimmer falle.

»Also schön, komm rein. Aber mach es kurz.« Sie dreht mir den Rücken zu und stapft zum Bett zurück. »Mir ist echt nicht gut.«

»Das tut mir leid.« Mein Blick schweift über ihren Rentier-Schlafanzug, als sie sich im Schneidersitz aufs Bett setzt. Ein Laptop liegt vor ihr, und ich entdecke ein Grafiktablett daneben. Außerdem ihren Skizzenblock. Offenbar war sie gerade mit einer Collage beschäftigt, wie mir ein Blick auf den Bildschirm verrät. Unser digitaler Adventskalender?

Sie bemerkt meinen Blick und klappt den Laptop zu. Ich reiche ihr das Wasserglas. Sie hält sich die Nase zu und trinkt es in einem Zug aus.

»Wer hätte bei unserer ersten Begegnung gedacht, dass du mal in meinem Bett landen wirst?«, scherze ich, um meine Nervosität zu dämpfen. Böser Fehler. Hannas Blick durchbohrt mich förmlich wie ein Dolch. Ich bin sicher, er hat eine tiefe Schramme hinterlassen.

»Also, was ist?« Sie rutscht auf dem Bett zurück und verschränkt die Arme.

Ich komme mir etwas verloren und dämlich vor, so rumzustehen. Daher ziehe ich mir den Stuhl vom Schreibtisch heran und setze mich vors Bett. Ich lehne mich vor und schaue Hanna tief in die Augen. »Es tut mir so leid. Bitte vergib mir.«

»Das hast du schon gesagt, aber es ändert nichts daran, dass du gelogen hast. Ich weiß nicht, was ich dir noch glauben kann.« Ihr Ton ist bitter, und ihre Miene wirkt wie in Stein gemeißelt. »Du vertraust mir nicht. Und das tut weh. Und wenn du mir nicht vertraust, weiß ich nicht, ob unsere Freundschaft das aushalten wird.«

Ihre unverblümte Ehrlichkeit ist wie ein Faustschlag in die Magengrube. Ich entschließe mich, alles auf eine Karte zu setzen, wie Shinji es mir geraten hat.

Ich stehe auf und setze mich zu ihr aufs Bett. »Das kann ich verstehen, aber die Sache ist die: Ich fühle mich total mies, weil ich dir die Wahrheit verschwiegen habe. Tatsächlich fühle ich mich immer mies, wenn du nicht in der Nähe bist. Und ich wollte nicht, dass dein Traum von diesem Praktikum zerplatzt, nur deshalb hab ich mich eingemischt. Ich wusste einfach nicht, wie ich dir sagen soll, wer mein Vater ist. Und anfangs dachte ich auch, es würde keine Rolle spielen, weil sich unsere Wege sowieso wieder trennen würden. Inzwischen weiß ich, dass ich das gar nicht will. Du bist mir wichtig.« Ich hole tief Luft und spiele mit offenen Karten. »Ich bin regelrecht süchtig nach dir, Elfchen.« Sie schaut mich skeptisch an, und ich senke den Kopf. Das Rentier auf ihrem Pyjama scheint mich spöttisch anzugrinsen, was mich unvermittelt auf eine Idee bringt. »Um das zu beweisen, schaue ich sogar einen Weihnachtsfilm mit dir«, verkünde ich, der spontanen Eingebung folgend.

Rasch gehe ich hinüber zum Regal, lasse den Blick über die Blu-Ray-Hüllen schweifen und fische schließlich zwei Filme heraus. *Hüter des Lichts* und die Weihnachtsschnulze *Tatsächlich … Liebe.* Lass Filmtitel sprechen. Mit den blauen Hüllen in der Hand kehre ich zu ihr zurück. Ich setze mich aufs Bett und halte die Movies abwechselnd hoch. »Du darfst aussuchen.«

Sie rutscht ein wenig zur Seite und zieht die Brauen hoch. »Glaubst du wirklich, mit einem Film ist alles vergeben und vergessen?«

»Na ja, vergessen vielleicht nicht, aber könntest du übers Vergeben nachdenken? Diese Weihnachtsfilmschnulzen kosten mich wirklich Überwindung. Ich bin übrigens für *Hüter des Lichts.*« Ich schenke ihr ein schiefes Lächeln.

»So einfach ist das nicht«, erwidert Hanna und zieht damit die unsichtbare Mauer zwischen uns noch ein Stück höher. »Manchmal habe ich das Gefühl, du schämst dich für mich. Bei dieser Begegnung mit Tamsyn zum Beispiel. Du hast mich nicht mal vorgestellt. Oder bei deinem Vater, als du meine Mütze abgesetzt hast. Ich will nicht mit jemandem befreundet sein, dem ich peinlich bin.«

Ich falle aus allen Wolken. »Wie kommst du denn darauf? So ein Quatsch. Du siehst total niedlich aus, wenn du so eine Mütze trägst. Wenn ich sie aufhabe, noch dazu vor meinem Vater, komme ich mir albern vor. Und Tamsyn kann dir nicht mal das Wasser reichen.«

»Das sagst du jetzt, aber woher soll ich wissen, ob das auch stimmt? Wer sagt mir, dass du mich nicht wieder anlügst, nur damit der Weihnachtssegen nicht schief hängt?« Sie wirkt so unglücklich, dass mir ein fieses Ziehen durch die Brust schießt.

»Ich verspreche dir, dich nie wieder anzulügen. Ich … ich weiß nicht, was ich noch sagen soll, aber vielleicht hilft dir das.« Ich lege die Stirn an ihre und als sie den Kopf hebt, küsse ich sie mit all der Zärtlichkeit, die ich für sie empfinde. Ich lege mein ganzes Herz in diesen Kuss und hoffe, dass sie mich versteht. Als sie die Augen schließt und sich an mich schmiegt, erfüllt mich ein ungeahntes Glücksgefühl.

Nach Luft schnappend, löst sie sich von mir. »Das ist echt eine hinterlistige Überzeugungstaktik.«

»Aber hat sie auch funktioniert?« Ich streiche ihr eine Haarsträhne hinters Ohr.

»Schon möglich. Aber ich nehme dich beim Wort.« Sie schnappt sich einen Film. Natürlich die Schnulze. »Bist du sicher, dass du das nicht bereuen wirst?« In ihren Augen strahlt ein Funkeln. »Das ist ein Weihnachtsfilm.«

»Mit dir kann ich gar nichts bereuen«, antworte ich mit Nachdruck und verschränke meine Finger mit ihren. Ich kann einfach mal wieder nicht widerstehen, sie zu berühren. »Ist zwischen uns wirklich wieder alles gut, Hanna?« Ich muss es aus ihrem Mund hören, bevor ich es glauben kann.

»Ja«, sagt sie nach kurzem Zögern. »Aber bitte: keine Geheimnisse mehr! Ich will die harte, nackte Wahrheit. Immer!«

Ich schlinge einen Arm um sie und stoße einen erleichterten Seufzer aus. »Danke. Ich werde dich nicht mehr enttäuschen, versprochen.«

»Das will ich für dich hoffen, Jared Starkfield«, sagt sie. »Denn sonst backe ich nie wieder Zimtsterne für dich.« Hinter ihrem scherzhaften Ton scheint sich eine Warnung zu verbergen, die ich mir zu Herzen nehme.

Nach dem Abendessen mit Gran sitzen wir beide gemütlich auf dem Bett und schauen den Film auf meinem Laptop. Hanna liegt in meinem Arm, den Kopf auf meine Schulter gebettet, und ich streife mit den Fingern über ihren Nacken und versenke sie in ihren seidenweichen Haaren. Auf dem Bildschirm flimmert gerade die berühmte Pappkarten-Szene. War irgendwie klar, dass sie die Schnulze den Hütern vorziehen würde. Aber den schauen wir gleich im Anschluss.

»Was ist denn mit diesem Weihnachtsdinner, zu dem dein Vater uns eingeladen hat?«, fragt Hanna unvermittelt. »Brauche ich dafür mein kleines Schwarzes?«

Nachdenklich mustere ich sie. Es kommt mir so vor, als betrete ich gerade ein neues Minenfeld, kaum dass das erste entschärft ist. »Ich hab nicht vor, hinzugehen.«

»Ach, stimmt. Du hast ja eine Weihnachts-Allergie. Ich dachte, meine Zimtstern-Therapie hätte sie längst kuriert.«

Ich seufze. »Die ja, aber das Verhältnis zu meinem Vater ist kompliziert.«

»Das habe ich schon gemerkt«, erwidert sie spöttisch.

Gedankenverloren verschränke ich meine Finger mit ihren. »Wenn ich ihn gebraucht habe, hatte er keine Zeit oder war unterwegs, und irgendwann war es leichter für mich, so zu tun, als gäbe es ihn gar nicht. Er hat meine Mum betrogen, und sie hat erst davon erfahren, als ein Kind unterwegs war.«

»Das Mädchen von vorhin?« Hanna blickt mich mit großen Augen an.

»Ja.« Ich hole tief Luft und entschließe mich zu vollkommener Offenheit. Keine Geheimnisse mehr. »Mein Vater hat eine neue Familie gegründet und seine alte immer mehr vergessen. Anfangs haben wir uns noch an meinen Geburtstagen zum Mittagessen getroffen, aber irgendwann ist das eingeschlafen, weil er sich angewöhnt hat, mit seiner anderen Familie über Weihnachten zu verreisen. Vielleicht steckt auch Maggie, seine Frau, dahinter. Sie konnte mich nie leiden. Allerdings habe ich es ihr wohl auch nicht immer leicht gemacht, wenn ich mal bei meinem Vater war.«

»Oh Jared.« Hanna streicht mir sanft über die Wange, und ein Seufzen entweicht mir. Irgendwie tut es gut, all das einmal auszusprechen. Ihre Nähe gibt mir die Kraft dazu.

»In meiner Teenagerzeit hab ich ziemlich über die Stränge geschlagen, und von seiner Seite hagelte es nur noch Kritik«, fahre ich fort. »Ich konnte ihm nichts recht machen. Vielleicht habe ich mich auch nur so danebenbenommen, um ihm eins auszuwischen. Ich weiß es nicht.« Ich zucke mit den Schultern. »Auf jeden Fall war jede Party meine.« Ich verziehe das Gesicht. »Das tat mir aber nicht gut. Zu viel Alkohol ist scheiße. Das verändert einen. Zum Glück hab ich das noch rechtzeitig erkannt.«

Hanna ergreift meine Hand und schweigt. Ich bin froh darüber und erzähle weiter. »Auf einer dieser Partys habe ich Tamsyn kennengelernt. Die Tochter eines Geschäftspartners meines Vaters. Dad wollte, dass ich Marketingkommunikation studiere und hat gehofft, Tamsyn könne mich davon überzeugen. Hat nicht geklappt. Und auch sonst hat die Chemie zwischen uns nicht wirklich gestimmt, wenn ich ganz ehrlich zu mir selbst bin. Ganz im Gegensatz zu gewissen Elfen, die ich kenne.« Ich lächele leicht.

Hanna legt einen Arm über meinen Bauch, ihr Daumen zeichnet Kreise auf meiner Brust. »Elfen und Weihnachtsmänner können ein gutes Team sein«, sinniert sie schmunzelnd und wird gleich wieder ernst. »Aber das alles klingt, als hättest du ziemlich viel durchgemacht. Kein Wunder, dass es dir so schwerfällt, anderen zu vertrauen.«

Ich drücke einen Kuss auf ihre Haare und komme auf den Punkt, warum ich nicht zu diesem verdammten Weihnachtsdinner will. »Nach dem Tod meiner Mutter ist das Verhältnis zu meinem Vater noch schwieriger geworden. Ich bin dann wegen des Studiums nach Deutschland gezogen. Aber auch davor hatte ich kaum noch Kontakt zu Dad und seiner Familie. Seine Assistentin hat mir die Einladung zum Weihnachtsdinner geschickt.« Ich senke den Blick. »Dad will eine Aussprache und mit mir über meine Zukunft reden. Er will, dass ich in seine Agentur einsteige, sie später übernehme, aber ich habe andere Pläne. Du kannst das vielleicht nicht verstehen, weil deine Familie intakt ist. Meine Familie besteht aus Gran und mir. Und ich will sie an Weihnachten nicht allein lassen, wenn ich schon mal da bin.« Ich blicke sie an, und Hannas Lächeln lässt mein Herz etwas schneller schlagen.

»Na ja, meine Familie hat auch ihre Macken«, gibt sie zu. »Aber obwohl meine Eltern mir manchmal den letzten Nerv rauben, sind sie trotzdem immer für mich da.«

»Ja, Mum war auch immer für mich da und Gran sowieso«, erkläre ich nachdrücklich. »Sonst hätte ich das alles gar nicht gepackt.«

»Trotzdem muss das eine schwierige Zeit für dich gewesen sein. Danke, dass du mir das erzählt hast. Jetzt kann ich dich besser verstehen.« Sie haucht mir einen Kuss auf die Wange. »Okay, dann eben kein Weihnachtsdinner, obwohl ich glaube, dass du mit deinem Vater reden solltest. Familie ist wichtig. Und irgendwie gehört er doch auch dazu.«

Mir fällt ein Stein vom Herzen, und ich mag sie für ihr Verständnis noch ein wenig mehr. »Jetzt klingst du wie Gran«, sage ich schmunzelnd. »Übrigens finde ich es total mutig, dass du die Sache mit meinem Vater klären willst. Wenn du willst, rufe ich ihn an.«

»Das ist lieb von dir, aber das musst du nicht. Ich komme schon klar. Ich schaff das.«

»Das weiß ich doch. Wenn es eine schafft, dann du.« Ich streiche mit dem Daumen über ihren Rücken.

Sie hebt den Kopf von meiner Schulter, und ihr Atem streift mein Ohr, als sie sich zu mir beugt. Ihr Mandarinen-Vanille-Duft kitzelt meine Nase. »Also, wie sieht es aus, Santa?«, flüstert sie mir ins Ohr. »Bist du bereit für diese Aus-Freundschaft-wird-mehr-Sache? Folgende Bedingungen schlage ich vor: Keine Erwartungen. Keine Verpflichtungen. Keine Geheimnisse. Und jede Menge Spaß.« Ein Funkeln strahlt in ihren Augen, als sich unsere Blicke verhaken.

Die Frage trifft mich unvermittelt. Es kommt mir fast so vor, als würde ich mit einem Bungee-Seil erst nach unten fallen und dann plötzlich wieder hochgerissen werden. Dann kommt die Botschaft in meinem Gehirn an, und zugleich schnellt mein Puls adrenalinkickmäßig in die Höhe. Langsam breitet sich ein Honigkuchengrinsen in meinem Gesicht aus, und ein ungeahntes Glücksgefühl durchströmt mich. »Ich bin bereit, wenn du es bist, Elfchen.« Dann beuge ich mich vor und besiegele unseren Pakt mit einem Kuss.

Hanna

The First Noel
oder:
Fröhlich grüßt das Rentier

Mit gemischten Gefühlen breche ich am nächsten Tag zu Kingston & Starkfield in die City auf. Hetty hat mir genaue Anweisungen gegeben, welche U-Bahnen und Busse ich nehmen soll, und mich erst gehen lassen, nachdem ich ihr gefühlt hundertmal versichert habe, dass ich mich schon nicht verlaufen werde.

Es ist ungewohnt, dass Jared mich nicht begleitet. Die vergangenen Tage haben wir so aneinandergeklebt, dass ich ihn jetzt regelrecht vermisse. Vor allem nach dem gestrigen Abend, der so verheißungsvoll geendet hat. Allein der Gedanke daran löst ein Glückskribbeln in mir aus und schickt kleine Schauer bis hinunter in meine Zehen.

Obwohl er mir beim Frühstück viel Glück gewünscht und mir sogar Pancakes zum Mitnehmen gebacken hat, scheint es Jared doch mehr auszumachen, dass ich für seinen Vater arbeiten will, als er mir gegenüber zugibt.

Meine Gedanken schweifen zu meiner Familie. Die ist

jetzt damit beschäftigt, den Baum zu schmücken und das Essen vorzubereiten. Vermutlich liegen sich Mams und Paps längst wieder wegen der Größe der Tanne in den Haaren, und es ist mindestens eine Christbaumspitze zu Bruch gegangen. In diesem Jahr haben Mum und Sofie sich beim Dekorieren wieder richtig ausgetobt. Der Baum ist mit rosa Glitzerkugeln und blauen Puscheln übersät und sieht aus wie in kunterbunte Zuckerwatte gepackt. Das zeigt mir das Bild, das Mams mir mit der Botschaft »Frohe Weihnachten, Kleines, und viel Glückwunsch« gerade geschickt hat. Jule hat unseren Chat mit Tschakka-Nachrichten und Daumendrück-Emojis geflutet. Die kann ich gut gebrauchen, denn ich habe fest vor, Mr Starkfield den wahren Grund für meine Verspätung zu erzählen. Wer weiß, ob er mich dann nicht gleich wieder nach Hause schickt, wie Jared vermutet.

Inzwischen bin ich an der Adresse von Kingston & Starkfield angekommen und lege den Kopf in den Nacken. Glänzender Stahl und blitzblanke Scheiben erwarten mich in diesem futuristisch anmutenden Gebäude. Am Empfang bekomme ich eine Besucherkarte, und nach kurzem Warten in plüschig weichen Sesseln taucht eine elegant gekleidete Frau auf, die sich als Kendra vorstellt und mich bittet, ihr zu folgen. Ein gläserner Aufzug bringt uns in den obersten Stock. Ich habe ein bisschen Schwierigkeiten, die Frau zu verstehen, denn sie spricht so schnell und in einem Dialekt, mit dem mein Schulenglisch nicht mithalten kann. Ich entziffere jedoch, dass der Chef mich persönlich sehen will. War ja klar.

Nach erneutem Warten, dieses Mal auf einem schicken Ledersofa, öffnet sich die Tür, und Mr Starkfield kommt heraus. In seinem blauen Anzug, mit dem blauweiß gestreiften Hemd und der blauen Krawatte wirkt er völlig anders als gestern in Jeans und Mantel.

»*How do you do*, Hanna. Schön, Sie wiederzusehen.« Zu meiner Erleichterung begrüßt er mich auf Deutsch. Er hält mir die Tür auf und bittet mich herein.

Sein Büro ist ziemlich spärlich eingerichtet und blitzt in Weiß und Chrom. Nur ein Schreibtisch und eine kleine weiße Sitzecke stehen darin, in deren Polstern ich fast versinke.

»Ich freue mich, Sie bei Kingston & Starkfield willkommen zu heißen.« Er setzt sich mir gegenüber und verschränkt die Hände. »Ich habe Probearbeitsstunden mit Lisa in der Grafikabteilung arrangiert. Falls Ihnen die Arbeit zusagt, können Sie gleich im Januar anfangen. Während Ihres Aufenthalts hier stelle ich Ihnen gern das Firmenapartment zur Verfügung.« Er zwinkert mir zu. »Falls Sie mal Abstand zu meiner Ex-Schwiegermutter und zu meinem Sohn brauchen. Ich weiß, dass die beiden gelegentlich ziemlich anstrengend sein können.« Er gibt mir eine Schlüsselkarte mit Adresse. Ich will widersprechen, doch er fährt schon fort. »Nach drei Monaten bewerten wir die Zusammenarbeit und reden gegebenenfalls über eine Festanstellung und einen Ausbildungsvertrag. Was sagen Sie dazu?«

Ein mulmiges Gefühl überfliegt mich. Mir ist klar, dass er mir nur Jared zuliebe diese Chance gibt. Und der Gedanke gefällt mir nicht. Ich will mir nichts schenken lassen. Das ist nicht anders, als hätte mir Paps die Ausbildungsstelle in seinem Steuerbüro verschafft.

»Vielen Dank, das klingt großartig«, presse ich heraus.

»Nur …« Ich hole Luft. »Jared kann nichts für meine Verspätung, das sollten Sie vorher wissen. Der Bus hatte eine Panne, und ich hätte womöglich einen Tag früher losfahren sollen. Ich wollte jedoch gern noch den Geburtstag meiner Großmutter mitfeiern. Ich hoffe, Sie geben mir trotzdem die Chance, Sie von meiner Leistung zu überzeugen.«

Kurz wirkt Mr Starkfield überrascht, und er legt einen Zeigefinger an die Lippen, als würde er darüber nachdenken, was er mit diesem Geständnis anfangen soll. Zu meiner Überraschung lächelt er mich einen Augenblick später an.

»Wie ich sehe, legen Sie großen Wert auf den Zusammenhalt der Familie. Und Sie sind ehrlich. Das gefällt mir.« Er beugt sich ein Stück vor. »Ich erwarte viel von meinen Leuten. Stressresistenz, hervorragende Leistungen und natürlich auch Überstunden, wenn es brennt. Sie halten dem Druck doch stand?«

Ich schlucke schwer. »Ich gebe mein Bestes.«

»Gut. Sie waren offen zu mir, deshalb möchte ich auch offen zu Ihnen sein.« Er rückt sich seine Krawatte zurecht. »Ich erhoffe mir durch Ihre Anstellung auch, dass Sie guten Einfluss auf Jared ausüben und ihn womöglich doch noch überzeugen können, nach seinem Studium der Agentur eine Chance zu geben. Eine Hand wäscht die andere, nicht wahr?« Er schaut mich auffordernd an.

»Äh …« Ich fühle mich total überrumpelt und weiß nicht, was ich dazu sagen soll. Ich weiß nur, dass ich Jared bestimmt zu nichts überreden könnte, was er nicht will. Mr Starkfield scheint jedoch keinerlei Bestätigung zu erwarten.

Er steht auf und hält mir die Tür auf. »Ach ja, eine Sache noch … Unser alljährliches Weihnachtsdinner. Ich weiß, Jared macht sich nichts daraus, aber womöglich können Sie seine Meinung ändern, wo Sie doch so ein Familienmensch sind. Es wäre mir wichtig, wenn er sich wenigstens kurz sehen ließe. Kontakte wollen gepflegt werden, und man fragt nach ihm. Ich verlasse mich auf Sie. Am *Boxing Day* um sieben?«

»Gilt diese Einladung auch für Hetty?«, hake ich nach.

»Nun, leider nein. Wie Sie sich denken können, sind meine zweite Frau und sie nicht die besten Freundinnen. Aber Sie sind selbstverständlich herzlich eingeladen. Sie gehören ja jetzt auch zur Agenturfamilie.«

»Also, vielen Dank, aber …«

»Gut, dann ist das abgemacht«, fällt er mir ins Wort. Kendra wird Sie zu Lisa bringen.« Er nickt seiner Assistentin zu.

Während ich noch völlig benebelt dastehe, hat sich die Tür zu seinem Büro bereits geschlossen. Mich überkommt das Gefühl, als sei ich soeben hereingelegt worden und hätte einen Deal mit Jareds ganz persönlichem Dämon geschlossen.

Nach fünf Stunden verlasse ich völlig erledigt die Agentur. Lisa ist nett, und ich durfte sogar bereits an einem Auftrag mitarbeiten, nachdem sie mir die Grundlagen des eingesetzten Grafikprogramms erklärt hat.

Danach habe ich versucht, Mr Starkfield noch einmal zu sprechen, um die Einladung abzulehnen, aber er war nicht mehr im Büro. Kurz habe ich überlegt, ihm eine Nachricht dazulassen, aber dann bin ich unsicher geworden. Vielleicht wäre dieses Dinner die perfekte Gelegenheit für Jared, sich mit seinem Vater auszusöhnen. Mit mir als Unterstützung an seiner Seite.

Als ich vor das Bürogebäude trete, ziehe ich mein Handy heraus. Fünf Nachrichten von Jule, alle mit dem gleichen Wortlaut:

Jule: Wie war's? Jay oder Nay? Juhu 🙃 oder Buhu 😫?

Rasch nehme ich eine Sprachnachricht auf, erkläre, was passiert ist und ende damit, dass ich noch nicht weiß, ob ich mich freuen soll.

Ihre Antwort kommt sekundenschnell.

Jule: Hey, du hast den Job! Und du hast was mit Santa am Laufen. Das ist doch cool. Jetzt freu dich mal. Du hast allen Grund dazu!

Hanna: Ich weiß nicht, was ich denken soll. Den Job habe ich doch nur bekommen, weil ich in Mr Starkfields Augen »Einfluss« auf Jared habe. Und dann ist da noch diese Einladung. Was mach ich damit?

Jule: Immerhin hast du jetzt die Chance, deinen Chef von deinem Talent zu überzeugen. Und Jared erklärst du einfach, wie das mit der Einladung gewesen ist. Wenn er dich so sehr mag, wie es sich anhört, hat er sicher Verständnis. Dann könnt ihr immer noch entscheiden, was ihr macht. Wie schlimm kann eine Party schon werden? Je mehr Leute, desto leichter kann man sich aus dem Weg gehen. Und wer weiß, vielleicht versöhnen sich die beiden sogar, wenn du den Friedensengel spielst. Dein Chef hat bestimmt 'ne Luxusvilla. Schick mir unbedingt Fotos.

Jule spiegelt meine Gedanken, und ich bin froh darüber. Dann ist meine Idee vielleicht gar nicht so abwegig.

Hanna: Okay, ich rede mit ihm.

Doch ich ahne bereits, dass es nicht so einfach werden wird. Sein Vater ist Jareds wunder Punkt, und ich bin nicht sicher, wie er auf die Nachricht reagieren wird.

Jule: Hey, ich freu mich so für dich. Und ich will endlich Details über dich und Santa. 😁

Hanna: Bekommst du. Er ist echt aufmerksam. Er hat mir für heute sogar Frühstücks-Pancakes gemacht. In Herzform.

Jule: Niedlich. Aber ich rede von den saftigeren Sachen. Wie küsst er? Wie fühlst du dich?

Hanna: So, als ob ich schweben würde. In seiner Nähe vergesse ich alles um mich herum. Und er hat gesagt, er sei süchtig nach mir.

Jule: Hach, genau das hab ich mir für dich gewünscht. 😍

Hanna: Wie ist der Ski-Urlaub mit Freddie?

Jule: Traumhaft. Nur seine Ex geht mir gehörig auf den Zeiger. Ständig versucht sie, sich an Freddie ranzuwanzen.

Hanna: Zeig ihr die Zähne.

Jule: Darauf kannst du wetten. Hab gestern einen Stinkefisch unter ihrem Bett versteckt und heute ihre Skischuhe. 😆 Ich muss los. HDL, Süße.

Hanna: Dito. Bis bald.

Gerade als ich mein Handy wegstecken will, blinkt eine neue Nachricht auf.

Mams: Hallo Spatz, ich hab einen wunderbaren Vorschlaghammer. Paps lässt grüßen. Er spendiert dir ein Ticket for an Aeroplane, damit du zum 2. Weihnachtsfeiertag nach Hause kommen kannst. Das ist doch eine tollwütige Idee. So können wir doch noch Gemüse Samen feiern.

Nein. Nein. Nein. Nein, denke ich, bloß nicht jetzt.

Hanna: Ich hab den Praktikumsplatz bekommen und würde gern über die Feiertage hierbleiben, sonst wird das zu stressig.

Mams: Schatz, tu mir den Gefahren. Paps ist rot knurrig. Ich hab gesagt, er soll dich anrudern. Aber er will nicht. Du kennst ihn jabbadabbadu.

Ich beiße mir auf die Lippe. Und jetzt?

Jareds Worte kommen mir in den Sinn: *Was würdest du tun, wenn die Meinung deiner Eltern keine Rolle spielen würde?* Die Antwort ist klar. Rasch nehme ich eine Sprachnachricht auf, bevor ich es mir anders überlegen kann. »Mams, versteh das doch bitte. Das hier ist wichtig für mich. Ich möchte die Stadt erkunden. Das geht nicht in zwei Tagen. Außerdem bin ich zu Weihnachten bei der Familie meines Chefs eingeladen, und auch Hetty rechnet mit mir. Es wäre unhöflich abzusagen.«

Mams: Also schön. Dann Silvester? Tante Pauline besucht uns früher als geplant, und sie hat dich Langeweile nicht gesehen. Amsterdam könnte ich deine Hilfe bei den Toten und Kuchen für die Silberstreif wirklich gut Gebräuchen.

Ich denke an meinen Silvester-Deal mit Jared. Ich weiß, dass er gleich im neuen Jahr zurück nach Deutschland muss, um sein Studium fortzusetzen. Und ich muss am 4. Januar zurück in England sein, um das Praktikum zu beginnen. Bin ich egoistisch, wenn ich Weihnachten und Silvester mit ihm verbringen will statt mit meiner Familie?

Hanna: Mams, wir hatten doch abgemacht, dass ich erst am Wochenende danach komme, zu eurer Silberhochzeit. Da kann ich Tante Pauline immer noch sehen und dir helfen.

Es kommt keine Antwort mehr. Meine Mutter hat offensichtlich beschlossen, mich zu ignorieren. Typisch. Das ist eine alte Strategie, und sie funktioniert immer. Sofort bekomme ich Gewissensbisse. Mit einem fiesen Ziehen im Herzen mache ich mich auf den Rückweg nach Chelsea. Mein zweitgrößter Weihnachtswunsch ist in Erfüllung gegangen, doch richtig freuen kann ich mich nicht darüber.

Den ganzen Abend überlege ich, wie ich Jared die Sache mit der Einladung sagen soll. Aber irgendwie will sich die passende Gelegenheit nicht ergeben. Hetty hat sich einen Spieleabend gewünscht, und zwischen Scharade, Scrabble und Apfelschnitzen haben Jared und ich bisher keine Minute für uns allein gehabt. Ich sitze wie auf glühenden Kohlen und kann zum ersten Mal nachfühlen, wie es Jared wohl mit dem Geheimnis um seinen Vater ergangen sein muss.

Natürlich hat mich Hetty gleich nach meiner Rückkehr ausgequetscht, wie mein Vorstellungsgespräch gelaufen ist. Mit Eggnog haben wir auf meine Praktikumsstelle angestoßen. Jared behauptet, er freue sich für mich, als ich von meinem ersten Tag erzähle, aber so richtig glücklich wirkt er nicht. »Dann heißt das also Fernbeziehung für uns, Elfchen?«, flüstert er mir ins Ohr.

Ich nicke unsicher. »Wenn du das willst?«

Er zieht mich an sich. »*All right*, du willst die harte, nackte Wahrheit und die lautet: Ich kann dir nicht versprechen, ob das funktioniert, aber ich gebe mein Bestes für dich.«

»Das reicht mir«, antworte ich und lehne die Stirn an seine.

»Hey, jetzt wird gespielt, nicht gekuschelt«, fordert Hetty. Sie hat das Scrabblebrett bereits auf dem Tisch ausgebreitet, und ich beschließe, die Sache mit der Einladung und dem Silvesterwunsch meiner Mutter später mit ihm zu klären. Ich habe die leise Vorahnung, dass das die Stimmung sonst verderben könnte.

Wenig später habe ich die Sache fast vergessen, weil Jared die unmöglichsten Wörter legt oder verlängert. Aus Alu wird Dracula, rückwärts gelesen, und aus meinem schlichten Ei eine Feierei.

»Was soll denn ein Lävogyr sein?«, frage ich, als er mal

wieder am Zug ist, und verdrehe die Augen. »Ein Dinosaurier? Das Wort gibt es niemals.«

»Klar gibt es das Wort«, meint er schelmisch. Faszinierend, wie sein schiefes Grinsen mich immer wieder in seinen Bann schlägt. »Das ist ein Begriff aus der Physik. Gebt auf, ich hab sowieso gewonnen.« Er dreht sein leeres Bänkchen um.

Ein Blick ins Wörterbuch verrät, dass er auch noch recht hat.

»Ein Hoch auf den Scrabble-King«, verkündet Hetty und lacht. Das Lachen gerät zum Gähnen. »Kinder, ich bin müde, ich gehe ins Bett.«

»In Ordnung, wir räumen noch auf, Gran«, sagt Jared.

»Ich bekomme noch raus, wie du gemogelt hast«, sage ich, als wir die Spielsteine in die Schachtel legen.

»Ich habe nicht geschummelt. Das habe ich gar nicht nötig.« Er zieht mich an sich und verschränkt die Finger mit meinen. »Ich finde, als Sieger habe ich eine Belohnung verdient.«

Ich atme seinen Duft ein, spüre seine Wärme und vergesse schon wieder alles um mich herum. »Ich finde eher, dass ich einen Trostpreis fürs Verlieren verdient hätte.«

»Das lässt sich einrichten.« Seine Finger streifen über mein Ohr, dann fasst er hinter mich und zaubert einen Keks hervor. »Wie wär's damit?«

»Wow! Cooler Trick, Dumbledore.« Wie benommen schaue ich ihn an und verliere mich in seinem Lächeln. *Jetzt!*, flüstert mir meine innere Stimme zu. *Sag es ihm!* Widerwillig schüttele ich den Kopf, schnappe mir das Plätzchen und stecke es mir in den Mund, nur um nichts sagen zu müssen.

Ich suche immer noch nach den richtigen Worten, als wir die Treppe zu unseren Zimmern hinaufgehen.

»Alles in Ordnung? Du bist auf einmal so still.« Jared holt mich aus meinen Gedanken.

»Ja.« Ich atme tief durch. »Nein.« Ich lehne mich an die Schlafzimmertür und beschließe, mit der einfacheren Sorge zuerst rauszurücken. »Meine Mutter will, dass ich an Silvester heimkomme, weil meine Tante uns besucht und damit Paps nicht mehr so knurrig ist.«

»Und? Fährst du?« Seine Miene ist unergründlich, und ich kann sie nicht deuten.

»Ich weiß es nicht«, sage ich. »Vielleicht sollte ich es tun. Als Kompromiss. Ehrlich gesagt habe ich auch ein bisschen Heimweh. Weihnachten ohne Familie ist ungewohnt. Auch wenn ich mich bei euch wirklich wohlfühle.« Ich bemühe mich um ein Lächeln. »Du solltest froh sein, dann bekommst du endlich wieder dein Bett zurück.«

»Mittlerweile habe ich mich ans Sofa gewöhnt.« Auch sein leichtes Lächeln wirkt aufgesetzt. »Aber wenn du fahren willst, solltest du das tun.« Er kommt einen Schritt auf mich zu und legt eine Hand auf meine Wange. »Ich werde dich allerdings vermissen. Und dir entgeht was, denn ich habe mir eine ganz besondere Überraschung für unseren Silvester-Deal einfallen lassen. Eine wahrhaft magische.«

Mit dem Daumen streift er über mein Kinn, über meine Lippe, dann über meinen Hals, und mir fällt es schwer, mich zu konzentrieren. »Du machst mir die Entscheidung nicht gerade leicht.«

»Vielleicht kann ich das ändern.« Seine Lippen nähern sich meinen, bis sie nur noch einen Hauch voneinander entfernt sind. Ich spüre seinen warmen Atem auf meinem

Gesicht, und die Sehnsucht in mir wächst. »Überleg es dir doch noch mal. Ich kenne einen Ort, wo man das Feuerwerk sehen kann, ohne ins Getümmel zu müssen.«

»Klingt verlockend. Ich denk drüber nach.«

»Gut. Vielleicht beschleunigt das deinen Denkprozess«, sagt er mit rauer, tiefer Stimme. Federleicht zeichnet er mit den Lippen die Spur nach, die sein Daumen vorher gezogen hat, und dann liegt sein Mund auf meinem, und mein Kopf ist plötzlich wie leergefegt. Seine Zunge umspielt meine, und eine Hitzewelle durchströmt mich. Der Kuss wird fordernder, leidenschaftlicher, breitet sich wie sprühende Feuerfunken bis in die kleinste Faser meines Körpers aus. Ich schlinge die Arme um Jared und ziehe ihn näher an mich, gebe mich ganz dem Moment hin, der viel zu schnell vorübergeht.

»Gute Nacht, Elfchen. Träum was Schönes.« Jared löst sich von mir, zwinkert mir zu und verschwindet in seinem Zimmer. Die Finger an den Lippen schaue ich ihm versonnen nach, bis die Tür hinter ihm zufällt. Erst da geht mir auf, dass ich die Gelegenheit verpasst habe, ihm von der Einladung zu erzählen.

Hanna

All I want for Christmas is you
oder:
Knallbonbon-Weihnachten

Je länger ich warte, desto schwerer fällt es mir, Jared zu gestehen, dass sein Vater uns morgen zum Weihnachtsdinner erwartet. Zumal die passende Gelegenheit irgendwie immer noch auf sich warten lässt. Als ich zum Frühstück runterkomme, ist Jared mit Buttons spazieren, und als er zurückkommt, sind wir voll und ganz damit beschäftigt, Hetty bei den letzten Vorbereitungen zu helfen. Von ihr lerne ich das Rezept für Shortbread, dem Lieblingsgebäck der Queen, wie sie mir verrät. Um die Mittagszeit wimmelt das Haus bereits vor Leuten. Hetty hat ihre Bingo-Freundinnen eingeladen, und später stößt noch ihr Nachbar Mr Bingle dazu.

»*The more the merrier*«, hat Hetty behauptet. »Ein Truthahn für drei Personen wäre ein bisschen viel.«

Mr Bingle ist ein dünner, älterer Gentleman mit getupfter Fliege, der bei den Bingo-Abenden den Moderator gibt. Zur Begrüßung zwicken Gertrud und Edda Jared ausgiebig in die Wangen und herzen ihn, was mich zum Schmunzeln bringt, ihm aber sichtlich unangenehm ist. Vermutlich ist er froh, dass sich mit Mr Bingles Erscheinen die Aufmerksamkeit der Damen verlagert, denn alle drei umschwirren den alten Herrn wie Schmetterlinge die Blume. Wie zufällig locken die Ladys ihn nacheinander unter den Mistelzweig und stehlen sich einen Kuss. Ich verkneife mir ein Lachen.

Der Christmas-Lunch ist wahrhaft königlich. Alle sitzen mit albernen Partyhüten und Kronen am Tisch, der festlich gedeckt und unter der Last von Truthahn, Yorkshire Pudding, Mince Pies und Shortbread fast zusammenbricht. Zwischen den Gängen werden Christmas Cracker zum Knallen gebracht, und jedes Mal ergießt sich ein Konfettiregen über den Tisch. Die Zettel in den Knallbonbons werden vorgelesen und sind wie Glückskekssprüche. Zum Vorschein kommen so nette Botschaften wie: *Wer anderen eine Blume schenkt, blüht selber auf.* Oder: *Ein Kuss ist die schönste Art, gemeinsam zu schweigen und zu träumen.*

»Mit dir traumschweige ich am liebsten«, raunt mir Jared ins Ohr.

Schließlich sind auch er und ich an der Reihe. Wir nehmen die Enden des Knallbonbons in die Hand und ziehen. Mit lautem Knall explodiert der Cracker, und ein Plastik-Kleeblatt fällt heraus.

»Vorlesen«, fordert Hetty, als Jared den Zettel aufrollt.

»*Das Glück ist eine Raupe. Nur wenn man es zulässt, entfaltet es sich zum Schmetterling.*«

»Oho!«, ruft Hetty.

»Wie wahr, wie wahr«, brummt Mr Bingle und schaut

Hetty dabei an. Ich habe den leisen Verdacht, dass sie unter dem Tisch Händchen halten.

Nach dem Essen machen sich alle auf die Suche nach der Wunschgurke, doch Jared entdeckt sie zuerst. »Jahrelange Übung!« Sein freches Grinsen sorgt dafür, dass mein Herz kurz aus dem Takt gerät.

»Deinen Wunsch darfst du nicht verraten«, sagt Mr Bingle, »sonst erfüllt er sich womöglich nicht.«

»Das hat er schon.« Jared schaut mir direkt in die Augen, und ich schrecke auf, als Hetty in die Hände klatscht und die Bescherung verkündet. Kleine Aufmerksamkeiten werden ausgetauscht, und ich überreiche Hetty ein Porträt von ihr, das ich vorgestern abends angefertigt habe.

»Oh, Kindchen, das wäre doch nicht nötig gewesen.« An ihren geröteten Wangen sehe ich, wie sehr sie sich darüber freut.

»Wie aus dem Leben gegriffen«, meint Mr Bingle. »Da bekommt der Ausdruck *picture-perfect* doch eine ganz neue Bedeutung. Du hast eindeutig Talent, junge Dame.«

Danach spielen wir eine Runde Weihnachts-Wer-bin-ich, und ich muss grinsen, denn es sieht zu komisch aus, wie wir alle mit bunten Klebezetteln an der Stirn am Tisch sitzen. Hettys Wangen sind gerötet, und sie erinnert mich ein wenig an Rudolph Rentier, dessen Namen sie erraten muss. Jared hat seinen Namen, Santa, den ich für ihn notiert habe, blitzschnell heraus. Ich stehe allerdings beim Raten auf dem Schlauch, denn ich bin offenbar weder eine Elfe noch ein Weihnachtsengel oder ein Tannenbaum und auch keins der Rentiere, die ich aufzähle. Nach der zehnten Frage muss ich schließlich aufgeben. Als ich mir den Zettel von der Stirn reiße, lese ich *Zimtstern.* »Echt jetzt?

Zimtstern?«, frage ich Jared lachend, der mir das eingebrockt hat. »Wer bist du? Das Krümelmonster, das nur Kekse im Kopf hat?«

»Durchaus möglich.« Er grinst mich schief an, und in seinen Augen steht ein Funkeln. »Du weißt doch: Zimtsterne stehen auf meiner Krümelmonster-Cookies-Top-Ten-Liste ganz oben. Sie sind so süß und duften so lecker. Ich mag sie wirklich gerne und kann gar nicht aufhören, an sie zu denken.«

Plötzlich bin ich mir nicht mehr sicher, ob wir noch über Kekse reden. Ich spüre, wie meine Wangen anfangen zu glühen, und greife schnell zu meinem Glas, um mich innerlich mit Wasser abzukühlen, während das Spiel weitergeht und Mr Bingle an der Reihe ist.

Als die anderen sich um Punkt 15 Uhr vor dem Fernseher versammeln, um der Rede der Queen zu lauschen, zieht Jared mich zur Seite.

»Lass uns verschwinden«, flüstert er mir ins Ohr. »Ich will dir etwas zeigen.«

Jared steckt mir die Taschenwärmer mit dem Bild eines Rentiers zu, die ich am Morgen in meinem Strumpf gefunden habe. »Gegen die rote Rudolph-Nase. Und den hier können wir sicher auch gebrauchen.« Er wedelt mit dem gestrickten Liebesfäustel vor meiner Nase herum, den Hetty uns geschenkt hat.

Wir schnappen uns Buttons und schlendern, die Hände im Handschuh verschränkt, durch die Stadt, die wie ausgestorben daliegt. Es ist im wahrsten Sinne des Wortes eine *Stille Nacht*, denn auch die Straßen sind menschenleer. Kein Bus und keine Bahn ist in Sicht, und nur wenige Pubs und Restaurants haben geöffnet. Die Straßen sind weiß gepudert und erinnern durch den gestreuten Kies gegen die Glätte an Stracciatella-Eis mit Schokostreuseln. Pappige Flocken wirbeln durch die Luft und verleihen der Stadt einen magischen Touch.

Kurz zögere ich, ob ich die Sache mit der Einladung erwähnen soll, doch ich will den schönen Augenblick nicht zerstören und beschließe, bis nach dem Spaziergang zu warten.

In Höhe des Big Ben überqueren wir die Themse über die Westminster Bridge und laufen weiter bis zum London Eye. Das große Riesenrad am Ufer ist erstarrt, die Gondeln leer.

»Wenn du über Silvester bleibst, könnten wir das Feuerwerk von dort oben betrachten«, schlägt Jared vor.

»Du spinnst«, sage ich. »Das ist viel zu teuer für mein Budget. Mal abgesehen von dem Gedränge, das an Silvester hier sicher herrscht. Ich glaube, das ist nichts für mich.«

»Heißt das, du hast dich schon entschieden?« Ein hoffnungsvolles Leuchten erscheint in seiner Miene.

»Ja, ich glaube schon.« Ich schenke ihm ein zaghaftes Lächeln. »Du warst wirklich sehr überzeugend.« Tatsächlich habe ich in der Nacht kaum ein Auge zugemacht vor lauter Grübeln, aber erst jetzt wird mir bewusst, wie sehr ich mir wünsche, noch zu bleiben und mehr Zeit mit Jared zu verbringen. Und warum sollen die Wünsche meiner Familie wichtiger sein als meine eigenen?

»Yes!« Er wirbelt mich herum. Buttons springt kläffend an uns hoch. »Jetzt muss ich mir nur etwas anderes einfallen lassen, wie ich dir die magische Seite vom Londoner New Year's Eve zeige, wenn das Eye ausscheidet.«

»Ich bin gespannt.« Ich stelle mich auf die Zehenspitzen und küsse ihn sanft. Seine Lippen fühlen sich kalt an, aber als er den Kuss erwidert, wird mir ganz warm. Kurz bleibt die Zeit stehen, und in dieser bezaubernden Stracciatella-Eis-Kulisse habe ich einen Moment lang das Gefühl, als gäbe es nur noch uns beide. Als befänden wir uns selbst in einer Schneekugel, in der die Welt uns nichts anhaben kann. Ich wünschte, es würde für immer so bleiben. Der Moment geht jedoch viel zu schnell vorbei, und wir schlendern weiter.

Am Globe Theatre hole ich mein Handy heraus. Wie schon bei unseren früheren Spaziergängen mache ich für das Scrapbook Fotos und ein Selfie von uns vor dem Rund der Freilichtbühne. Später will ich die Bilder mit Skizzen ergänzen und zu einer Collage gestalten.

Mein Blick schweift über die Millennium Bridge, an deren Ende die St. Paul's Cathedral aufragt.

»Dort spielt eine meiner Lieblingsszenen aus dem Mary-Poppins-Film«, sagt Jared. »Die Taubenszene.«

»Das ist auch meine Lieblingsszene«, gestehe ich. »Es kommt sogar eine Schneekugel drin vor.«

Arm in Arm laufen wir über die Brücke. Buttons versucht, die Schneeflocken zu fangen, und bringt uns damit zum Lachen. Auf den Stufen von St. Paul's holt Jared eine Decke aus seinem Rucksack, und wir setzen uns. »Ich habe noch ein Geschenk für dich.« Er zieht eine Schneekugel aus seiner Jacke, in der sich die Kathedrale befindet.

»Ist das … Das ist die Schneekugel vom Winter Wonderland?«, sage ich erstaunt und nehme sie vorsichtig in die Hand. »Oh, danke. Sie ist zauberhaft.« Ich drehe die Schneekugel um, sodass es auch im Glas schneit.

»Das ist dein Gewinn, wie versprochen. Du hast es tatsächlich geschafft, Weihnachten wieder magisch zu machen. Ich habe mich lange nicht mehr so gut gefühlt.« Er beugt sich zu mir und legt seine Stirn an meine. »Danke. Ich mag dich. Sehr sogar.«

Trotz der Kälte breitet sich eine wohlige Wärme in mir aus. »Ich dich auch«, gestehe ich.

Buttons quetscht sich zwischen uns und schleckt uns über die Wangen.

»Uäh!« Ich wische mir den Hundesabber aus dem Gesicht.

»Hast du Lust, morgen mit mir zu Tamsyns Weihnachtsparty zu gehen?«, fragt er. »Ich würde gern mit dir angeben und dich meinen Freunden vorstellen. Gran hat nichts dagegen. Sie hat ein Date mit Mr Bingle.« Er schenkt mir sein Strahlelächeln.

Ein mulmiges Gefühl überläuft mich. »Zu deiner Ex? Ich weiß nicht so recht.« Zeit, Farbe zu bekennen. »Und ehrlich gesagt werden wir bei deinem Vater erwartet.«

Jared schüttelt den Kopf. »Ich habe ihm im Winter Wonderland bereits abgesagt. Seine Weihnachtsdinner sind sowieso keine Familienessen, sondern Networking-Events, bei denen es bloß ums Geschäft geht. Das brauch ich nicht.«

»Ich fürchte, ich hab zugesagt«, bricht es aus mir hervor.

Jareds Miene versteinert. »Wie bitte?«

Nervös knete ich meine Hände. »Er hat mich beim Vorstellungsgespräch darum gebeten, mit dir zu reden. Er wünscht sich, dass du dich nur kurz sehen lässt.«

Jared dreht sich um und starrt in die Ferne. »Das heißt,

du bist mir in den Rücken gefallen, damit du die Stelle bekommst?«

»Quatsch, so ist es doch gar nicht gewesen.« Verzweiflung steigt in mir hoch.

»Wie ist es denn dann gewesen?« Er verschränkt die Arme vor der Brust, eine einzige Mauer aus Abwehr.

»Na ja, man könnte sagen, er hat mich überrumpelt.« Ich greife nach seiner Hand, doch er entzieht sie mir mitsamt Fäustel. »Es ist Weihnachten. Die Zeit der Versöhnung. Kannst du nicht versuchen, einen Schritt auf ihn zuzumachen? Du hast selbst gesagt, das wichtigste Geschenk sei Zeit. Warum schenkst du ihm nicht ein wenig davon?«

Ein Muskel zuckt in seiner Wange. »Du kennst meinen Vater nicht. Du weißt nicht, wie er ist. Er hat kein einziges Weihnachtsfest mit mir verbracht, seit er seine neue Familie hat. Wenn ich Geburtstag habe, ruft er mich nicht mal an. Bestenfalls bekomme ich eine Mail von seiner Assistentin. Das, was ich mir am meisten von ihm gewünscht habe, seine Zeit, hat er mir nie geschenkt. Warum soll ich ihm meine geben? Damit er sein Image aufpolieren kann?« Seine Stimme klingt kalt wie Eis. »Auf keinen Fall tue ich so, als seien die vergangenen Jahre vergessen, nur damit mein Vater sich vor seinen Geschäftskollegen mit seiner ach so glücklichen Familie brüsten kann. Soll er mir doch den Geldhahn zudrehen, so wie er es angedroht hat. Abgesehen davon hast du kein Recht, dich in meine Angelegenheiten einzumischen.«

»Wenn man jemanden mag, dann werden die Angelegenheiten des anderen doch auch zu den eigenen.«

»Ja, aber jemanden zu mögen, bedeutet nicht, für ihn Entscheidungen zu treffen.« Er ballt die Hände zu Fäusten. »Wir hatten eine Abmachung: Keine Geheimnisse mehr. Ich hab dir vertraut.«

»Wirklich?«, frage ich traurig. »Vielleicht hast du auch nur nach einem neuen Grund gesucht, mich von dir zu stoßen, weil du dir eine Fernbeziehung doch nicht vorstellen kannst. Für mich sieht es noch immer so aus, als ob du nicht weißt, was du eigentlich willst.« Meine Stimme klingt heiser vor Enttäuschung. »Aber ganz oder gar nicht ist nicht immer die beste Lösung. Manchmal muss man eben auch Kompromisse eingehen. Und die bittere Medizin mit einem Löffelchen Zucker versüßen.«

»Na, darin bist du ja Meisterin. Vielleicht solltest du dich erst mal mit deinem eigenen Leben auseinandersetzen?«, blafft er mich an. »Du willst es immer allen recht machen und gehst ständig Kompromisse ein. Dabei verleugnest du dich selbst, weil du nicht den Mumm hast, dich deinen Träumen zu stellen.«

»So ein Quatsch! Ich kämpfe für meinen Traum«, beharre ich und blinzele gegen die aufsteigenden Tränen an.

»Ach ja? Ich wusste gar nicht, dass dein Traum darin besteht, Werbung für Waschmittel und Blasenpflaster zu gestalten. Ich dachte, du willst malen.«

Seine Worte sind wie kleine Pfeile, die sich mitten in mein Herz bohren. Die Wut kocht in mir hoch und brodelt über. »Und du klammerst dich an die Vergangenheit, aber irgendwann sollte man auch mal loslassen.«

Seine Miene ist zu Stein erstarrt. »Ich dachte, du verstehst mich. Aber offenbar habe ich mich getäuscht.«

»Nein, im Moment verstehe ich dich wirklich nicht.« Ein dicker Kloß schnürt mir die Kehle zu. »Aber das würde ich gerne. Wieso fällt es dir so schwer, deinem Vater zu verzeihen? Vielleicht solltest du endlich den Brief deiner Mutter lesen, damit du abschließen und nach vorn schauen kannst.« Kaum habe ich die Worte ausgesprochen, weiß ich, dass ich zu weit gegangen bin. Ich habe eine unsichtbare Grenze überschritten. Jared verzieht gequält das Gesicht, und er schließt kurz die Augen, als müsse er mühsam um Fassung ringen. Rasch versuche ich, einzulenken. »Komm mit mir, lass uns an dem Abend gemeinsam Spaß haben.«

Wie in Zeitlupe schüttelt Jared den Kopf. »Wenn du nach der Pfeife meines Vaters tanzen willst, bitte. Aber auf mich kannst du dabei nicht zählen.« Er ballt die Hände zu Fäusten und steht auf. »Ich bin so blöd, ich habe echt gedacht, mit dir wäre es anders. Keine Erwartungen, keine Verpflichtungen. Aber wie es aussieht, stellst du jetzt doch Erwartungen an mich, bloß kann ich die nicht erfüllen. Tut mir leid.« Unendliche Trauer steht in seinem Blick. Er wendet sich ab und geht.

Buttons folgt ihm und wirft dabei die Schneekugel um. Scheppernd zerbricht das Glas, und die Flüssigkeit ergießt sich über die Stufen. Weißer Kunstflockenglitter wirbelt auf das Pflaster.

Wie betäubt schaue ich Jared nach. Seine Worte zerreißen mir das Herz in tausend Fetzen. Meine Hände krallen sich um die Treppenkante, und erst als ein fieser Schmerz in meinen Zeigefinger schneidet, erwache ich aus meiner Starre. Blut tropft auf meine Hose. Rasch fische ich ein Papiertuch aus der Tasche und drücke es auf meinen Finger, um die Blutung zu stoppen.

Erst eine ganze Weile später klaube ich vorsichtig die Scherben der zerbrochenen Schneekugel und die Decke zusammen und mache mich auf den Rückweg. Tränen brennen mir in den Augen, doch ich weigere mich, ihnen freien Lauf zu lassen.

Hanna

Blue Christmas
oder:
Stand der Dinge: Augenringe

»Was soll das denn werden, Liebes?« Erstaunt blickt Hetty auf meinen Koffer, als ich am nächsten Tag nach unten komme. Von Jared und Buttons ist weit und breit nichts zu sehen.

Nach meiner Rückkehr gestern habe ich noch mal versucht, mit ihm zu reden. Er ist jedoch in seinem Zimmer verschwunden und hat sich totgestellt, als ich an seine Tür geklopft habe.

Ich habe mich mit der Arbeit an unserem digitalen Scrapbook abgelenkt, was mir nicht leichtfiel, da es viele schöne Erinnerungen an unsere Touren durch die Stadt geweckt hat. Letztendlich wurden sie jedoch alle von dem fiesen Streit übertönt. Der Gedanke, dass er nur zwei Zimmer weiter ist und trotzdem in unerreichbarer Ferne, hat mich nicht mehr losgelassen. Irgendwann habe ich beschlossen, dass ich Abstand brauche, räumlich wie seelisch. Jareds Bemerkung, dass ich nur auf den Vorschlag seines

Vaters eingegangen sei, um mir die Stelle zu sichern, hat mich zutiefst verletzt. Und da er offenbar nichts mehr mit mir zu tun haben will, scheint es mir das Beste, erst einmal Distanz zu schaffen und in das Apartment seines Vaters zu ziehen. Kurz habe ich überlegt, ob ich nach Hause fahren soll, aber das wäre mir wie endgültiges Scheitern vorgekommen, zumal ich bei Mams groß getönt habe, dass ich erst nach Silvester zurückkommen werde. *Außerdem will ich immer noch die New Year's Parade sehen*, denke ich trotzig.

Wie ein Mahnmal unserer zerbrochenen Beziehung lasse ich die kaputte Schneekugel, die er mir geschenkt hat, auf dem Tisch im Schlafzimmer zurück.

»Mr Starkfield hat mir ein Apartment zur Verfügung gestellt«, erkläre ich nun Hetty, »und ich will Jared nicht länger sein Bett vorenthalten.«

»Unsinn, das macht ihm nichts aus. Du kannst so lange bleiben, wie du magst. Er freut sich darüber genauso wie ich.«

»Da bin ich mir nicht so sicher«, murmele ich.

»Was ist denn bloß los?« Sie zieht mich zu sich aufs Sofa. »Jared ist auch schon den ganzen Morgen wie ein Geist durchs Haus spaziert und meinen Fragen ausgewichen. Ich dachte, ihr habt euch wieder versöhnt?«

Kurz und knapp erzähle ich ihr die ganze Geschichte. »Ich wollte ihn bestimmt nicht zu irgendwas drängen. Sein Vater hat mich … nun ja … überrumpelt.«

»Das glaub ich dir, Liebes.« Hetty drückt kurz meine Hand. »Das Verhältnis zwischen Theo und Jared war schon immer kompliziert. Jared hat nie seinen Anforderungen entsprochen. Dabei hat sich der Junge nur Aufmerksamkeit gewünscht.« Sie seufzt. »Seit Lizzys Tod hat sich Jared noch mehr in sich zurückgezogen. Ich glaube, er hat schlicht Angst, noch mal jemanden zu verlieren. Und da stößt er lieber alle vorher von sich weg.«

»Mag sein, aber damit kann ich nicht umgehen.«

Hetty macht ein mitfühlendes Gesicht. »Sprecht euch aus, bevor du gehst.«

Ich schüttele den Kopf. »Das habe ich versucht. Er will nicht mit mir reden.« Vielleicht ist auch das ein Grund, warum ich noch in London bleiben will. Insgeheim hoffe ich, dass Jared vielleicht nur ein wenig Zeit braucht und doch noch mit mir reden wird. Irgendwann. Ich stehe auf und drücke sie fest. »Danke, Hetty, für alles.«

Ich gehe, ohne mich noch einmal umzudrehen, aus Sorge, dass mir sonst doch wieder die Tränen kommen.

Im Gegensatz zu gestern herrscht an diesem Tag wieder Hektik. Menschen drängen sich auf den Bürgersteigen, und der Lärm der Großstadt erfüllt die Luft. Alle Welt scheint unterwegs zu sein, um Geschenke umzutauschen oder Schnäppchen zu jagen. In der U-Bahn tippe ich eine Nachricht an Jared, in der ich ihm einen Link zum Runterladen seines Weihnachtsgeschenks, des digitalen Scrapbooks, schicke, und lasse ihn wissen, dass ich gern mit ihm reden würde. Wenig später sehe ich, dass er die Nachricht gelesen hat, aber eine Antwort erhalte ich nicht.

Niedergeschlagen schließe ich die App und bin froh, als ich die Adresse erreiche, die Mr Starkfield mir gegeben hat. Die Wohnung ist zwar nicht größer als eine Schuhschachtel, aber ich habe sie für mich. Und es gibt eine Badewanne, die ich ausgiebig benutzen werde.

Erst einmal rolle ich mich erschöpft auf dem Bett zusammen.

Die Stille dröhnt in mir. Ich war an einem Weihnachtstag noch nie allein. Wenn ich es mir genau überlege, war ich überhaupt niemals wirklich allein. Irgendwer war immer da, und ich habe es immer genossen, den einen Feiertag bei der einen Oma, den anderen bei der anderen Oma zu verbringen. Aber wollte ich diese Reise nicht auch gerade deswegen machen, um mir klar zu werden, was ich will? Um mir zu beweisen, dass ich es auch allein schaffen kann? Warum also fühlt es sich jetzt so schrecklich an?

Vorsicht vor Wünschen. Sie könnten in Erfüllung gehen.

Meine Gedanken schweifen zu Jared. Wie kann er mir unterstellen, dass ich die Einladung nur angenommen hätte, um diesen Praktikumsplatz zu bekommen? Der Gedanke macht mich sofort wieder traurig und wütend zugleich.

Ich ziehe mir die Decke über den Kopf und kann nicht aufhören zu weinen. Erst beim Plingen meines Handys setze ich mich schniefend wieder auf und wische mir die Tränen vom Gesicht. In der Hoffnung, dass es eine Nachricht von Jared ist, schnappe ich es vom Nachttisch.

Meine Augen brennen, und ich kneife sie zusammen. Ein Stich der Enttäuschung durchzuckt mich, als ich auf dem Display Jules Name erkenne.

> **Jule:** Frohe Weihnachten, Süße. Wie kuschelt es sich mit Santa?

Ich seufze tief, ziehe den Rotz hoch und klage ihr per Sprachnachricht mein Leid. Sie antwortet mit den entsprechenden Wut-Emojis.

Jule: Ich wünschte, ich könnte bei dir sein. Was hast du jetzt vor? Gehst du trotzdem zu diesem Weihnachtsdinner?

Hanna: Auf keinen Fall. Das sieht doch dann so aus, als hätte er recht gehabt.

Jule: Dann schreib ihm eine Nachricht. Ihr müsst reden. So was kann man nicht einfach im Raum stehen lassen.

Hanna: Hab ich schon. Aber er schweigt sich aus. Ich denke, das war's.

Jule: Ach, Maus. Das tut mir so leid. Willst du den Job trotzdem annehmen?

Unwillkürlich schießt mir Jareds Vorschlag durch den Kopf, dass man auch ohne Abitur Kunst studieren kann. Ich verharre kurz, ehe ich meine Antwort tippe:

Hanna: Wenn ich das bloß wüsste. Was ist mit dir, Freddie und der Ex?

Jule: Freddie hat es endlich geschnallt, dass sie ihn zurückhaben will und gegen mich intrigiert. Jetzt demonstriert er bei jeder Gelegenheit vor ihren Augen, wie sehr er mich mag.

Hanna: Cool. Das freut mich für dich.

Jule: Ich drück dich. HDL

Hanna: Dito.

Ich beschließe, mir ein Bad zu gönnen, um darüber nachzudenken, was ich tun soll, und lasse das Wasser einlaufen. Wohlige Wärme umgibt mich, als ich in die Wanne steige, und ich stoße ein Seufzen aus. Meine Muskeln entspannen sich, und die Kopfschmerzen verblassen allmählich. Ich tauche unter und lasse mich ganz vom Wasser umspülen. Als ich auftauche, beschließe ich, Jared noch eine letzte Nachricht zu schreiben, damit er mich bei seinem Vater für die Party entschuldigt. Ich habe Mr Starkfields Privatnummer nicht, und in der Agentur geht natürlich niemand mehr ran. Sicherheitshalber schicke ich auch Kendra noch eine Mail, falls Jared meine Nachrichten immer noch ignoriert. Fast erleichtert lege ich das Handy danach zur Seite. Ein wenig zu nachlässig, denn es rutscht vom Wannenrand ab und plumpst ins Wasser.

»Verdammt!«

Schnell fische ich es heraus und steige aus der Wanne. Mit einem Handtuch wische ich hektisch auf dem Display herum. Der Bildschirm ist schwarz, und ich kann nur hoffen, dass es nicht völlig hinüber ist. Ich hole den Akku und die SIM-Karte heraus und tupfe beides trocken. Da ich keinen Reis zur Hand habe, muss Küchenpapier genügen.

Schließlich setze ich mich im Schneidersitz und in meinen Bademantel gewickelt aufs Bett. Mir bleibt nichts anderes übrig, als abzuwarten. Dass mein Handy funktioniert. Dass Jared sich meldet. Falls er sich meldet.

Warten ist echt scheiße!

Jared

Skin
oder:
Gedanken-Achterbahn

»Was hast du dir dabei bloß gedacht?!«

Gran erwartet mich, als ich vom Spaziergang mit Buttons zurückkomme und meine Jacke aufhängen will. Sie hat die Arme vor der Brust verschränkt und sieht fuchsteufelswild aus.

Ich brauche nicht lange zu überlegen, warum mich ihr Zorn trifft. Die Antwort ist einfach: Hanna.

»Sie ist ausgezogen. In das Apartment deines Vaters«, schleudert mir Gran an den Kopf.

Das kommt so überraschend, dass ich mitten in der Bewegung verharre. Ein fieses Ziehen macht sich in meiner Brust breit. Sofort gehe ich in den Selbstverteidigungsmodus über. »Ich werde mich von meinem Erzeuger bestimmt nicht manipulieren lassen und bei dieser Party erscheinen, nur damit Hanna die Stelle sicher hat. Sie hat ihm hinter meinem Rücken einfach zugesagt.«

»Und was ist daran so schlimm, zu diesem Weihnachtsdinner zu gehen?«, will Gran wissen.

Ich lasse Buttons von der Leine; er steuert sofort sein Körbchen an. »Dass es ihm gar nicht um mich geht, sondern nur um sein Image. Und dass er nur mich eingeladen hat, dich nicht. Du gehörst schließlich auch zur Familie, und ich lass dich an Weihnachten nicht gern allein.«

»Das ist lieb von dir, aber du weißt, ich bin schon verabredet. Mit Mr Bingle. Außerdem sind mir solche Dinge nicht wichtig. Ich kann auf das Weihnachtsdinner deines Vaters gut verzichten.«

»Ich auch. Außerdem habe ich keine Lust, dem Stiefmonster zu begegnen.«

»Du verhältst dich wie ein bockiges Kind.«

»Hanna kann ja zu der Party gehen, wenn sie möchte.«

»Aber er ist dein Vater«, beharrt Gran. »Vielleicht ist es an der Zeit, dass du dich mit ihm versöhnst. Deine Mutter hätte das sicher gewollt.«

»Bist du sicher? So, wie er sie behandelt hat?«

Gran schüttelt den Kopf. »Du verrennst dich da in etwas. Und das ist alles so lange her. Meinst du nicht, es wird Zeit, nach vorne zu schauen?« Sie seufzt und setzt sich an den Tisch, wo ihre Teetasse steht. »Du musst mit Hanna reden. Was immer zwischen euch vorgefallen ist, ihr müsst das klären.«

»Es gibt nichts zu klären. Sie hat ihre Entscheidung getroffen, ich meine.« Ich setze mich zu ihr an den Tisch.

Gran rührt klirrend in ihrem Tee, ehe sie einen Schluck nimmt. »Bist du sicher, dass du nicht nur einen Vorwand suchst, um nicht noch einen Menschen zu verlieren, den du liebst? Dabei vergisst du aber, dass du erst recht verlierst, wenn du alle immer auf Distanz hältst. Du verwehrst es dir selbst, glücklich zu sein. Und das haben weder die Menschen, die dich lieben, noch du selbst verdient.« Sie ergreift meine Hand. »Ich vermisse deine Mum auch. Jeden Tag. Aber ich bin mir sicher, sie hätte sich gewünscht, dass wir unser Leben weiterleben und keine Angst haben zu lachen.«

Gran ist mir immer so stark vorgekommen, und ich bekomme sofort ein schlechtes Gewissen, dass ich sie nicht mehr getröstet, ihr in ihrer Trauer nicht mehr beigestanden habe. So wie sie mir.

»Ich wünschte, du würdest deinem Vater noch eine Chance geben. Er liebt dich, auch wenn er es vielleicht nicht immer so gut zeigen kann«, sagt Gran traurig. »Und ich wünschte, du würdest Hanna noch eine Chance geben. Das Mädchen hat sie wahrlich verdient. Sie hat dir gutgetan. In ihrer Gesellschaft warst du völlig verändert.«

Unvermittelt taucht Hanna in meinem Kopf auf, und das fiese Ziehen macht sich erneut in mir breit, stärker noch als zuvor.

»Trauer braucht ihre Zeit, das verstehe ich.« Grans Blick bohrt sich in meinen. »Und wir dürfen auch wütend sein, wenn wir einen geliebten Menschen verlieren. Auch das gehört zur Liebe dazu. Denn es beweist, dass wir fühlen, dass wir leben. Aber wenn wir die Tür in unserer Trauer und Wut so fest hinter uns verriegeln, dass wir kein Glück mehr reinlassen können, stirbt jeden Tag ein Stück mehr von uns selbst. Es erfordert Mut und Entschlossenheit, neue Türen zu öffnen und unser Leben weiterzuleben. Deine Mum hat das gewusst. Nach Grampas Tod haben wir gemeinsam neue Türen aufgestoßen und neues

Glück gefunden. Und das war gut so, denn sonst gäbe es dich heute gar nicht, und wir wären vermutlich verbitterte alte Hausdrachen geworden.« Sie lächelt leicht. »Das heißt aber nicht, dass wir deinen Grampa vergessen haben. Er ist immer hier drin.« Sie tippt auf ihre Brust. »In unseren Herzen.« Mit beiden Händen umfasst sie mein Gesicht. »Mach es wie deine Mum. Gib dir einen Ruck. Öffne die Tür. Weihnachten ist die Zeit der Versöhnung.«

Ich verdrehe die Augen. »Jetzt klingst du schon genau wie Hanna.«

»Sie ist eben ein kluges Mädchen«, meint Gran. »Ganz anders als diese Tamsyn.«

»Gran …«, stöhne ich. »Was hat Tamsyn jetzt damit zu tun?«

»Nichts, nur für den Fall, dass du die beiden vergleichen solltest. Hanna wird dich nicht sitzen lassen.«

»Das hat sie doch schon«, erwidere ich. »Du hast selbst gesagt, sie ist ausgezogen.«

»Du bist so stur und stolz wie deine Mutter. Das habt ihr von Grampa, nicht von mir.« Sie schnaubt wie der Drache, den sie eben erwähnt hat. »Es macht unglücklich, im Streit auseinanderzugehen. Tu ihr das nicht an. Und dir auch nicht. Ruf sie an und sag ihr, dass sie zurückkommen soll.«

»Auf keinen Fall. Ich werde sie zu nichts überreden, was sie nicht will. Abgesehen davon hätten sich unsere Wege sowieso in einer Woche getrennt, weil ich zurück nach Deutschland muss und sie hierbleibt. So ist der Abschied nur ein bisschen früher gekommen als ursprünglich geplant.«

Gran schüttelt den Kopf und steht auf. »Ich hab dich

wirklich für schlauer gehalten, aber offenbar hast du nicht nur einen Dickschädel, sondern auch noch ein dickes Brett vorm Kopf.« Sie blickt mich herausfordernd mit hochgezogenen Augenbrauen an. »Wer willst du sein? Der, der hier sitzt und das Leben schmollend und grollend an sich vorbeiziehen lässt, oder der, der mit Hanna zusammen ist? Du liebst sie doch, oder etwa nicht?«

Die Antwort scheint klar zu sein und die neue Tür, wie Gran es ausdrückt, habe ich schon einen Spalt geöffnet. Ich weiß jedoch nicht, ob ich bereits genügend Mut aufbringe, auch hindurchzugehen.

Jared

The Sound of Silence
oder:
Der Klügere trägt Smoking

Das Problem ist, dass ich schlecht in Gefühlssachen bin. Noch dazu sind manche Gefühle so tief vergraben, dass man sie nicht einfach hervorholen oder auslöschen kann. Genauso geht es mir mit den Gefühlen für meine Mutter. Und für Hanna. Sie hat mich umgeworfen und meine Welt auf den Kopf gestellt. Mein Herz sagt mir, dass ich verzeihen soll, aber mein Verstand macht nicht mit.

Ich sitze in meinem Zimmer auf dem Bett. Buttons leistet mir Gesellschaft, und seine Nähe wirkt beruhigend auf mich. Gedankenverloren streichele ich ihm durchs Fell. Hannas Duft hängt noch in den Kissen, doch statt tröstlich zu sein, verursacht er eine innere Leere in mir, die mit jeder Sekunde wächst. Tausende widerstreitende Gedanken schießen mir durch den Kopf. *Unsere Freundschaft, oder was immer wir hatten, hätte sowieso nicht funktioniert. Die Zeit mit ihr war schön. Fernbeziehungen sind Mist. Sie ist so süß wie ihre Cookies. Wenn sie für meinen Vater arbei-*

ten muss, um ihren Traum zu verwirklichen, will ich ihr nicht im Weg stehen. Verdammt, sie fehlt mir!

Wie betäubt starre ich auf die kaputte Schneekugel auf dem Schreibtisch. Ein Zettel liegt daneben.

Du hast gesagt, du brauchst Bilder,
um dich zu erinnern.
Vielen Dank für die schöne Zeit.

Darunter ist ein Link angegeben, den Hanna mir auch aufs Handy geschickt hat. Als sei er an einem Haken befestigt, schweift mein Blick immer wieder von der Schneekugel zu dem Zettel mit dem Link. Er kommt mir vor wie ein Papier gewordener, stummer Vorwurf, der mich als feige beschimpft.

Irgendwann halte ich es nicht länger aus. Ich beschließe, mir dieses digitale Scrapbook einmal anzuschauen und dann zu löschen.

Auf Nimmerwiedersehen.

Ich fahre meinen Laptop hoch und lade die Datei runter. Langsam klicke ich mich durch die Seiten. Zeichnungen vermischen sich mit Fotos. Collagen. Kleine witzige Kommentare. Hannas lachendes Gesicht. Ich neben ihr. Eine in der Sonne glitzernde Seifenblase. Das Bild von St. Dunston-in-the-East.

Ein heftiger Stich durchzuckt mich.

Erinnerungen. Sind. Schmerzhaft.

Meine Kehle ist plötzlich wie zugeschnürt, und ich fühle mich bestätigt in der Vermutung, dass man bei der Liebe nur verlieren kann.

Und dennoch sehne ich mich nach Hanna. Bei ihr habe

ich mich lebendig gefühlt. Während ich durch die Seiten blättere, erlebe ich unsere Tour in Gedanken noch einmal.

Ihr Lachen, mein Lachen, all das hat Hanna in ihren Bildern eingefangen. Sie hat auch das Bild von mir als Weihnachtsmann in das Scrapbook eingefügt. Und das von Buttons und mir in dem kleinen Hotel in Calais. Und dann noch eines, das sie wohl aus dem Gedächtnis gezeichnet haben muss. Ich sitze im Sessel im Wohnzimmer am Tisch, das Scrabblebrett vor mir, hinter mir glitzert der Weihnachtsbaum, und auf meinem Gesicht strahlt ein Lächeln. Die Spielsteine zeigen das Wort Lävogyr, und ich muss unwillkürlich schmunzeln. Der Moment, dieser Abend, hat sich auch fest in mein Gedächtnis gebrannt. Die Bilder sind wunderschön, voller Details, ich kann meinen Blick kaum davon lösen. Ein kleiner Schauer kriecht mir über den Rücken hoch, und mein Puls legt einen Zahn zu. Als ich genauer hinschaue, sticht der Unterschied zwischen den Bildern geradezu heraus. Auf dem Bild mit dem Weihnachtsmann wirke ich traurig, wütend, obwohl ich lache. Auf den Londonbildern ist das anders.

Hannas Gesicht taucht vor meinem inneren Auge auf, wie sie mich ansieht, mit diesem Wichtellächeln, das mein Herz zum Funkeln bringt, und eine unglaubliche Sehnsucht erfüllt mich. Spontan hole ich den Brief von meiner Mutter aus meinem Rucksack und halte ihn unschlüssig in den Händen. Das sind ihre allerletzten Worte an mich, so was wie der Abspann unseres gemeinsamen Films. Nur, dass ich diesen speziellen Film nicht einfach zurückspulen kann. Mir bleiben nur die Kopfkino-Erinnerungen daran. Den Brief ungeöffnet zu lassen, hat mir allerdings auch kein Happy End gebracht. Im Gegenteil.

Es wird Zeit, nachzusehen, was sie mir zu sagen hat.

Mit dem Zeigefinger schlitze ich den Umschlag auf.

Ein Blatt liegt darin, auf beiden Seiten beschrieben. Ich falte es auseinander. Mums schwungvolle Schrift erscheint in ordentlichen Zeilen vor meinen Augen, und sofort erfüllt mich eine ungeahnte Wehmut und Trauer. Es dauert eine Weile, bis die Buchstaben wieder klar werden und ich die Worte lesen kann.

Mein liebster Jared,

ich weiß, dass du immer noch wütend auf deinen Vater bist, doch ich bin es nicht, denn er hat mir dich geschenkt. Und du bist das Beste, was mir je passiert ist.

Ich wünschte so sehr, dass ich dein Leben noch etwas länger begleiten könnte, doch wie es scheint, ist mir das nicht vergönnt.

Ich hoffe, dein Leben wird so wunderbar, wie meines es war, und dass du auch eines Tages erlebst, wie schön es ist, Kinder wie dich zu haben.

Ich wünsche mir so vieles für dich, am meisten jedoch wünsche ich mir, dass du glücklich wirst. Vor allem aber will ich, dass du lebst, liebst und lachst.

Und ich hoffe, dass es in deinem Leben auch einen besonderen Menschen gibt, der mit dir lebt und mit dir lacht, der dich so liebt, wie du bist. Mit allen Kanten und Macken. Dein Vater war dieser Mensch für mich, eine Weile lang. Und diese Weile war schön. Deshalb wünsche ich mir so sehr, dass ihr euch versöhnt. Ihr seid die wichtigsten Männer in meinem Leben gewesen. Und Grampa natürlich.

Denk dran: Das, was wir gemeinsam erlebt haben, kann uns niemand nehmen. Schöne Erinnerungen sind wie ein Bollerofen, der

uns in dunklen Zeiten wärmt. Sie haben die Kraft zu heilen und die schlechten Momente zu übertönen. Ja, anfangs können sie vielleicht auch schmerzen, aber je öfter man sie hervorholt, desto mehr schleifen die harten Kanten ab, bis nur noch das Schöne übrigbleibt und sie im Herzen funkeln wie ein Diamant.
Daher sind Zeit und das Schaffen von schönen Erinnerungen das größte Geschenk, das wir anderen machen können. Vergrabe dich deshalb nicht in deiner Arbeit und in deinem Zimmer, mein Schatz, und schaffe wundervolle Erinnerungen mit den Menschen, die du liebst. Denn das ist das, was irgendwann einmal von dir übrig bleiben wird. Spuren in ihren Herzen, die Bedeutung haben.
In deinem Herzen bin ich bei dir, und das wird immer so sein.

In Liebe,
Mum

Mit Tränen in den Augen falte ich den Brief zusammen. Mein Blick fällt erneut auf Hannas Scrapbook auf dem Laptopbildschirm. Grans Worte kommen mir in den Sinn, und mir geht auf, dass sie recht hat. Hanna hat mich glücklich gemacht. Bei unseren Stadtspaziergängen hat sie mir eine Fülle schöner Augenblicke geschenkt. Angefangen vom Guard am Buckingham Palace, ihren schrecklichen Weihnachts-Sweatern und albernen Mützen, der schiefe Weihnachtsbaum. Sie hat mich zum Lachen gebracht. Mit ihr waren selbst die unschönen Erinnerungen erträglich. Mir geht auf, dass sie mich ganz charmant dazu gebracht hat, all die Dinge zu tun, die ich eigentlich nie wieder tun wollte. Schlittschuh laufen, über Weihnachtsmärkte schlendern, Weihnachtsfilme anschauen, Glück verspüren. Hanna geht mir unter die Haut.

Sie ist im Nullkommanichts das Zentrum meines Universums geworden, meiner Gedanken. Sie ist die Eins und die Null, aus denen meine Welt besteht. Der Blockbuster meines Lebens.

Das Glück ist jedoch wie eine Schneekugel. Wenn es einem vergönnt ist, lebt man wie in einer Blase und nimmt nichts anderes wahr. Es kann jedoch genauso leicht zerbrechen und dann bleiben nur noch Scherben. Und erst wenn man vor dem Scherbenhaufen steht, weiß man, was man verloren hat.

Mit einem Mal erkenne ich, dass ich das, was sich Mum für mich gewünscht hat, bereits gehabt habe. Doch ich war zu feige, mir das einzugestehen, weil ich eine Scheißangst hatte, Hanna auch noch zu verlieren. Das hat jedoch nur dazu geführt, dass ich erneut vor einem Scherbenhaufen stehe und im Gegensatz zu der kaputten Schneekugel nicht weiß, wie ich das wieder kitten soll.

Na schön, gehen wir die Fakten durch. Hanna verursacht mir Bauchkribbeln, Herzfunkeln, Glücksgefühle. Und sie fehlt mir so sehr, dass es fast körperlich wehtut. Als ob die Scherben von der Schneekugel mir direkt ins Herz schneiden. Obwohl mir dieses Eingeständnis Angst macht, führt doch nichts an der Tatsache vorbei, dass ich sie liebe.

Ich nehme die kaputte Schneekugel in die Hand und betrachte sie nachdenklich.

Wabi-Sabi, denke ich, und Hannas Worte fallen mir ein. *Wahre Schönheit liegt im Vergänglichen, im nicht Makellosen. Manchmal muss erst etwas zerbrechen, damit man seine besondere Bedeutung erkennt, und wenn man es repariert, wird es umso schöner und wertvoller.*

Vielleicht habe ich noch eine Chance, alles wiedergutzumachen. Ich muss es zumindest versuchen.

Ich hole mein Phone heraus und fange an zu schreiben.

Zum gefühlt hundertsten Mal schaue ich auf mein Telefon. Schon eine Stunde und fünf Nachrichten sind vergangen und immer noch keine Antwort von Hanna. So viel zu meinem Plan. Der ist gründlich schiefgegangen. Wütend über mich selbst pfeffere ich das Smartphone aufs Bett. Buttons kuschelt sich an mich und schleckt mir über die Hand. »Mir geht's gut, Kleiner«, versichere ich und kraule ihn hinter den Ohren.

Kein Wunder, dass Hanna sich nicht meldet. Ich habe ihr ein paar ziemlich hässliche Sachen an den Kopf geworfen, und dafür gibt es keine Entschuldigung. Und ich habe ihre Nachrichten ignoriert. Das war dumm und kindisch. Und jetzt ist sie an Weihnachten allein, in einer fremden Stadt.

Womöglich aber schwimmt sie auch munter mit den großen Fischen im festlich geschmückten Haifischbecken meines Vaters. Es gibt nur einen Weg, das herauszufinden. Und ganz egal wie – Gran hat recht: Ich muss mit Hanna reden.

Entschlossen schnappe ich mir mein Phone und texte Hanna meinen Plan. Dann stehe ich auf und gehe zum Kleiderschrank. Nicht zu fassen, dass ich das jetzt tue!

Wie erwartet, hängt mein alter Smoking noch auf einem Bügel. Ich zwänge mich in das unbequeme Teil, das Pflichtprogramm für ein Weihnachtsdinner bei meinem Vater ist, und mache mich auf den Weg. Gran gibt mir ein

Daumen-hoch und einen dicken Schmatzer, als ich mich von ihr verabschiede.

Je näher ich der vornehmen Villa im Nobel-Stadtteil Belgravia komme, desto enger scheint mein Hemdkragen zu werden. Ich fahre mit einem Zeigefinger hinein und versuche, mir etwas mehr Luft zu verschaffen. Mein Mund ist wie ausgedörrt, als ich auf die Klingel drücke.

Ein Butler öffnet mir. Nachdem ich ihm die Einladung auf dem Phone gezeigt habe, führt er mich in die Eingangshalle, wo mein Vater und seine Frau wie ein Herrscherpaar bereitstehen, um die Gäste zu empfangen.

»Hallo Dad, Maggie.«

»Margaret«, korrigiert Mrs Starkfield mich sofort.

»Wie auch immer«, brumme ich.

»Jared, wie schön, dass du dir die Zeit nimmst.« Dad klopft mir auf die Schulter.

»Danke für die Einladung, Sir. Ist Hanna schon hier?«

»Hanna?« Er runzelt die Stirn. »Ich dachte, sie kommt mit dir.« Obwohl er es nicht laut ausspricht, fragt sein Blick unmissverständlich: »Hast du das auch schon wieder vermasselt?« Erinnerungen an Tamsyn werden wach. Dad war über unsere Beziehung erfreut, weil Tamsyns Vater einer seiner wichtigsten Kunden ist. Angeblich war es nicht einfach gewesen, mein »unmögliches Verhalten« wieder auszubügeln. Dabei hat Tamsyn mich verlassen, nicht umgekehrt.

»Sicher kommt sie noch nach«, sage ich automatisch.

Hinter mir stauen sich die Gäste, und Dad schiebt mich weiter. Genauso habe ich mir das vorgestellt.

Ich sehe mich im Saal um, der von Menschen wimmelt. Ein Kellner kommt mit einem Tablett vorbei, und ich schnappe mir ein Glas Champagner. Es wird nicht das letzte bleiben. Zielstrebig steuere ich das Buffet an und bediene mich.

Nach zwei Stunden stehe ich immer noch in meiner Ecke und warte wie Aschenbrödel auf den Ball.

Dad hat keine Zeit, sich mit mir zu beschäftigen. Er hat zu viel damit zu tun, zu networken. Und Maggie geht mir ohnehin aus dem Weg, weil sie mich nicht leiden kann. Auch das kommt nicht unerwartet. Ich bin eine lebendige Erinnerung, dass mein Vater ein glückliches Leben vor ihr hatte.

Nach gefühlt drei weiteren unbeantworteten Nachrichten, vier Gläsern Prickelbrause und zwei Stunden Beine-in-den-Bauch-stehen mit gelegentlichem Small Talk muss ich mir eingestehen, dass Hanna nicht mehr kommen wird. Ich kann nur hoffen, dass sie nicht schon nach Deutschland abgereist ist.

Ich pirsche mich an meinen Vater ran, der sich wild gestikulierend mit einem dicken Mann mit Zigarre unterhält.

»Hat Hanna sich bei dir gemeldet?«

Er dreht sich konsterniert um. »Solltest du das nicht besser wissen als ich? Sie hat Kendra eine Mail geschickt, dass sie sich entschuldigen lässt.« Er legt eine Hand auf meine Schulter. »Offenbar hat sie dich versetzt. Nun, wie dem auch sei. Vielleicht ist es ohnehin ratsam, wenn du nicht mit einer meiner Angestellten schläfst. Auf solche Verstrickungen verzichte ich gern.« Er lacht süffisant, als hätte er einen guten Witz gemacht.

Der Raum verschwimmt kurz vor meinen Augen, während ich die Nachricht verarbeite. Dann brodelt Wut in mir hoch. Auf meinen Vater, auf Hanna, weil sie mir aus dem Weg geht, und auf mich selbst, weil ich es so weit habe kommen lassen.

»Sagt der Mann, der seine erste Frau ganz klischeemäßig mit seiner ehemaligen Sekretärin betrogen hat.« Etwas zu heftig stelle ich mein Sektglas ab; der Stiel bricht ab. »*Bye*, Dad.«

Ich mache auf dem Absatz kehrt und stiefele davon. Aus dem Augenwinkel nehme ich wahr, wie Maggie mir einen verächtlichen Blick nachwirft.

Kälte schlägt mir entgegen, als die Tür hinter mir zufällt. Die frostige Luft sorgt auch dafür, dass ich die Augen nicht länger vor der Wahrheit verschließen kann.

Hanna will nichts mehr mit mir zu tun haben.

Die Erkenntnis tut weh. Sie schmerzt so stark, dass mir die Luft wegbleibt.

Wer hätte gedacht, dass dieser Tag sich so schnell von katastrophal zu absolut beschissen verändert.

Ich reiße mir die Krawatte vom Hals und öffne den Kragen, um nicht länger das Gefühl zu haben, ersticken zu müssen.

Mein Handy gibt ein Plingen von sich, und ich ziehe es hastig heraus. Die Nachricht ist jedoch nicht von Hanna, sondern von Tamsyn.

Tammy: Wo bleibt ihr? It's party time.

Kurz zögere ich, dann texte ich meine Antwort:

Jared: Schon unterwegs.

Tamsyn öffnet mir die Tür. Laute Musik dringt zu mir heraus. »Hey, Jared. Schön, dass du da bist. Schicker Smoking. Aber du hättest dich für mich nicht extra in Schale werfen müssen.« Sie drückt mir Küsschen auf beide Wangen und verrenkt sich den Hals. »Wo ist deine Freundin?«

»Kopfschmerzen«, erwidere ich knapp. Eine bessere Ausrede fällt mir nicht ein.

»Oh, das tut mir leid. Komm rein.« Sie öffnet die Tür ein wenig weiter, sodass ich mich an ihr vorbeizwängen kann.

Kaum dass ich das Wohnzimmer betrete, ist alles wieder wie früher. Vertraute Gesichter, Hände, die mir auf den Rücken schlagen, scherzende Begrüßungen. Ich schnappe mir ein Bier und lass mich aufs Sofa fallen.

Tamsyn pflanzt sich neben mich. »Alles klar?«

»Ja, sicher. Warum nicht?«

»Sieht nicht so aus.« Ihr Blick durchbohrt mich förmlich. »Du trägst Smoking und bist wieder ganz der grüblerische Trauerkloß.«

»Danke für das Kompliment. Dafür bist du wie immer der strahlende Sonnenschein, Tammy.«

»Hör mal, es tut mir leid, dass ich dir damals bei deiner Mutter nicht so gut helfen konnte.« Sie legt mir eine Hand auf den Arm. »Ich wusste einfach nicht, was ich tun sollte.«

»Und jetzt weißt du es?« Ich nehme einen großen Schluck aus der Flasche.

»Keine Ahnung. Auf jeden Fall kann ich jetzt besser zuhören. Seit ich Colin kenne.« Ihr Blick schweift zu dem geschniegelten Kerl, der uns von der anderen Seite des

Zimmers aus beobachtet. »Also, spuck's endlich aus: Wo ist Hanna?«

»Hab ich doch schon gesagt«, murre ich. »Kopfschmerzen.«

»Hm, wenn das ein Code dafür ist, dass ihr gestritten oder euch getrennt habt, dann tut mir das leid. Ihr beide habt zusammen wirklich süß ausgesehen.«

»Süß!« Ich schnaube verächtlich. »Ausgerechnet!«

»Na ja, du schienst glücklich zu sein. Ganz anders als zu unseren Zeiten. Zum Schluss wenigstens.«

»Klar, meine Mutter war auch gerade erst gestorben«, fahre ich sie an. Sofort nagt das schlechte Gewissen an mir. »Tut mir leid. Das war unfair von mir. Ich hätte mir damals wohl auch mehr Mühe geben sollen, dir zu erklären, wie ich mich fühle.«

»Ja, das stimmt«, bestätigt sie in der ihr eigenen Arroganz. »Schwamm drüber. Früher oder später wäre es wohl eh auseinandergegangen.«

»Ach ja?« Ich nehme einen weiteren Schluck. »Was macht dich da so sicher?«

»Wir sind einfach zu verschieden. Ich glaube, wir hatten eine bestimmte Vorstellung voneinander, wie der andere sein sollte. Um unsere Erwartungen aneinander zu erfüllen, haben wir uns verbogen. Wenn man jemanden liebt, sollte man sich aber nicht verbiegen müssen.« Sie nagt an ihrer Unterlippe. »Bei Colin kann ich so sein, wie ich wirklich bin, und das macht mich zu einem besseren, glücklicheren Menschen.« Ihr Blick schweift erneut zu Colin, und sie schenkt ihm ein Lächeln, was ihn dazu veranlasst, auf uns zuzusteuern. »Ich hatte den Eindruck, dass du dich bei Hanna nicht verstellen musst. Was immer zwischen euch passiert ist, vielleicht solltest du noch mal mit ihr reden.« Sie nimmt mir die Flasche ab und trinkt einen Schluck.

»*Jeez*, jetzt bekomme ich schon Liebesratschläge von meiner Gran und meiner Ex. Wie tief kann man noch sinken?«

Tamsyn lacht. »Mach dir nichts draus. Wenn man erst mal unten angekommen ist, kann es nur noch aufwärtsgehen.«

Colin baut sich vor uns auf. »Hey, Babe«, haucht er, worauf ich mit einem »Hallo, Kleiner« antworte.

Er ignoriert mich geflissentlich und markiert sein Revier, indem er Tammy abknutscht. Ich lasse die beiden allein und gehe zur Bar. Erneut ziehe ich mein Phone heraus und prüfe, ob Hanna inzwischen geantwortet hat.

Immer noch nichts.

Fein, wie sie will. Funkstille kann ich auch.

Ich schnappe mir ein Bier und mache mich an die Aufgabe des Abends: Mir die Kante zu geben, bis die allgegenwärtigen Erinnerungen an Hanna verblassen.

Jared

All of me
oder:
Liebe braucht ein Telefon

Ich weiß nicht, welcher Teufel mich geritten hat, dass ich gestern Abend nach Dads Dinner noch zu Tammy gefahren bin. Es muss derselbe Teufel sein, der jetzt den Vorschlaghammer in meinem Kopf bedient. Mühsam rappele ich mich auf und reibe mir die Schläfen, um das Trommeln zu vertreiben. Gleißendes Licht fällt durchs Fenster. Ich kneife die Augen zusammen, um mich zu orientieren, wo ich überhaupt bin.

Blümchenvorhänge, Schminktisch, weiß lackierter Kleiderschrank. Himmelbett.

Hell! Das ist nicht mein Schlafzimmer.

Bloody Hell! Das Schlafzimmer kenne ich.

Vorsichtig hebe ich die Decke an und sinke erleichtert in die Kissen. Puh, ein Glück. Ich bin angezogen. Nur die Schuhe fehlen.

Mein Blick fällt auf die Uhr, deren Digital-Ziffernblatt 11:03 Uhr anzeigt.

Die Tür fliegt auf, und Tamsyn kommt herein. In den Händen hält sie ein Tablett mit einer Tasse Kaffee, einer Scheibe Toast und meinem Phone. Sie ist, wie immer, top gestylt und strahlt lässige Eleganz aus. Das liegt irgendwie in ihren Genen. Ebenso wie die beherrschte Kühle, die sie umgibt. Hanna hingegen hat mir mit ihrer warmen Natürlichkeit und Unbeschwertheit den Kopf verdreht. Schmunzelnd denke ich an ihre albernen Weihnachts-Sweater, die sie mit solcher Anmut und Gelassenheit trägt, an die Tiermützen und an ihr Lachen. Ein Stich durchzuckt mich. Verflucht, ich vermisse sie so sehr!

»Na, von den Toten auferstanden?« Wie gewohnt sieht Tammy ausgesprochen wach aus, wie das blühende Sonnenblumen-Leben. Auch so eine Sache, die ständig zu Streit zwischen uns geführt hat. Sie steht gern mit den Lerchen auf, während ich eindeutig zu den Nachteulen gehöre.

»Haha.« Ich rolle mich aus dem Bett und suche nach meinen Schuhen.

Tamsyn stellt das Tablett auf den Nachttisch und drückt mir die Kaffeetasse in die Hand. »Hier, damit du auf Betriebstemperatur kommst.« Ihr sorgfältig geschminkter Mund in dem herzförmigen Gesicht verzieht sich zu einem Lächeln.

Vorsichtig nehme ich einen Schluck. Die heiße Flüssigkeit rinnt mir wohltuend die Kehle hinunter.

»Du hast dich gestern ganz schön abgeschossen«, tadelt sie. »Ich hielt es für besser, dich hierzubehalten.«

»Was sagt dein Lover dazu?« Ich nehme einen weiteren Schluck.

»Colin? Der hat dich ins Bett getragen.«

»Oh fuck!« Peinlichkeit hoch drei.

»Du warst gestern so neben der Spur, dass dein umwerfender Casanova-Charme sich quasi verflüssigt hat und du für dich eine Gefahr dargestellt hast. Deshalb mussten wir dich aus dem Verkehr ziehen. Keine Sorge, ich habe bei Colin übernachtet.« Tammy pflanzt sich neben mir aufs Bett.

»Übrigens, Hanna hat angerufen. Ich bin rangegangen.« Sie wedelt mit meinem Phone vor meiner Nase rum, und ich verschlucke mich am Kaffee. Fürsorglich klopft Tammy mir auf den Rücken. »Geht's wieder?«

»Was hat sie gesagt?«, will ich wissen.

»Nicht viel. Vermutlich fand sie es nicht cool, dass ich an dein Telefon gegangen bin. Ich soll dir ausrichten, dass sie deine Entscheidung akzeptiert und du Hetty grüßen sollst.«

»Verdammt, Tammy!«, fluche ich. »Musste das sein? Wieso gehst du überhaupt einfach an mein Phone?!«

»Es lag noch in der Küche und hat verflixt nervtötend geklingelt. Ich kann *You Make it Feel Like Christmas* nur begrenzte Zeit hören. Fünfmal hintereinander reicht definitiv. Seit wann stehst du auf solche Schnulzen? Ändere gefälligst den Klingelton für sie.«

Ich schnappe mir mein Phone. »Keine Sorge, du wirst es nicht mehr hören müssen.« Ich lasse mich in die Kissen sinken und reibe mir die Schläfen. »Zwischen uns ist es endgültig aus.«

Tamsyn verschränkt die Arme und neigt ihr hübsches Köpfchen wie ein Vogel zur Seite. »Was wird das denn jetzt? Ein Bad in Selbstmitleid? Seit wann gibst du so schnell auf?«

»Du hast doch selbst gesagt, sie will nichts mehr mit mir zu tun haben.« Tamsyn boxt mich in die Seite. »Autsch, wofür war das denn?« Ich reibe mir den Arm.

Sie verdreht die Augen. »Sag mal, bist du so blöd oder tust du nur so?«

Verwirrt schaue ich sie an. »Hey, ich bin nicht hier, um mich von dir beleidigen zu lassen.«

»Die Frage ist, warum du überhaupt noch hier bist. Hast du nicht zugehört? Ich fasse die Fakten noch mal kurz zusammen. Damit das in deinem Brummschädel ankommt. Du bist ihr wichtig. Sie denkt, du hast immer noch was mit mir. Ich an deiner Stelle würde die Füße in die Hand nehmen und zu ihr laufen, um das schnellstens richtigzustellen. Ich habe ihr zwar versichert, dass nichts mehr zwischen uns läuft, weil ich ja Colin habe, aber ich bin nicht sicher, ob sie mir geglaubt hat.«

»Spielt das denn noch eine Rolle? Ich bin ihr egal. Sie hat gestern nicht auf meine Nachrichten reagiert und dir heute gesagt, ich soll sie in Ruhe lassen.«

Tamsyn schnaubt. »Genau genommen hat sie gesagt, sie akzeptiert deine Entscheidung. Wenn du ihr wirklich so egal wärst, hätte sie bestimmt nicht angerufen, um solche kryptischen Botschaften zu hinterlassen. Vermutlich gibt es einen guten Grund, warum sie sich gestern nicht gemeldet hat. Wenn ich du wäre, würde ich das rausfinden wollen.«

Hoffnung keimt in mir auf. Ich richte mich auf und nippe an meinem Kaffee. »Meinst du wirklich?«

»Klar.« Sie schaut mich mitleidig an. »Und dir scheint sie ja wohl auch wichtig zu sein. So neben der Spur wie gestern habe ich dich noch nie erlebt. Also, komm endlich in die Gänge, Romeo, und bring das in Ordnung, bevor deine Julia es sich doch noch anders überlegt.« Sie steht auf und geht zur Tür. Dort dreht sie sich um. »Ein Rat noch.«

»Sicher, was sonst?«, brumme ich in mich hinein.

»Du solltest dir trotzdem besser was Romantisches einfallen lassen, um die Wogen zu glätten. Versuch es mal mit großen Gesten. Das zieht immer. Bei mir zumindest.« Sie rümpft die Nase. »Und du solltest unbedingt duschen, bevor du zu ihr gehst. Du müffelst.« Sie schenkt mir ein kokettes Lächeln, dann fällt die Tür hinter ihr zu.

Mhm. Ich brauche einen Plan. Hanna anzurufen, um sie um Verzeihung zu bitten, scheidet aus. Dazu ist inzwischen zu viel vorgefallen. Wir müssen das persönlich klären. Auge in Auge.

Mach was Romantisches, hat Tammy gesagt. Ich könnte sie fragen, aber ich hege den Verdacht, dass Tamsyn etwas anderes unter Romantik versteht als Hanna.

Rasch tippe ich eine Nachricht an Shinji.

Jared: Hey, ich hab Mist gebaut und brauche Hilfe von Dr. Love. Kennst du dich mit Romantik aus?

Shinji: Klaro. Ich bin sozusagen der James Bond der Romantik. Agent XOXO, wenn du mich verstehst. 😎

Ich verdrehe die Augen, dann schildere ich Shinji kurz das Problem. Schweigen.

Jared: Hey, bist du noch da?

Shinji: Logo, ich musste nur erst nachdenken. Bist du bereit, dich zum Affen zu machen?

Jared: Aber so was von.

Shinji: Kannst du tanzen? Oder reiten?

Jared: Wozu?

Mir schwant Übles. Kurz darauf bestätigt sich meine dunkle Vorahnung. Shinjis Plan beinhaltet eine Melone und eine Dirty-Dancing-Nummer, alternativ drei Haselnüsse, ein Prinzenkostüm und ein weißes Pferd. Angeblich würden alle Frauen darauf abfahren. Mit »alle Frauen« meint er vermutlich seine Schwestern. Da ich aber weder reiten noch besonders gut tanzen kann und ich Hannas Gesundheit nicht gefährden will, verzichte ich sicherheitshalber auf beides.

Erst zu Hause bei Gran, als mein Blick auf die Wunschgurke fällt, weiß ich, was ich tun muss, um bei Hanna vielleicht noch eine Chance zu haben.

Hanna

Say Something oder: Aufgeben ist für Feiglinge

Zum allerersten Mal bin ich völlig auf mich allein gestellt. In einer fremden Stadt. Das ist ein total ungewohntes, Angst einflößendes Gefühl. Vielleicht habe ich deshalb nach der Bus-Panne unbewusst so begierig die Gelegenheit ergriffen, die Reise mit Jared fortzusetzen.

Travel companions.

Ihn an meiner Seite zu wissen, gab mir Sicherheit. Und es hat mich motiviert, fremde Menschen wie Lina und Heiner anzusprechen, denn das war wichtig, um weiterzukommen. Nicht nur für mich, sondern auch für Jared. Vor allem hab ich es für ihn getan, wird mir klar. Auch jetzt bin ich versucht, nach dem Handy zu greifen und Jule anzurufen, um die Stille zu füllen. Das Problem mit dem Alleinsein ist nämlich, dass man viel zu viel Zeit zum Nachdenken hat. Dadurch kommen unschöne Wahrheiten ans Licht. Zum Beispiel der Gedanke, dass Jared recht damit haben könnte, dass ich zu oft auf Nummer sicher gehe.

Dass ich mich selbst verleugne, um die Erwartungen anderer zu erfüllen. Dass ich mich mehr für andere einsetze als für mich selbst. *Weil das leichter ist, als etwas für dich selbst zu wagen und mit dem Scheitern klarzukommen, falls es schiefgeht*, flüstert mir eine innere Stimme zu.

Meine Eltern wünschen sich, dass ich eine Ausbildung mache, damit ich etwas »Vernünftiges« lerne, in einem »zukunftssicheren« Beruf. Und ich habe es probiert und bin dabei nicht glücklich geworden. Jetzt habe ich endlich einen Praktikumsplatz gefunden, bei dem ich das mache, was ich gut kann. Aber ist es auch das, was ich will?

Was ist so falsch daran, Verschiedenes auszuprobieren, um herauszufinden, was man wirklich will? Immerhin wird man die meiste Zeit seines Lebens voraussichtlich am Arbeitsplatz verbringen. Da sollte der Job doch zumindest ein wenig Spaß bereiten. Ob er das auch tut, findet man allerdings nur heraus, wenn man es ausprobiert, oder nicht?

Wieso soll der Berufsweg durchs Leben überhaupt immer in geraden Bahnen und steil nach oben verlaufen, wie meine Eltern sich das vorstellen? Schule, Ausbildung, Beruf, in dem man ackert, bis man in Rente geht?

Nein, das ist nicht mein Ding. Das wird mir nun klar.

Ich habe diesen geraden Weg sowieso schon vermasselt und einen Umweg genommen, indem ich im letzten Jahr von Aushilfsjob zu Aushilfsjob gehüpft bin. Vermassele ich das, was ich mir vom Leben, von meiner Zukunft wünsche, jetzt wieder, indem ich die Stelle bei Jareds Vater annehme? Oder ist der Umweg, den ich gegangen bin, eigentlich der Anlauf für den Sprung nach vorne?

»Du musst das Leben leben, das du dir wünschst. Nicht das, welches andere dir wünschen.« Mit diesem Spruch hat meine Oma mich darin bestärkt, die Reise anzutreten. Mir wird bewusst, dass ich immer so beschäftigt damit war, mich nach den Erwartungen anderer zu richten, dass ich gar nicht mehr weiß, was ich mir wünsche und mit meinem Leben anfangen will. Erst jetzt habe ich Zeit, darüber nachzudenken, und mir wird klar, dass Jared noch in einer anderen Sache recht behalten hat: Liebe tut weh. Erinnerungen schmerzen.

Ich vermisse seine Nähe und sehne mich danach, mich in dem Wirbelsturm an Gefühlen, den er in mir auslöst, zu verlieren. Ich wünsche mir nichts sehnlicher, als dass er mir verzeiht. Dass wir uns verzeihen. Dafür ist es jedoch offenbar zu spät.

Gefühle sind wie Blütenblätter. Meist erkennt man erst nach einem Sturm, welche stark genug und von Dauer sind und welche davongeweht wurden.

Linas Worte schießen mir durch den Kopf.

Tja, der von ihr vorausgesagte Sturm ist über uns hereingebrochen, doch wie es scheint, hat er Jared zu seiner Ex zurückgeweht. Und nach allem, was vorgefallen ist, können wir nicht einmal mehr Freunde sein.

Heute Morgen, nachdem ich mein Handy nach dem Badewannen-Unfall zum Glück endlich wiederbeleben konnte, habe ich entdeckt, dass er mir mehrere Nachrichten geschickt hat.

Mit Bauchkribbeln habe ich zurückgerufen, und Tamsyn ist rangegangen.

»Es ist nicht so, wie du denkst«, hat sie gesagt.

Aber sagen das nicht alle, und es stimmt so gut wie nie? Offenbar hat Jared seine Ex nicht wie Freddie in die Schranken gewiesen. Wäre sie sonst an sein Telefon gegangen? Und warum war er überhaupt bei ihr? Eifersucht nagt sich wie ein gefräßiges Monster durch mein Herz und hinterlässt tiefe Narben. Zu stark ist die Enttäuschung, dass er ausgerechnet zu seiner Ex gerannt ist, um sich trösten zu lassen.

Vielleicht sollte ich doch abreisen. Ich drehe mich auf die andere Seite.

Das Klingeln meines Handys reißt mich aus meinen Grübeleien. Am Klingelton erkenne ich, dass es meine Mutter ist. Wenn ich nicht rangehe, wird sie meine Schwester auf mich hetzen. Was unbedingt zu vermeiden ist, denn die würde an meiner Stimme sofort erkennen, dass ich geheult habe, und dann würde ich erst recht keine Ruhe bekommen.

Ich angele nach dem Handy und nehme den Anruf an. »Hallo, Mams. Wie geht's euch?«

»Gut, danke.« Die Stimme meines Vaters schallt mir entgegen. Das ist seltsam, denn er hasst es zu telefonieren. »Wie geht es dir?«

»Prima«, schwindele ich drauflos. »Ich habe den Praktikumsplatz bekommen und bin gerade in die Wohnung eingezogen, die mir die Firma zur Verfügung stellt.«

»Das ist schön. Genau darüber wollte ich mit dir reden.« Paps räuspert sich.

Ich hole tief Luft und lege mir in Gedanken bereits meine Gegenrede zurecht.

»Es ist so«, fängt Paps an. Sein Stammeln verrät, dass er ungewohnt nervös zu sein scheint. »Deine Mutter hat mir ins Gewissen geredet. Ich gebe zu, ich habe dich wohl etwas zu sehr unter Druck gesetzt mit der Ausbildung und Weihnachten.«

»Ach ja?« Verblüfft richte ich mich auf.

»Ja. Womöglich ist es ganz gut, wenn du deine eigenen Erfahrungen sammelst und die Welt kennenlernst. Nach der Schule ist dafür der beste Zeitpunkt, damit hast du recht. Später kommt man ja meist nicht mehr dazu; da hat man Familie, feste Bindungen, seine Arbeit. Außerdem sieht eine Auslandserfahrung auch positiv in deinem Lebenslauf aus.«

»Sicher«, stimme ich wenig begeistert zu.

»Was ich eigentlich sagen will«, fährt er fort. »Mir fällt es schwer, dich gehen zu lassen. Aus ganz eigennützigen Gründen. Ich muss mich erst mit dem Gedanken anfreunden, dass du aus dem Haus gehst wie Sofie. Du bist doch mein kleines Mädchen, und ich hab dich lieb.«

»Paps, das weiß ich, und ich liebe euch auch«, sage ich gerührt. »Aber jemanden zu mögen, heißt nicht, für ihn auch die Entscheidungen zu treffen.« Ich merke, wie ich Jareds Worte wiederhole, und erst da geht mir so richtig auf, was sie bedeuten. »Meine Wünsche sind genauso wichtig wie eure. Vor allem, wenn es um mein Leben und meine Zukunft geht.«

»Natürlich sind sie das, Schatz. Wir wollen doch, dass du glücklich wirst«, erwidert Paps. Seine Stimme klingt kratzig. »Und deshalb sollst du wissen, egal wofür du dich entscheidest, wir stehen hinter dir.«

»Danke, Paps. Das bedeutet mir viel.« Linas Vorhersage schießt mir in den Sinn: Jemand, der mich unterstützt, aber dem es schwerfällt, seine Gefühle zu zeigen. Ich habe immer gedacht, sie meint Jared damit. Ging es womöglich die ganze Zeit um meinen Vater? Andererseits vielleicht ja auch um beide, denn auch Jared hat mich auf seine Weise unterstützt.

»Äh ja, das war's. Ich gebe dir deine Mutter.«

Ich schmunzele. Für Paps war dieses Telefonat eine Höchstleistung. Gleich darauf höre ich die Stimme meiner Mutter. »Kommst du an Silvester nach Hause?«

Ich seufze. So was nennt man wohl vom Regen in die Traufe. Mein Vater ruft aus dem Hintergrund: »Nun mach dem Kind doch nicht so einen Druck. Du hast gesagt, wir sollen ihr Flügel und Wurzeln geben.«

»Ja, ja, ist ja gut. Ich will doch nur planen können.« Ihre Stimme klingt entfernt. Offenbar hat sie sich zu Paps umgedreht. »Also, was ist nun?«

Kurz zögere ich, doch dann wird mir bewusst, was ich tun muss. Für mich. »Ich würde gern noch hierbleiben«, sage ich. »Und diesen Job annehmen.« *Um mir über mich, meine Ziele und meine Zukunftswünsche klar zu werden,* führe ich den Satz in Gedanken zu Ende.

»Natürlich, Schatz. Wir sind sehr stolz auf dich.«

Huch! Keine Diskussion, keine Umstimmungsversuche. Ich bin baff. Das ging schon fast zu leicht, um wahr zu sein. Wie ein Weihnachtswunder. Vielleicht hat Oma den beiden ins Gewissen geredet. Ganz egal, wer oder was den Stimmungswechsel verursacht hat, ich bin total froh, dass meine Eltern mich verstehen und mich meinen Weg gehen lassen.

»Danke! Und am Wochenende vor eurer Silberhochzeit komme ich wie abgemacht zurück.«

»Darauf freue ich mich schon, Schatz. Viel Spaß und pass auf dich auf.« Sie schmatzt mir einen Kuss durch die Leitung und legt auf.

Erleichterung durchflutet mich. Als hätte mir jemand eine riesengroße Fessel, die mein Herz zusammengedrückt hat, abgerissen. Zum ersten Mal habe ich das Gefühl, mein Leben selbst in die Hand zu nehmen, und ich fühle mich wie befreit. Tief in meinem Inneren weiß ich, dass die Entscheidung, zu bleiben, richtig ist. Mir ist so leicht zumute, als würde ich schweben.

Mein Magen holt mich jedoch auf den Boden zurück. Mit lautem Knurren fordert er Nahrung ein.

Frisch geduscht will ich mich auf den Weg zum nächsten Pub machen. Ich öffne die Tür und erstarre.

Eine Kiste steht davor. Neugierig reiße ich die Packung auf und finde eine Wunschgurke, eine gekittete Schneekugel und ein Kinoticket. Ich schaue den Gang hinunter nach rechts und links, doch es ist niemand zu sehen. Also greife ich nach dem Zettel an der Schneekugel.

Hanna,

manchmal merkt man erst, wie sehr man etwas braucht, wenn es kaputt gegangen ist. Aber zerbrochenes Schneekugelglück kann man kitten. Gib mir noch eine Wabi-Sabi-Chance.
Meet me tomorrow, um fünf im Nell Gwynne Tavern, Bull Inn Court, Eingang in der Seitenstraße. Oder ruf mich an.

Love, Jared

Unschlüssig, was ich tun soll, verharre ich im Türrahmen.

Jared

You are the Reason
oder:
Wunschgurkenwunder

Nervös schaue ich auf die Uhr, deren Zeiger unerbittlich weiter vorrücken. Mein rechter Fuß wippt ungeduldig unter dem Tisch. Hanna lässt auf sich warten. Ich bin nicht sicher, ob sie überhaupt noch kommen wird.

Ein weiterer Blick auf die Uhr und zur Tür. Immer noch keine Spur von ihr.

Leise verfluche ich mich, weil ich ausgerechnet diesen urigen Pub ausgewählt habe. Er liegt etwas versteckt in einer Seitengasse, und womöglich findet sie ihn nicht.

Ich Esel. Das hätte ich mir auch früher überlegen können. Nun werde ich nie herausfinden, ob sie nicht kommt, weil sie den Pub nicht findet, oder weil sie mich nicht sehen will.

Die Tür geht auf, und ich richte mich unwillkürlich auf. Ein älteres Paar kommt herein, und ich sinke enttäuscht zurück. Die beiden werfen mir einen misstrauischen Blick zu und tuscheln miteinander. Ich nicke freundlich und nehme einen Schluck aus meinem Glas.

Gut, falls Hanna in den nächsten zehn Minuten nicht auftaucht, werde ich zu ihr gehen. *Vielleicht hätte ich das längst tun sollen*, überlege ich. Aber es hat eine Weile gedauert, um meinen Plan vorzubereiten, und ich wollte ihr Zeit geben, damit … Na schön, ich hab den Mut nicht aufgebracht, ihr gestern schon gegenüberzutreten. Daher hab ich nur das Päckchen vorbeigebracht und mich für echt clever gehalten.

Inzwischen habe ich jedoch das Gefühl, dass die Zeit gegen mich arbeitet und mir durch die Finger rinnt.

Erneut fliegt die Tür auf, und ein dicker Felsbrocken fällt mir vom Herzen, als ich Hanna im Türrahmen entdecke. Mitsamt Katzenmütze.

Ich stehe auf und winke. Als ich auf sie zusteuere, bricht mir der Schweiß aus. Meine Achseln gleichen gefühlt einer Pfütze.

Ihre Augen werden groß und größer, als sie mich entdeckt. Kein Wunder, ich sehe aus wie ein Schnösel, denn ich trage bereits mein Kostüm. Eine rot-gelb-weiß gestreifte Jacke, eine weiße Hose und einen Strohhut.

Ich komme mir so blöd vor, dass ich am liebsten im Erdboden versinken will. Aber Shinji hat gesagt, ich muss mich zum Affen machen, wenn Hanna mir verzeihen soll, und ich bin echt bereit, jedes Opfer dafür zu bringen.

Ich beuge mich zu ihr vor, um sie zu umarmen, doch sie weicht mir aus und duckt sich weg.

Darn! »Hey, danke, dass du gekommen bist. Soll ich dir etwas zu trinken holen?«

Sie mustert mich durch zusammengekniffene Augen. »Nein, danke. Ich hab nicht vor, lange zu bleiben.«

»Setzt du dich wenigstens einen Moment zu mir? Nur fünf Minuten?«

Sie nickt steif, aber sie folgt mir zurück zum Tisch. Ich setze mich und halte mich an meinem Glas fest.

»Was soll ich hier?« Sie verschränkt die Arme vor der Brust und wirkt wie eine Wand aus purer Abweisung. »Und was soll dieser Aufzug?«

»Ich habe mich noch nicht von dir verabschiedet«, sage ich. Meine Stimme klingt kratzig. »Und ich wollte mich bei dir entschuldigen.«

»Hat Hetty dir das aufgetragen? Sicherzustellen, dass es mir gut geht?«

»Was? Nein!« Ich ziehe den albernen Hut vom Kopf und drehe ihn in den Händen. Irgendwie habe ich mir das alles leichter vorgestellt. Insgeheim hatte ich gehofft, sie würde mich sehen, erkennen, dass ich einen Charakter aus *Mary Poppins* darstelle und mir sofort verliebt um den Hals fallen.

Tja …

Ich räuspere mich. »Ich bin hier, weil ich es will. Ich hab ein paar ziemlich hässliche Sachen zu dir gesagt …«

»Das stimmt«, unterbricht sie mich.

»Und es tut mir leid, wenn ich dich verletzt habe«, fahre ich fort. »Kannst du mir verzeihen und mir eine letzte Chance geben?«

»Was ist mit Tamsyn?« Ihre Stimme ist so eisig, wie ich sie nie zuvor erlebt habe. Mir gefriert förmlich das Blut in den Adern. *Jeez.* Das wird noch schwieriger als gedacht.

»Ich hab nichts mit Tamsyn«, erkläre ich nachdrücklich. »Sie ist meine Ex und glücklich mit ihrem Colin.«

»Und warum geht sie dann an dein Handy?«

»Weil es bei ihr in der Wohnung lag.« Kaum sind die Worte raus, weiß ich, dass es ein Fehler war.

»Okay, ich will das alles nicht hören.« Hanna steht auf, doch ich greife schnell nach ihrer Hand und halte sie fest. Ihre Finger fühlen sich kalt an.

»Bitte, nur fünf Minuten.«

Sie schaut auf die Uhr. »Gut. Mach es kurz.«

»Ich bin zu ihr, nachdem ich beim Weihnachtsdinner meines Vaters ...«

»Du warst bei deinem Vater?« Hanna hebt die Augenbrauen.

»Ja, du hättest mich im Smoking sehen sollen ...«, versuche ich zu scherzen, was nicht besonders gut ankommt, wie ich an ihrer steinernen Miene ablesen kann. »Du warst nicht da, und ich wusste nicht, was ich tun sollte ...«

»Und da bist du zu deiner Ex.«

»Nein.« Ich bemühe mich um einen ruhigen Ton. »Ich habe versucht dich anzurufen, aber ich hab dich nicht erreicht.«

»Mir ist das Handy in die Wanne gefallen«, gibt sie zu. »Danach ging erst mal gar nichts mehr. Sonst hätte ich auf deine Nachrichten gleich reagiert.«

»Oh, verstehe.« Ich räuspere mich. »Jedenfalls bin ich zu Tammys Party, habe mir die Kante gegeben und bin auf dem Sofa eingeschlafen. Ihr Freund hat mich ins Bett getragen.« Ich ziehe eine Grimasse.

Ihre Mundwinkel heben sich ein Mü und zucken. »Wie romantisch.«

»Ruf Colin an, er wird es dir bestätigen. Wenn du willst, besorge ich dir die Nummer.«

»Schon gut.« Sie winkt ab. Ihre Miene wirkt weicher. Hoffentlich ein Zeichen, dass ich Fortschritte mache.

Zeit für das Ass im Ärmel. »Was ich sagen will: Du fehlst mir. Deshalb hab ich mich in diesen absolut kratzigen, unbequemen Anzug geworfen, um dich heute Abend ins Kino einzuladen.« Ich wackele mit den Augenbrauen. »*Mary Poppins.* Ein Sing-Along im Prince Charles Cinema. Und ich verspreche auch, mitzusingen. Es sei denn, du hinderst mich daran.« Ich greife nach ihrer Hand, und sie lässt es geschehen. Zärtlich streife ich mit dem Daumen über ihre Finger. »Es war übrigens gar nicht so einfach, meinem Vater die Adresse des Firmenapartments zu entlocken. Ich musste ihn bestechen.«

Sie reißt die Augen auf. »Ich trau mich gar nicht zu fragen, was du getan hast.«

»Nur ein Gespräch. Wir haben uns ausgesprochen. Privat. Ohne Maggie.« Ich verziehe das Gesicht, denn das, was ich jetzt sage, fällt mir nicht leicht. »Wir haben wohl beide Fehler gemacht. Er hat mir verziehen und ich ihm. Viel wichtiger ist mir aber, ob du mir verzeihen kannst.« Ich hole tief Luft. »Du bist mir wichtig. Es kommt mir fast so vor, als sei mein Leben bisher ein Schwarzweiß-Film gewesen, mit dir ist es so viel bunter. Ich verspreche dir, ich werde versuchen, ab und zu auch mal Kompromisse einzugehen, denn ich will wirklich, dass das zwischen uns funktioniert.«

Hanna löst ihre Hand aus meiner und zieht sich die Mütze vom Kopf. »Du musst mir keine Versprechungen machen. Ich will nicht, dass du dich meinetwegen verbiegst. Ich mag dich so wie du bist, aber unsere Freundschaft scheint auf Sand gebaut zu sein. Du sagst, ich bin dir wichtig, aber bei dem kleinsten Streit stößt du mich weg. Offenbar vertraust du mir immer noch nicht, und damit kann ich nicht umgehen. Und ich weiß nicht, ob da drinnen überhaupt Platz für mich ist.« Sie tippt mir auf die Brust. »Manchmal schottest du dich so sehr ab, dass ich das Gefühl habe, gegen Wände zu laufen. Und ich bin nicht so gut im Unsichtbare-Mauern-Überklettern.«

Ich lege die Finger um mein Glas, um mich davon abzuhalten, erneut nach ihrer Hand zu greifen. »Du hast recht. Ich hab mich echt wie ein Vollpfosten benommen. Das ist mir klar. Aber inzwischen weiß ich, was ich will, und ich will dich nicht verlieren. Ich denke Tag und Nacht an dich, und ich vermisse dich. Ich bin immer noch süchtig nach dir.« Ich schaue ihr tief in die graublauen Augen, denn ich kann ihr an der Nasenspitze ablesen, dass ich ihre Zweifel noch nicht ausgeräumt habe. Zeit für den allerletzten Trumpf. »Übrigens habe ich den Brief meiner Mutter gelesen. Wenn du willst, zeige ich ihn dir.« Ein größerer Vertrauensbeweis fällt mir nicht ein.

Ich sehe, wie ihre Entschlossenheit ins Wanken gerät. Ein verdächtiger Glanz taucht in ihren Augen auf. »Danke, dass du die Schneekugel repariert hast. Das war süß von dir.«

Ich winde mich. »*Jeez*, hast du nicht versprochen, du nennst mich nie wieder süß?«

»Ein bisschen Strafe muss sein«, erklärt sie und nun erreicht das Lachen auch ihre Augen. Gleich darauf senkt sie den Kopf. »Ich hab auch ein paar ziemlich fiese Sachen zu dir gesagt. Kannst du mir verzeihen?«

»Klar, warum glaubst du wohl, hab ich mich so schick für dich gemacht?« Ich verflechte meine Finger mit ihren. Sie lässt es zu, und mein Herz macht einen kleinen Hopser. »Lass uns noch mal von vorn anfangen. So, als hätten wir ein allerserstes Date.«

Sie runzelt die Stirn. »Ich habe in den letzten Tagen die Hölle durchgemacht. Mein Herz ist gebrochen, und ich weiß nicht, ob ich noch mit dir befreundet sein kann.«

»Das trifft sich gut, denn ich will nicht mit dir befreundet sein«, erkläre ich. Ihre Miene verhärtet sich, und ich schiebe schnell nach: »Ich will mehr. Ich möchte mit dir zusammen sein. So richtig. Eine echte Beziehung. Mit gewissen Verpflichtungen und der Erwartung, dass wir keine Geheimnisse voreinander haben, ehrlich zueinander sind und Spaß haben. Ich vertraue dir. Ehrlich. Und ich hoffe, dass du mir auch irgendwann wieder vertraust. Wabi-Sabi gilt hoffentlich auch für Herzen, oder?«

»Warum?«, fragt sie, und erst mal bin ich baff. »Ich denke, du willst keine Fernbeziehung, und ich habe vor, den Praktikumsjob bei deinem Vater anzunehmen.«

»Für dich gehe ich sogar das Risiko einer Fernbeziehung ein, Elfchen.« Ich lächle leicht. »Dafür gibt es tausend Gründe. Weil ich deine schrägen Weihnachts-Sweater und Mützen mag. Weil es mir gefällt, dass du Mitleid mit hässlichen Weihnachtsbäumen hast. Weil du mich glücklich machst und mir schöne Erinnerungen schenkst. Weil ich mit dir lachen kann. Weil du mich um den Finger wickelst und mich dazu bringst, Neues zu wagen und unschöne Erinnerungen gegen schöne auszutauschen. Und weil du mir die Wahrheit so charmant an den Kopf knallst. Für dich schaue ich jeden Weihnachtsfilm, wenn du willst, und ich bin bereit, mich vor einem ganzen Kinopublikum bis auf die Knochen zu blamieren und zu singen, obwohl du davon sicher Ohrenschmerzen bekommst.« Ich atme tief durch und lege meine Seele offen. »Ich will meine Zeit mit dir verbringen. Weil …« Meine Stimme ist ziemlich kratzig, und ich beuge mich ganz nah zu ihr. »… weil ich dich liebe.« Ich versinke in ihren Augen und halte ihren Blick fest. »Es hat eine Weile gedauert, bis ich das kapiert habe, aber jetzt sehe ich es ganz klar vor mir. Du bist mein Anker.«

Sie ergreift meine Hand und lehnt die Stirn an meine. »Ich liebe dich auch. Und ehrlich gesagt weiß ich das schon länger«, gesteht sie.

Mein Herz trommelt einen wilden Glücks-Rhythmus.

»Warum?«, will ich wissen.

»Weil du witzig bist. Weil du trotz deiner Weihnachtsmuffeligkeit alles daransetzt, andere Menschen glücklich zu machen. Weil du dich für andere einsetzt. Weil du so bist, wie du bist. Und weil ich bei dir ich sein kann. Weil du mich mit all meinen Macken akzeptierst.«

»Heißt das, du gehst mit mir ins Prince Charles, Mary Poppins?«, frage ich mit rasendem Puls.

»Superkalifragilistischexpialigetisch, Bert«, antwortet sie.

Ein unendliches Glücksgefühl durchströmt mich. Ich beuge mich vor und unsere Lippen finden sich in einem Kuss.

Und zum ersten Mal sind mein Herz und mein Verstand sich einig: Hanna ist die *Number One* in meinem Leben.

Hanna

Afterglow
oder:
Feuerwerk

»Darf ich die Augenbinde endlich abnehmen?« Seit fünf Minuten sehe ich schon nichts, doch der Lärm der Stadt ist leiser geworden. Als wir losgegangen sind, haben überall auf den Straßen Menschen gefeiert und die Pubs waren proppenvoll. Zum Glück gab es bisher kein Geböller, dennoch schlägt mir das Herz bis zum Hals. »Habe ich schon erwähnt, dass ich Silvester nicht besonders mag?«

»Ja.« Jared seufzt. »Ungefähr fünfzig Mal. Du hasst Böller, die Menschenansammlungen, die Betrunkenen. Die Partys. Hab ich noch was vergessen?«

»Ich mag Feuerwerk. Wenn es nur lautlos wäre. Wir hätten auch bei deiner Gran auf dem Sofa bleiben können, da kann man den Ton beim Fernseher runterdrehen.«

»Da hätte ich aber meinen Teil des Deals nicht erfüllen können. Und ich bin nicht sicher, ob Gran das gefallen hätte. Ich hatte das Gefühl, sie wollte mit Mr Bingle allein sein. Außerdem dachte ich, du magst Überraschungen.

Hast du nicht gesagt, die seien das Salz in der Suppe des Lebens?«

Ich stolpere und pralle gegen Jared. »Ja, aber wenn man zu viel davon hat, ist die Suppe schnell versalzen«, murre ich.

»Vorsicht! Kante. Füßchen heben, Mary Poppins, so ist es gut«, warnt Jared viel zu spät.

Der Kosename versetzt mich sofort zurück an den Abend im Prince Charles Cinema. Zu unserem ersten richtigen Date. Es war unvergleichlich. Vor allem deshalb, weil Jared wirklich zahnschmerzgrässlich singt. Er hat es geschafft, jede Note so zu verhauen, dass ich irgendwann vor lauter Lachen Schluckauf bekommen habe, den er auf seine ganz eigene Art und Weise vertrieben hat. Ein warmes Glückskribbeln überläuft mich. Prompt stolpere ich über irgendetwas. »Ups!«

»Keine Sorge, ich fang dich auf.« Er drückt mich kurz an sich, und ich genieße seine Wärme und seinen ganz eigenen sommerlich zitronig-frischen Duft. Eine Weile verharren wir so, dann schiebt er mich behutsam weiter. Wie ein Storch im Salat platziere ich vorsichtig einen Fuß vor dem anderen. Der Untergrund fühlt sich weich an und knirscht bei jedem Schritt.

»So, setz dich.« Sanft drückt er mich nach unten.

Ich ertaste das raue Holz einer Bank.

»Und jetzt?«, drängele ich.

»Noch nicht«, erwidert er.

Gleich darauf spüre ich Kopfhörer in meinen Ohren, und Ed Sheeran erklärt, dass es *Perfect* ist. Womit er recht hat. Die letzten Tage waren einfach perfekt. Wir sind auf der Suche nach Nasen durch Soho geschlendert, haben das

Weihnachtsbeleuchtungsspektakel in der Carnaby Street bestaunt, den Covent Garden Market besucht, die atemberaubend geschmückte Piazza erkundet und einen wundervollen Spaziergang an der Themse und um Little Venice unternommen. Außerdem beweist ein Zertifikat, dass wir die 311 Stufen von The Monument hochgestiegen sind, wo wir einen traumhaften Ausblick über die Stadt hatten, auch wenn ich danach total platt war.

Lächelnd drehe ich mich in Jareds Richtung oder zumindest dahin, wo ich ihn vermute. Endlich spüre ich seine Finger an meinen Schläfen, und er nimmt mir das Tuch ab.

Überrascht schaue ich mich um. Wir sitzen auf einem Hügel, das Gras vor uns funkelt frostweiß, und am Horizont glitzern die Lichter der Stadt mit den Sternen um die Wette. Zu dieser späten Stunde sind wir ganz allein. Wind raschelt leise durch die Bäume.

»Wo sind wir?«, frage ich.

»Auf dem Hampstead Heath.« Jared packt den Picknickkorb aus, den er mitgebracht hat. »Der beste Platz für Feuerwerk.«

»Sagst du jetzt auch so kitschige Sachen wie ›Ich lege dir die Stadt zu Füßen‹?«

»Natürlich.« Er geht vor der Bank auf ein Knie nieder und macht weit ausholende Gesten. »Hanna, ich lege dir die Stadt zu Füßen. Du bist das Sahnehäubchen auf meinem Cupcake. Lass mich das Marshmallow in deinem Kakao sein. Oder vielleicht der Zimt, der Chili?« Er legt die Stirn in Falten. »Egal. Was ich sagen will: Du bist das Ying zu meinem Yang. Wir sind Seelenverwandte, du bist meine andere Hälfte.« Er sagt das alles todernst, ohne eine Miene zu verziehen.

Ich pruste los und ziehe ihn hoch. »Na ja, Seelenverwandte … So weit würde ich nicht gehen, Santa, aber nah dran.«

Er hält mir einen Muffin hin, und ich staune. Er ist geformt wie eine Schneekugel, darin steht ein Mini-Einhorn. Ehrfurchtsvoll nehme ich ihn entgegen. »Hast du den selbst gebacken?«

»Ja, deshalb garantiere ich auch für nichts.« Er verzieht das Gesicht. »Gran hat probiert und findet ihn so süß, dass es ihr angeblich sämtliche Plomben aus den Zähnen zieht.«

Ich drehe den Cupcake in alle Richtungen. »Der ist doch viel zu schön zum Essen.«

»Nur zu, ich hab noch mehr. Oder war das eben der Code für: Ich trau mich nicht reinzubeißen, weil ich befürchte, dass er so hart ist, dass mir dabei alle Zähne ausfallen werden und ich auf keinen Fall sagen will, dass er scheiße schmeckt, wenn er scheiße schmeckt?«

»Quatsch!« Ich nehme die Kugel ab und schlecke über die rosa Sahnehaube. Schokolade trifft Himbeere. Der Geschmack explodiert in meinem Mund, und ich schließe genießerisch die Lider. »Mhhm«, seufze ich. »Das schmeckt absolut magisch.«

Als ich die Augen wieder öffne, sehe ich, wie er mich misstrauisch mustert. »Sagst du das jetzt nur so oder meinst du das auch?«

»Würde ich dich jemals anlügen?«

Er verzieht das Gesicht. »Nein, du gibst mir immer die volle Breitseite an unverblümter Ehrlichkeit.« Dann lächelt er. »Aber das ist gut so. Dadurch weiß ich immer, woran ich bei dir bin.«

»Im Gegensatz zu mir.« Ich drehe den Cupcake in meinen Händen. »Du überraschst mich immer wieder aufs Neue. Wer hätte gedacht, dass du backen kannst?«

»Ich jedenfalls nicht.« Lachend schenkt er uns Kakao ein.

»Holst du aus deinem Zauber-Korb auch noch Pappkarton-Botschaften raus, Santa?«, frage ich schmunzelnd, als er mir den Becher reicht. Die Anspielung auf den Film *Tatsächlich … Liebe* entgeht ihm nicht.

»Hättest du das denn gern?« Er betrachtet mich nachdenklich.

»Wieso? Ich hab einen echt genialen Einhorn-Cupcake. Romantischer geht's nicht.« Genussvoll nehme ich noch einen Bissen.

»Puh!« Er atmet aus. »So ein Glück, denn die habe ich nicht vorbereitet.« Er zieht eine Decke aus dem Korb und kuschelt uns damit ein.

»Echt krass, dass du in drei Tagen schon wieder nach Deutschland fährst.« Ich lehne den Kopf an seine Schulter.

Er schlingt die Arme von hinten um mich und drückt mir einen Kuss auf den Nacken. »Bist du sicher, dass du den Job bei meinem Vater annehmen willst?« In seiner Miene steht ein undeutbarer Ausdruck. »Waschpulver und Blasenpflaster?«

Kurz zögere ich, bevor ich nicke. »Ja. Ich glaube, ich muss es wenigstens ausprobieren. Schon, um mir zu beweisen, dass ich kein Angsthase bin und es auch allein schaffen kann, in einer fremden Stadt.«

»Du wirst das schaffen, denn du bist unübertrefflich, unvergesslich, ungewöhnlich …«

»Un-fucking-fassbar und unvergleichlich hast du vergessen.« Ich kuschele mich an ihn. Eng umschlungen sitzen wir auf der Bank, umhüllt von Dunkelheit. Ich gebe mich ganz dem Zauber des Augenblicks hin, Jareds Nähe, seiner Wärme.

»Was machen wir hier oben eigentlich?«, frage ich.

»Wir haben einen Logenplatz«, antwortet er.

In den Kopfhörern wechselt das Lied, und ich höre einen Countdown. Zehn, neun, acht … zählt seine Stimme herunter. Bei eins explodiert lautlos am nachtschwarzen Himmel ein Farbfeuerwerk. Funken sprühen und malen einen bunten Sternenregen auf die schwarze Leinwand des Nachthimmels.

»*Happy new year*, Elfchen«, sagt Jared.

Unsere Blicke verfangen sich, und mein Herz rast. »Ist das jetzt der Moment, in dem wir schweigen und träumen?«

Langsam nickt er. »Mit dir traumschweige ich am liebsten«, raunt er, und sein warmer Atem streift über meinen Mund. Dann senken sich seine Lippen auf meine, und das Funkenfeuerwerk, das den Nachthimmel verzaubert, sprüht plötzlich auch in mir. Ich schließe die Augen und verliere mich in dem Moment, lasse mich von der Sehnsucht davontragen. In Jareds Umarmung, seiner Wärme, seinem Kuss liegt ein Versprechen auf viele weitere unvergessliche Momente wie diesen. Weiße Flocken wirbeln durch die Luft, benetzen mein Gesicht, und ich fühle mich selbst wie in einer Schneekugel, in der das Glück vollkommen ist.

Epilog

Hanna

Übermorgen
oder:
Täglich grüßt der Osterhase

Die große grüne Wiese zieht sich wie eine Insel durch das Erdgeschoss des Einkaufszentrums. Gelbe, rosa und blaue Blumen ragen aus dem Kunstgras hervor. Osterhasenfiguren mit Körben, in denen Eier liegen, sind dazwischen verteilt, und in der Mitte steht ein Podest. Mehrere Kinder sitzen dort auf Baumstammbänken, die einen Tisch säumen, und malen mit dem Osterhasen am Kopfende Eier an.

Mein Blick ruht auf dem *Easter Bunny*, und ich kann mir ein Schmunzeln nicht verkneifen. Offenbar hat Jared seine Liebe für Kostüme entdeckt. Als Hase macht er eine mindestens ebenso gute Figur wie als Weihnachtsmann. Nicht ganz so sexy, aber trotzdem *hot.* Auf andere Weise.

Von Shinji weiß ich, dass er hier jobbt. Aber er weiß nicht, dass ich heute schon zurückgeflogen bin. Noch hat er mich nicht entdeckt, und Sehnsucht blubbert in mir hoch, während ich seinen Anblick genieße und warte. Fast drei lange Monate haben wir uns nicht live gesehen, nur im Videochat.

Nach dem Praktikum hat Mr Starkfield mir einen Ausbildungsplatz angeboten. Als ich Jared davon erzählte, meinte er, ich solle tun, was für mich richtig ist. Ich habe abgelehnt, aber auch das weiß er noch nicht.

Die Zeit in England war wirklich schön, soweit sie das ohne Jared sein konnte. Hetty und sogar Tamsyn haben mich unter ihre Fittiche genommen und mir damit ein bisschen Heimweh und Sehnsucht vertrieben. Und ich bin stolz auf mich, dass ich mich allein in ein fremdes Land gewagt habe. Obwohl mir das Praktikum und der Abstecher in die Werbung Spaß gemacht haben, weiß ich, dass dieser Job nichts für mich ist. Als Ausgleich habe ich gebacken und mir einen Blog zugelegt. Kurz habe ich überlegt, ob ich Kunst studieren soll, wie Jared es mir mal vorgeschlagen hat. Allerdings hat mir allein die Vorstellung, zur Universität zu gehen, schon eine Gänsehaut verursacht. Beim Backen eines weiteren Blechs Cupcakes ist mir plötzlich aufgegangen, was ich wirklich will.

Mein Handy klingelt. Ich schaue aufs Display und entdecke eine Nachricht von meiner Mutter.

Mams: Bist du noch im Einkaufs-Zentaurus? Könntest du mir noch Durchfall mitbringen? Und frag doch deinen Freund, ob er nachher auch zum Kaffee kochen will. Galgengrüße Mams.

Herrje, diese Nachricht ist eine echte Herausforderung.

Ich starre eine Weile sprachlos auf die Zeilen – offensichtlich bin ich ein wenig aus der Übung im Entziffern von Autokorrektur-Botschaften –, bis mir aufgeht, dass sie wohl Zupfkuchen und Duschgel meint.

Hanna: Ich hoffe nicht, dass Durchfall im Angebot ist.

Mams: Ich meinte Duschgelee. Und ich hoffe, dein Freund mag Zipfelmützenkuchen.

Es war ein Fehler, erst zu Hause vorbeizuschauen. Aber das musste ich, um meine Überraschung vorzubereiten. Nun wünsche ich mir aber erst mal Zeit allein mit Jared. Kurz überlege ich, dann schreibe ich.

Hanna: Mams, nicht böse sein, aber ich komme erst zum Abendessen wieder.

Einen Moment herrscht Schweigen in der Leitung, dann kommt ihre Antwort.

Mams: Zipfelkuchen schmeckt auch zum Abendbrot. Ringen ihn ruhig mit.

Ich schicke ihr ein Daumen-hoch-Emoji und richte den Blick wieder auf Jared. Buttons, den ich vorher bei Shinji abgeholt habe, zieht ungeduldig an der Leine und will genauso sehr zu ihm wie ich.

Inzwischen haben die Kinder ihre Sachen zusammengepackt, und Jared verabschiedet sich von ihnen.

Ein vorfreudiges Kribbeln überläuft mich, als ich beobachte, wie das letzte Kind von seinen Eltern abgeholt wird.

Jared räumt noch auf, und ich laufe zum Podest hinüber.

»Hier, das hast du vergessen.« Ich strecke ihm eine flauschige gelbe Mütze mit Kükengesicht entgegen, die ich für ihn besorgt habe. Erinnerungen an unsere erste Begegnung werden wach. Damals hat er mir eine Pinguinmütze gereicht.

Jared hebt den Kopf und schaut mich mit großen Augen an. In wenigen Schritten ist er bei mir. »Hanna!« Er hebt mich hoch und wirbelt mich im Kreis, sodass sich Buttons' Leine um uns schlingt. Der Kleine springt übermütig an uns hoch. Wir versinken in einem stürmischen Kuss, auf den ich mich schon drei Monate gefreut habe, und der am besten niemals enden soll.

Viel zu früh für meinen Geschmack setzt Jared mich wieder ab. »Was machst du denn schon hier?«

»Ich konnte es nicht mehr länger aushalten«, gebe ich zu und zupfe ihn an einem flauschigen Hasenohr, das ihm über die Schulter fällt. »Was ist passiert? Ich dachte, du findest Kostüme albern.«

Er wirft sich in Positur. »Wer behauptet denn so was? Ich bin das coolste *Easter Bunny* der Welt. Nicht wie *Peter Hase*, sondern eher wie Hugh Jackman in *Die Hüter des Lichts.*«

»Unbedingt«, bestätige ich und zwinkere ihm zu.

»Wie lange hat dir mein Vater freigegeben?«, fragt er. »Bleibst du über Ostern?«

Lächelnd mustere ich ihn. »Bist du bereit für ein neues Abenteuer?«

Er schaut mir tief in die Augen. »Mit dir immer.«

»Das ist gut, denn ich hab gekündigt.«

»Wirklich? Bist du sicher?« Er zieht die Augenbrauen hoch.

»Ja, ich gebe es zwar nicht gern zu, aber du hattest recht. Werbung für Waschpulver und Blasenpflaster sind nicht mein Traum.«

»Ich sag jetzt nicht, das hab ich dir ja gesagt. Aber ich hab es dir gesagt.« Er grinst mich unverschämt frech an, und mein Herz schlägt schneller. »Und was hast du jetzt vor?«

»Ich mache mein Hobby Backen zum Beruf. Ich werde Konditorin. Ich hab mich bereits beworben und eine Zusage bekommen.« Aus meiner Tasche hole ich einen Schneekugel-Muffin hervor, in dem das *Easter Bunny* posiert. »Damit kann ich Malen und Backen unter eine Kugel bringen. Und was nichts wird, einfach aufessen. Das ist eine Win-Win-Situation.« Ich reiche ihm den Bunny-Muffin.

»Cool. Dann kannst du mich immer mit Cookies versorgen. Deine Zimtsterne sind unglaublich, unübertrefflich, un-fucking-fassbar lecker.«

»Unvergleichlich hast du vergessen«, sage ich grinsend.

»So wie du.« Das vertraut freche Schimmern leuchtet in seinen Schoko-Augen auf, und ich verliere mich in den grünen Sprenkeln darin. Sanft schlingt er die Arme um mich, und ich atme tief seinen zitronig-frischen Duft ein. Himmel, erst jetzt merke ich, wie sehr mir das gefehlt hat. Seine Nähe, seine Wärme, seine Küsse. Unsere Blicke verfangen sich ineinander, und mein Herz strahlt und schäumt über vor Glück. Langsam beuge ich den Kopf und flüstere: »Ich hab dich vermisst, Easter Bunny alias Santa.«

»Ich dich auch, Cupcake alias Elfchen.« Unsere Lippen sind nur noch einen Hauch voneinander entfernt. »Ich liebe dich«, raunt er. Dann küsst er mich und schafft einen neuen Glücksmoment, der Spuren hinterlässt und den ich auf ewig wie einen funkelnden Schatz in meinem Herzen bewahren werde.

The most wonderful time of the year …
Für noch mehr ***Herzfunkeln und Winterträume!***

Danke, dass du Hannas und Jareds Geschichte einige Stunden deiner Zeit geschenkt hast. Hoffentlich bist du mit ihnen beim Lesen in zauberhafte Weihnachtsstimmung gekommen.

Auf den folgenden Seiten findest du einige Anregungen, wie du die schönste Zeit des Jahres (und auch darüber hinaus) für dich und andere noch ein wenig funkelnder machen kannst!

Rezepte

Liebe geht durch den Magen!
Deshalb gehören Cookies zur Weihnachtszeit dazu wie der Bart zum Weihnachtsmann.
Mit Hannas und Jareds Top-Drei-Lieblingsrezepten kannst du dir und anderen die Tage ein wenig versüßen. Und klar – Platz eins, die Zimtsterne, sind auch dabei!

Bubble Cupcakes

Weiche 12 Blatt Gelatine in Wasser nach Anleitung auf und schmelze sie so. Füge drei Tropfen Vanille-Extrakt hinzu, wenn du magst. Wichtig: Die Gelatine darf nicht zu heiß werden, sonst verliert sie ihre Gelierkraft. Lasse sie anschließend 10 Minuten abkühlen und schöpfe den Schaum möglichst ab. Puste inzwischen 12 Wasserbomben-Luftballons leicht auf, verknote sie und befestige sie an Holzstäbchen. Bestreiche die Luftballons vorsichtig mit Butter. Danach ziehst du sie oben durch die Gelatine oder bestreichst sie mit einem Pinsel. Sei behutsam, damit sie nicht platzen. Anschließend müssen die Ballons in Flaschen oder Ähnlichem ca. 2 Minuten trocknen. Ziehe sie danach noch mal durch die Gelatine. Wieder trocknen lassen und dann den Vorgang noch ein drittes Mal wiederholen. Nun müssen die Gelatine-Kugeln ca. 12 bis 24 Stunden aushärten. Bereite deine Muffins nach Wunsch zu. Für das Creme-Topping verrührst du 250 g Butter mit 2 Esslöffeln Zucker und einer halben Packung Vanillepuddingpulver. Füge, falls nötig, noch 250 ml Milch hinzu, je nach Konsistenz. Garniere die Muffins mit dem Topping. Schütte 100 g Kokosflocken in eine Schüssel und tauche die Cupcakes hinein. Zum Schluss zerschneidest du vorsichtig die Luftballons und ziehst sie aus der Gelatinekugel. Diese setzt du nun auf die Cupcakes.

Zimtsterne

Verarbeite 250 g Mandeln und 250 g Haselnüsse mit 300 g Puderzucker, 3 Teelöffeln Zimt, einem Spritzer Zitrone und einem Päckchen Vanillezucker und 2 Eiweiß zu einem glatten Teig.

Bestreue die Arbeitsfläche mit Mandeln und rolle den Teig darauf ca. 1 cm dick aus. Kleiner Tipp: Wenn du einen Gefrierbeutel auf die Teigmasse legst, geht das Ausrollen leichter.

Steche anschließend die Sterne aus und lege sie auf ein mit Backfolie ausgelegtes Backblech.

Schlage 1 Eiweiß mit 125 g Puderzucker und einer Prise Salz steif. Achtung: Der Eischnee sollte noch schön fluffig bleiben, also solltest du nicht zu stark schlagen.

Bestreiche nun die Sterne mit der Eiweißglasur und backe sie bei 150 Grad ca. 10 bis 12 Minuten. Ob sie fertig sind, erkennst du daran, dass die Glasur nicht mehr klebt, aber noch schön weiß ist.

Nach dem Backen sind die Sterne noch weich, sie werden aber mit der Zeit etwas fester.

Vanillekipferl

Vermische 250 g Mehl mit 200 g Mandeln und 125 g Zucker.

Gib dann das Mark einer Vanilleschote oder ein Päckchen Vanillezucker hinzu.

Rühre anschließend mit dem Rührgerät 2 Eigelb und 200 g Butter unter die Masse.

Nun muss der Teig eine halbe Stunde lang im Kühlschrank ruhen.

Danach rollst du ihn aus. Stich nun Halbmonde aus. Du kannst den Teig aber auch zu einer ca. 4 cm dicken Rolle formen. Davon schneidest du ca. 1 bis 2 cm lange Scheiben ab und formst diese zu halbrunden »Kipferln«.

Backe deine Kipferl bei 200 Grad ca. 10 Minuten, bis sie leicht goldbraun, aber noch weich sind.

Zum Schluss mischst du 3 Tütchen Vanillezucker mit ca. 3 Esslöffeln Puderzucker und tauchst die noch warmen Kipferl hinein. Geh dabei vorsichtig vor, da die Kipferl leicht durchbrechen, wenn sie warm sind. Allerdings dürfen sie auch nicht zu kühl sein, da sonst der Zucker nicht mehr haftet.

Hannas Weihnachts-Playlist

Weihnachtsfeeling nonstop – beim Schreiben und in der Adventszeit hat mich Hannas kunterbunter Song-Mix begleitet. *Happy Christmas Time!*

- Wonderful Dream – Melanie Thornton
- River – Josh Groban
- Here comes Santa Claus – Pentatonix
- Christmas Time – Bryan Adams
- 12 Days of Christmas – Pentatonix
- Santa Baby – Eartha Kitt
- Driving Home for Christmas – Chris Rea
- Jingle Bell Rock
- The Candyman – Sammy Davis Jr.
- Candyman – Christina Aguilera
- Raise your Glass – Pink
- Good Morning Beautiful – Nathan Carter
- Christmas at Sea – The Longest Johns
- Baby, it's cold outside – Idina Menzel & Michael Bublé
- Bring Me Love – John Legend

- Rocking Around the Christmas Tree – Michael Bublé & Carly Rae Jepsen
- Winter Things – Ariana Grande
- Under the Mistletoe – Kelly Clarkson & Brett Eldredge
- Fallin' – Why Don't We
- Winter Wonderland – Bing Crosby
- Let it snow – Robbie Williams
- When You Believe – Mariah Carey & Whitney Houston
- The First Noel – Pentatonix
- All I want for Christmas is you – Mariah Carey
- Blue Christmas – Michael Bublé
- Skin – Rag'n Bone Man
- The Sound of Silence – Disturbed
- All of me – John Legend
- Say Something – Great Big World & Christina Aguilera
- You are the Reason – Calum Scott
- Afterglow – Ed Sheeran
- Übermorgen – Mark Forster
- Last Christmas – Wham
- Feliz Navidad – Jose Feliciano
- Santa Clause is coming to Town – Frank Sinatra
- White Christmas – Bing Crosby
- You make it feel like Christmas – Gwen Stefani & Blake Shelton
- Do they know it's Christmas Time – Band Aid
- Happy Xmas (War is Over) – John Lennon
- Wonderful Christmas Time – Paul McCartney

Top-30-Weihnachts-Movies

Okay, Jared ist immer noch kein großer Fan von Weihnachtsfilmen, deshalb hab ich dir hier meine Highlights zusammengestellt. Viel Spaß!

Hüter des Lichts * Drei Haselnüsse für Aschenbrödel *
Mary Poppins * Die Eiskönigin – völlig unverfroren *
Notting Hill * Kevin allein zu Haus * Der kleine Lord *
Der Grinch * Ist das Leben nicht schön *
Tatsächlich Liebe * Betty und ihre Schwestern *
Santa Clause – eine schöne Bescherung *
Das letzte Einhorn * Der Polarexpress *
Die Geister, die ich rief * Schöne Bescherung *
Nightmare before Christmas * Klaus *
Liebe braucht keine Ferien * Verrückte Weihnachten *
Versprochen ist versprochen * The Christmas Chronicles *
Mein Schatz, unsere Familie und ich * Bad Santa *
Charlie und die Schokoladenfabrik * Last Christmas *
Die Chroniken von Narnia * Lieber Weihnachtsmann *
Weihnachten zu Hause *
Rudolph, das Rentier mit der roten Nase

London-Lieblingsplätze

Wenn du Hannas und Jareds Touren in London nachverfolgen willst, hier sind ihre Lieblingsplätze aus der Geschichte:

Portobello Road/Bywater Road/Carnaby Street *
The Shard * Fulham Palace * Winter Wonderland *
Sherlock Holmes Museum * Madame Tussaud's *
Seven Dials mit Neal's Yard * Prince Charles Cinema *
Phoenix Gardens * Sloane Square (mit Westbourne River in der Tube Station), Kings Road, Pavillion Road *
Hampstead Heath * Leadenhall Market * Canary Warf *
Bootsfahrt zum Royal Greenwich Observatory mit Nullmeridian * Millennium Bridge und Globe Theatre *
Canal Walk und Little Venice * Buckingham Palace *
Hyde Park mit Serpentine-See * Sky Garden *
St. Dunstan in the East * Tower of London * Thames Trail *
Chelsea Physics Garden * St. Martin's in the Field am Trafalgar Square * National History Museum *
Londons kleinste Polizeistation am Trafalgar Square *
Crossness Pumping Station * The Monument to the Great Fire of 1666 * St. Paul's Cathedral * Covent Garden

Cafés

Es gibt so viele tolle Cafés und Restaurants in London. Zu meinen Lieblingsplätzen gehören die folgenden:

Saint Aymes Café: Dort hat Hanna den Unicorn Latte mit Goldglitter-Kakao getrunken, bevor Jared ihr seinen absoluten Lieblingsplatz gezeigt hat.
Level 9: Das Restaurant im Blavatnik Builiding des Tate Modern bietet eine traumhafte Aussicht auf die Stadt. Noch spektakulärer, und sogar kostenlos, ist der Blick auf London von der Aussichtsterrasse im obersten Stockwerk des Gebäudes.
Sketch: Das außergewöhnliche Restaurant ist ein absolutes Muss für Kunstliebhaber:innen, denn die Einrichtung, die Speisen und die verschiedenen Räume (The Gallery, the Lecture Room & Library, The Glade & the Parlour) sind ein Kunstwerk für sich. Eine vorherige Reservierung ist empfehlenswert.
Tea and Tattle: Ein total süßes und sehr beliebtes Café für den Five-Uhr-Tee im Untergeschoss eines Buchladens gegenüber vom British Museum. Du solltest vor dem Besuch unbedingt einen Tisch reservieren.
Nell Gwynne Tavern: Das Pub im Londoner West End wurde bereits in den 1890er Jahren erbaut und versprüht historische Atmosphäre. Es ist total urig und liegt etwas versteckt, deshalb

erschien es mir auch so passend als Kulisse für die Versöhnungsszene zwischen Jared und Hanna.

Buchläden

- Waterstone's (Piccadilly, mit Aussichtsrestaurant)
- Southbank Book Market
- Hatchards (ältester Buchladen, seit 1797)
- Foyles
- Gosh! (Comicbuchladen)
- Daunt Books
- Harrods
- Bookmongers Buchladen
- Southbank Centre Bookmarket
- One New Change Einkaufszentrum mit Blick auf die St. Paul's Cathedral von der Dachterrasse

Danksagung

Ein herzliches Dankeschön, dass du aus all den verfügbaren schönen Büchern dieses zum Lesen ausgewählt hast!

Dieser Roman ist in einer Zeit entstanden, in der Reisen schwierig bis unmöglich war, und wir alle an unsere Grenzen gehen mussten, manche sogar darüber hinaus. Umso mehr hoffe ich, dass du vergnügliche Stunden mit Hanna und Jared verbracht hast. Das würde mir ein Zimtstern-Cookie-breites Lächeln ins Gesicht zaubern.

Es hat mir große Freude bereitet, in Erinnerungen an London zu schwelgen und gedanklich durch meine Lieblingsecken zu schlendern. Die Stadt gehört zu meinen absoluten Traumstädten, und das will etwas heißen, denn eigentlich bin ich ein Landkind mit Meer-Sehnsucht.

An manchen Stellen habe ich mir beim Schreiben einige künstlerische Freiheiten herausgenommen, wie zum Beispiel bei der Schneekugel am Sloane Square. Die hat den Venusbrunnen nicht verhüllt, sondern stand eigentlich daneben und diente als Werbung für ein Schmuckgeschäft. Und auch, wenn es im Prince Charles Cinema einige tolle Sing-Along-Vorführungen gibt, war *Mary Poppins* soweit ich weiß noch nicht dabei. Aber da der Film Hanna und

Jared begleitet, blieb ihm gar keine andere Wahl, als diesen für das Sing-Along auszuwählen.

Ein dickes Dankeschön geht auch an die Herzensmenschen in meinem Leben – meine Familie –, die es aushielten, wenn ich tagelang gedanklich in London abtauchte, mich mit Kakao und Cookies versorgten und es tapfer ertrugen, auch im Januar noch Weihnachtssongs und -filme zu hören und zu sehen.

Ein weiteres dickes Dankeschön geht an meine Löwenherzmädels und lieben Autorenkolleginnen Sonja Bullen und Mascha Matysiak, die mir vom Entwurf bis zum großen Finale mit Rat und Chat zur Seite standen und mich aus so manchem Plotloch holten. Mädels, ihr seid großartig. Danke für eure Unterstützung! Stephie, du wirst in unseren Herzen immer bei uns sein, bis wir uns auf irgendeiner Wolke wiedersehen.

Herzlich danken möchte ich außerdem meinen wundervollen Betas, Danie und Jeannette, für das turboschnelle Lesen und die hilfreichen Hinweise.

Und zu guter Letzt vielen Dank auch meinen beiden Lektorinnen bei ONE, Kristin Overmeyer und Katharina Runden, deren wertvolle Anregungen und Kommentare der Geschichte den letzten Schliff gegeben haben, damit sie so richtig funkeln kann.

Apropos funkeln: Ich wünsche dir eine magisch glitzernde, fröhliche Winterzeit mit deinen Herzensmenschen und jeden Tag Momente, die Spuren von Glück enthalten und schöne Erinnerungen schaffen.

Alles Liebe,
Corinna Wieja

Leseprobe

Sophie wünscht sich nur eins: Zeit zu zweit mit ihrem Freund. Doch dann serviert Griffin sie aus heiterem Himmel ab – und Sophies Herz ist gebrochen. Zum Glück weiß ihre Nonna, was man gegen Liebeskummer tun kann: Zusammen mit der ganzen Familie arrangiert sie für Sophie zehn Blind Dates an zehn Tagen. Doch zwischen all den süßen, aber auch verrückten Typen weiß Sophie schon bald gar nicht mehr, wo ihr der Kopf steht. Und als wäre das nicht schon (Gefühls-)Chaos genug, steht plötzlich auch noch Griffin vor ihrer Tür, der sie zurückgewinnen will. Aber möchte Sophie das überhaupt? Denn vielleicht schlägt ihr Herz schon längst für jemand anderen …

Freitag, 18. Dezember

»Bist du sicher, dass du nicht mitkommen willst?«

Mom lehnt sich aus dem Fenster der Beifahrerseite und drückt mich zum ungefähr zehnten Mal an sich. Ihr flehender Ton verfehlt nicht seine Wirkung. Ich bin so kurz davor, endlich frei zu sein … und kurz davor, nachzugeben und auf den Rücksitz zu springen. Ich erwidere ihre Umarmung, sogar ein wenig fester als gewöhnlich.

Dad lehnt sich nach vorn. Das bläuliche Licht des Armaturenbretts erhellt sein Gesicht. «Sophie, es gefällt uns überhaupt nicht, dass wir dich über Weihnachten allein lassen. Wer stellt jetzt sicher, dass ich das Muster auf den Erdnussbutterplätzchen richtig hinbekomme? Ich weiß nicht, ob ich das allein hinkriege.«

Lachend senke ich den Kopf. »Doch, ganz bestimmt.« Und ich meine es auch so. Der Abschied fällt mir schwer, aber ich kann die nächsten anderthalb Wochen unmöglich bei Margot verbringen und auf ihre aufgedunsenen Gliedmaßen starren.

Meine Eltern fahren nach Breaux Bridge, eine kleine Stadt im Süden Louisianas, die ungefähr vier Stunden von hier entfernt liegt, um meine Schwester und deren Mann zu besuchen. Margot bekommt in sechs Wochen ihr erstes Kind und hat eine überlagerte Präeklampsie entwickelt – was auch immer das heißen mag. Ich weiß nur, dass sie seitdem ans Bett gefesselt ist und unglaublich dicke Füße bekommen hat. Und das weiß ich auch nur, weil sie mir vor lauter Langweile ständig Bilder von ihnen schickt.

»Ich bin ja nicht allein«, füge ich hinzu. »Nonna, Nonno und die restlichen fünfundzwanzig Verwandten werden mir Gesellschaft leisten.«

Dad verdreht die Augen. »Keine Ahnung, warum sie immer so aufeinanderhängen müssen«, murmelt er.

Mom pikst ihm in die Rippen. Kein Witz, unsere Familie ist wirklich riesig. Mom hat sieben Geschwister, die fast alle mehrere Kinder haben. Das Haus meiner Großeltern ist immer voller Leute, aber in der Weihnachtszeit verwandelt es sich regelrecht in die Grand Central Station. Betten und Plätze am Tisch werden nach Alter vergeben. Als meine Cousins und ich noch kleiner waren, quetschten wir uns im Hobbyraum wie die Ölsardinen auf eine große Matratze, und bei jeder Mahlzeit musste man Teller und Plastikbecher irgendwie auf dem Schoß balancieren. Keine leichte Aufgabe.

»Bist du sicher, dass du nicht lieber bei Lisa bleiben willst? Bei ihr zu Hause ist es ruhiger«, fragt Mom.

»Ist schon okay. Ich bleibe bei Nonna und Nonno.«

Bei Tante Lisa wäre es *tatsächlich* wesentlich ruhiger. Sie ist Moms Zwillingsschwester und ganze drei Minuten älter als sie, was bedeutet, dass sie mich genauso streng beobachten wird wie Mom. Und darauf habe ich keine Lust. Ich brauche ein wenig Freiheit. Und ein bisschen Zeit mit Griffin allein. Beides ist eher Mangelware, wenn man in einer kleinen Stadt lebt, in der der eigene Vater Polizeichef ist.

»Okay. Zu Nonnas Geburtstagsfeier sollten wir wieder zurück sein. Dann gibt es die Weihnachtsgeschenke eben erst an diesem Tag.« Mom rutscht auf ihrem Sitz herum. Es ist offensichtlich, dass sie noch nicht bereit ist zu fahren. »Würden Brads Eltern nicht kommen, müssten wir gar nicht hinfahren. Aber du weißt ja, dass seine Mutter jedes Mal Margots Küche umräumen und die Möbel umstellen will. Ich will nicht, dass Margot sich aufregt und sich die ganze Zeit fragt, was diese Frau wohl treibt, während sie im Bett liegen muss.«

»*Seine* Eltern kümmern sich um *eure* Tochter? Gott behüte!«, necke ich sie. Mom ist viel zu überfürsorglich. Schon als Margot auch nur erwähnt hat, dass Brads Eltern vorbeikommen, war Mom schon dabei, ihren Koffer zu packen.

»Wir könnten auch erst morgen früh fahren«, schlägt Mom vor.

Doch Dad schüttelt schon den Kopf, ehe sie den Satz überhaupt zu Ende gesprochen hat. »Wenn wir heute Abend fahren, kommen wir besser durch. Morgen ist der Samstag vor Weihnachten. Da wird auf den Straßen die Hölle los sein.« Wieder beugt er sich nach vorn und sieht mich an. »Pack deine Sachen und fahr direkt zu deinen Großeltern. Und ruf sie vorher an, und gib Bescheid, dass du auf dem Weg bist.«

Das ist mein Dad – immer klare Anweisungen. Es ist das erste Mal seit Jahren, dass er mal ein paar Tage nicht auf dem Polizeirevier sein wird.

»Mache ich.« Mom umarmt mich ein letztes Mal, und ich werfe Dad eine Kusshand zu. Dann sind sie weg.

Die roten Rücklichter des SUV werden immer kleiner. Eine Welle an Gefühlen überflutet mich – prickelnde Vorfreude, aber auch ein Schmerz, der sich in meinem Magen ausbreitet. Ich gebe mein Bestes, ihn abzuschütteln. Es ist nicht so, als wollte ich nicht mit ihnen zusammen sein. Im Gegenteil. Wenn ich daran denke, am ersten Weihnachtsfeiertag aufzuwachen und meine Eltern nicht bei mir zu haben, verknoten sich meine Eingeweide. Aber ich kann unmöglich meine ganzen Ferien in Margots und Brads winzigem Apartment eingesperrt sein.

Zurück in meinem Zimmer rufe ich sofort Nonna an, um ihr zu sagen, dass ich in ein paar Stunden da sein werde. Doch sie ist nicht bei der Sache. Im Hintergrund höre ich die Kunden ihres Blumenladens laut reden. Wahrscheinlich bekommt sie nur jedes dritte Wort mit, das ich sage.

»Fahr vorsichtig, Schätzchen«, sagt sie, und als sie auflegt, höre ich noch, wie sie Randy den Preis für die Weihnachtssterne zuruft. Ich muss mir das Grinsen verkneifen.

Es ist sechs Uhr. Minden liegt von Shreveport, wo meine Großeltern und der Rest der Familie leben, nur eine kurze Autofahrt entfernt. Nonna wird mich nicht vor zehn erwarten.

Vier wundervolle Stunden ganz für mich allein.

Ich lasse mich aufs Bett fallen und starre den Deckenventilator an, der sich langsam um seine eigene Achse dreht. Obwohl ich schon siebzehn bin, mögen es meine Eltern nicht, wenn ich allein zu Hause bin. Und wenn ich es dann doch mal schaffe, fährt eine ganze Parade an Polizeiwagen am Haus vorbei – *nur, um mal nachzusehen.* Total lächerlich.

Ich taste nach meinem Handy und rufe Griffin an, um ihm Bescheid zu sagen, dass ich nicht mitgefahren bin. Doch nach dem ungefähr achten Klingeln springt die

Mailbox an. Also schreibe ich ihm eine Nachricht und warte darauf, dass die drei kleinen Punkte erscheinen. Ich habe ihm nichts davon erzählt, dass ich meine Eltern eigentlich davon überzeugen wollte, ohne mich zu fahren. Ich wollte einfach nicht das Risiko eingehen, dass er enttäuscht wäre, falls es nicht klappt.

Noch ein paar Sekunden lang starre ich auf das Display, bevor ich das Handy aufs Bett werfe und mich an meinen Schreibtisch setze, der übersät ist von Make-up, Buntstiften und diversen Nagellackfläschchen. An meiner Pinnwand hängen lauter weiße Karteikarten, eine für jedes College, das für mich in Frage kommt. Auf jeder Karte stehen fein säuberlich in grüner Schrift die Vorteile, in Rot die Nachteile, plus die jeweiligen Zulassungsvoraussetzungen. Manche Karten habe ich mit einem großen grünen Haken versehen, was bedeutet, dass ich die Voraussetzungen erfülle und angenommen wurde, aber von den meisten Colleges habe ich noch nichts gehört. Die Pinnwand bedeutet für mich pure Inspiration – Mom nennt es die totale Besessenheit.

Mein Blick wandert zur ersten Karteikarte, die ich schon vor Langem angepinnt habe – die der Louisiana State University. Früher war ich der festen Überzeugung, es wäre das einzige College, welches es auf meine Pinnwand schaffen würde. Doch dann wurde mir klar, dass ich mir mehrere Optionen offenhalten muss.

Mein Handy klingelt, und mein Blick fällt wieder aufs Bett. Nur eine Mitteilung, dass jemand meinen letzten Post mit »Gefällt mir« markiert hat. Keine Antwort von Griffin.

Ich beäuge den Stapel an leeren Karteikarten auf meinem Schreibtisch und denke kurz darüber nach, für Griffin auch eine Liste anzulegen. Wir sind jetzt schon fast ein Jahr zusammen. Der Schulalltag hat uns meistens fest im Griff, doch jetzt liegen zwei Wochen Ferien vor uns, ohne Prüfungen oder Hausarbeiten, um die wir uns kümmern müssten. Die Vorstellung, hier mit ihm allein zu sein, versetzt mich in helle Aufregung. Wir lassen es langsam angehen, aber ich würde lügen, wenn ich behaupten würde, dass ich nicht schon mal darüber nachgedacht hätte, unsere Beziehung auf die nächste Stufe zu heben.

Grün: *Schon fast ein Jahr zusammen.*
Wir sind jetzt in der Abschlussklasse und fast achtzehn.

Rot: *Haben uns noch nicht »Ich liebe dich« gesagt.*
Nicht sicher, ob ich schon bereit bin, »Ich liebe dich« zu sagen.

Mom würde es ganz und gar nicht gefallen, wenn sie die Karteikarte an meiner Wand entdecken würde, also widerstehe ich dem Drang, sie anzupinnen.

Mein Smartphone klingelt erneut. Mein Herz macht einen Satz, als ich sehe, dass ich eine Nachricht bekommen habe, aber es ist nur ein weiteres Foto von Margot.

Ich öffne das Bild und starre es einige Minuten lang an. Man sollte ihr wirklich dringend das Handy wegnehmen.

ICH: *????? Was ist das???*
MARGOT: *Eine Nahaufnahme von meinen Zehen. Zwischen ihnen ist kein bisschen Platz mehr. Ich*

kann sie weder bewegen noch spreizen. Sie sehen aus wie Würstchen.

ICH: *Was, wenn sie nie wieder ihre normale Form bekommen? Was, wenn du nie wieder Flip-Flops tragen kannst, weil du das Plastikteil nicht zwischen die Zehen kriegst? Dein Kind wird sich für deine Füße schämen.*

MARGOT: *Würstchenzehen sind immer noch besser als Würstchenfinger. Vielleicht muss ich ab jetzt so hässliche orthopädische Schuhe tragen wie Tante Toby früher.*

ICH: *Du könntest sie ein wenig aufmotzen und deinen Namen in Neon draufschreiben. Das werden bestimmt ganz reizende Würstchenzehenschuhe.*

MARGOT: *Jetzt habe ich Lust auf Würstchen.*

ICH: *Das ist ekelhaft. Und angsteinflößend. Ich werde niemals schwanger werden, aus Angst vor Würstchenzehen und orthopädischen Schuhen.*

Es dauert ein paar Minuten, bevor sie mir antwortet.

MARGOT: *Mom hat mir gerade geschrieben, dass du nicht mitkommst!!! Was zur Hölle, Soph??? Du solltest mich doch vor dem Tauziehen zwischen Mom und Gwen beschützen. Du weißt, was passiert, wenn sie zusammen sind!!*

ICH: *Da musst du jetzt allein durch. Sie streiten sich bestimmt darum, wer die Fusseln zwischen den Würstchenzehen rausholen darf. Vielleicht müssen sie dafür ja sogar Zahnseide benutzen.*

MARGOT: *Dieses Bild werde ich nie wieder aus dem*

Kopf bekommen. Ich wünsche dir auch Würstchenzehen an den Hals – und zwar für den Rest deines Lebens!

ICH: *Ich komme euch besuchen, sobald das Baby da ist.*

MARGOT: *Versprochen??*

ICH: *Versprochen.*

MARGOT: *Und? Ist Griffin schon da?*

ICH: *Das geht dich nichts an.*

MARGOT: *Sag's mir. Nein, warte ... lieber nicht.*

ICH: *Haha.*

Ich scrolle durch alle sozialen Netzwerke und warte darauf, dass Griffin endlich anruft. Irgendwann klingelt schließlich mein Handy, und sein Name leuchtet auf dem Display auf. Automatisch fange ich an zu grinsen und versuche erst gar nicht, dagegen anzukämpfen.

»Hey!«, schreit er gegen die laute Musik im Hintergrund an.

»Hey! Wo bist du?«, frage ich.

»Bei Matt.«

Ich habe schon diverse Posts von Leuten gesehen, die in Matts Garten an seinem Pool abhängen, darunter auch Addie, meine beste Freundin seit der dritten Klasse.

»Bist du auf dem Weg zu Margot?«, fragt er.

»Planänderung. Ich bleibe bei Nonna und Nonno. Aber ich habe noch ein paar Stunden, bevor ich dort sein muss.«

»Was? Ich kann dich kaum hören«, schreit er.

»Planänderung!«, schreie ich zurück. »Ich bleibe hier.«

Ich höre zwar den rhythmischen Bass, kann aber den Song nicht erkennen.

»Ich kann nicht fassen, dass dich dein Dad nicht dazu gezwungen hat mitzukommen«, sagt er.

»Ja, nicht wahr? Willst du vorbeikommen? Oder ich kann auch zu Matt kommen.«

Es folgt kurzes Schweigen, bevor er erwidert: »Komm her. Alle sind hier.«

Ein Anflug von Enttäuschung überkommt mich, doch dann antworte ich: »Okay, bin in ein paar Minuten da.«

***